法兰西
思想文化
丛书

RENÉ GIRARD

MENSONGE ROMANTIQUE ET VÉRITÉ ROMANESQUE

浪漫的谎言与小说的真实

[法] 勒内·基拉尔 著

罗芃 译

生活·讀書·新知 三联书店

图书在版编目（CIP）数据

浪漫的谎言与小说的真实／（法）勒内·基拉尔著；
罗芃译．—北京：生活·读书·新知三联书店，2021.3（2024.10 重印）
（法兰西思想文化丛书）
ISBN 978－7－108－06761－6

Ⅰ．①浪…　Ⅱ．①勒… ②罗…　Ⅲ．①小说研究－世界
Ⅳ．① I106.4

中国版本图书馆 CIP 数据核字（2020）第 021250 号

责任编辑　吴思博
装帧设计　康　健
责任印制　董　欢
出版发行　生活·讀書·新知 三联书店
　　　　　（北京市东城区美术馆东街 22 号 100010）
网　　址　www.sdxjpc.com
图　　字　01-2019-4956
经　　销　新华书店
印　　刷　河北鹏润印刷有限公司
版　　次　2021 年 3 月北京第 1 版
　　　　　2024 年 10 月北京第 4 次印刷
开　　本　880 毫米 × 1092 毫米　1/32　印张 11
字　　数　218 千字
印　　数　11,001－13,000 册
定　　价　68.00 元
（印装查询：01064002715；邮购查询：01084010542）

“法兰西思想文化丛书”总序

20世纪90年代，北京大学法国文化研究中心（前身为北京大学中法文化关系研究中心）与三联书店合作，翻译出版“法兰西思想文化丛书”。丛书自1996年问世，十余年间共出版27种。该书系选题精准，译介严谨，荟萃法国人文社会诸学科大家名著，促进了法兰西文化学术译介的规模化、系统化，在相关研究领域产生广泛而深远的影响。想必当年的读书人大多记得书脊上方有埃菲尔铁塔标志的这套小开本丛书，而他们的书架上也应有三五本这样的收藏。

时隔二十年，阅读环境已发生极大改变。法国人文学术之翻译出版蔚为大观，各种丛书系列不断涌现，令人欣喜。但另一方面，质与量、价值与时效往往难以两全。经典原著的译介仍有不少空白，而填补这些空白正是思想文化交流和学术建设之根本任务之一。北京大学法国文化研究中心决定继续与三联书店合作，充分调动中心的法语专家优势，以敏锐的文化学术眼光，有组织、有计划地继续编辑出版这套丛书。新书系主要包括两方面，一是推出国内从未出版过的经典名著中文首译；二是精选当年丛书中已经绝版的佳作，由译者修订后再版。

如果说法兰西之独特魅力源于她灿烂的文化，那么今天在全球化消费社会和文化趋同的危机中，法兰西更是以她对精神家园的守护和对人类存在的不断反思，成为一种价值的象征。中法两国的思想者进行持久、深入、自由的对话，对于思考当今世界的问题并共同面对人类的未来具有弥足珍贵的意义。

谨为序。

北京大学法国文化研究中心

目　录

序　言

今年距《浪漫的谎言与小说的真实》出版已有四十年，我很高兴看到这本书又在优秀的“红色手册”（Cahiers Rouges）丛书中再版。感谢格拉塞出版社分别参与这两次出版甚至两次都参与过的朋友们。

我更加感到高兴的是，我后来虽因转向宗教和社会学而放弃文学研究，但这第一本书并非如看上去那样是个错误的开端。它是研究的第一步，研究的工具变了，但目标未变。我关于暴力和宗教的所有命题都建立在这本书阐发的欲望概念的基础之上。

《浪漫的谎言与小说的真实》讨论了塞万提斯、斯丹达尔、福楼拜、普鲁斯特和陀思妥耶夫斯基，这五位伟大的欧洲小说家生活在不同社会、不同时代、不同地方。他们不说同一种语言，不属于同一种风格，也不存在于同一种文学传统中。但他们都具有同样的摹仿欲望观，这种观念带来的相似性要比他们之间的差异有趣得多。

摹仿欲望（désir mimétique）是对他者欲望的抄袭。它是摹仿他者欲望的欲望。堂吉诃德之所以扑向风车，是因为他觉得，若流浪骑士的楷模阿马迪斯·德·高拉处在他的位置，会做同样的事。爱玛·包法利也依着年轻时饱读的那些情感小说“编制”自己的欲望。

这本书只分析了小说，但并不能就此下结论，认为小说这种体裁握有揭示摹仿欲望的垄断权。几年之后，我又用这种欲望理论来分析从古希腊悲剧中借用的例子。再后来，我写了一本书，阐述莎士比亚对此主题的真知灼见。

再现欲望关系，而非像哲学家或心理学家那样抽象地思考它们，多少有助于发现摹仿。但即便在戏剧和小说中，摹仿仍极为罕见。最精彩也是最明了的例子之一出现在一首诗中。那便是《神曲》中著名的保罗和弗兰切斯卡的爱情故事。

弗兰切斯卡嫁给了保罗的哥哥，因此就成了保罗的嫂子。新婚之初，小叔子在她身边出现并未给她带来丝毫困扰，并不比她在保罗身边出现给保罗带来的困扰多。然而有一天，两个年轻人一起不带杂念地阅读著名的《湖上的兰斯洛》，在读到亚瑟王的妻子桂妮薇儿王后与主人公第一次互吻之际，保罗和弗兰切斯卡也转向对方，并摹仿他们，第一次互吻。

现代世界赞美这对情人，他们被通奸的罪孽和受欺骗的丈夫的复仇投入地狱仍继续相爱。人们把各种浪漫主义的陈词滥调都用在保罗和弗兰切斯卡身上，说什么欲望的“自发性”“真实性”，说两个情人只关心彼此，完全忘记外部世界，但人们却没有察觉到，这些说法其实与但丁所言背道而驰。这便是我所说的**浪漫的谎言**，它坚定不移地把它对欲望的唯我论定义投射到但丁笔下**小说的真实**上，也就是说投射到对摹仿欲望的揭露上。

假如我们只限于考察但丁诗中欲望的起源，我们得承认，保罗和弗兰切斯卡两人对彼此的关注比不过他们对正在阅读的小说的关注。他们的激情与堂吉诃德的疯狂从同一种源泉涌出，与爱玛·包法利的激情一样来自书本。

这种借来的、衍生出的欲望亦给人留下极为强烈的印象。对于浪漫主义和现代教条而言，最强烈的欲望必然是自发的。通过给诗歌贴上一种未遭“他者性”污染的欲望——这种“他者性”在诗中既未出现亦不存在——**浪漫主义谎言**在最大程度上出卖了诗人。这种谎言没有看到，在清除了诗的罪孽神学的同时，它也摧毁了诗引发联想的能力。那么，有罪的欲望那明显可感的强度究竟从何处来？只能来自我们唯一所知的信息，那就是其摹仿性起源。关于此种欲望，但丁只说了这么多。

摹仿欲望远非比自发欲望**更弱**，而是**最强的**，是唯一真正的欲望。由一种怪异但又根本的悖论使然，正因为这种欲望是摹仿性的，它才让我们觉得“像真的”。但丁是如此的现实主义，以至于他的文本如同对欲望的现实知觉一样起作用。我们认不出文本中的摹仿，因为我们在生活中也认不出它。诗人的力量透过一层障目之纱抵达读者。

但丁在此处揭露了文学长期扮演的中间人角色，如今，一些更有力的暗示形式，电影和电视，接过了接力棒。

通过这唯一的、同一个动作，但丁既是谴责这对情人的神学家，也是抵达**小说的真实**的诗人。但被他赶走的**浪漫的谎言**总是去而复返，如群蝇一般围着诗嗡嗡作响。

你们将要阅读的这本书之所以局限在小说这唯一的文学体裁中，只是出于一些次要的甚至偶然的原因。写这本书的时候，我虽未受过任何文学专业教育，却在一所美国大学里教文学。这些是我讲课的内容，以小说研究为主，我也就由此投入这本书的历险当中。

这本书里用了一些差不多可以互换的词来指代摹仿欲望：**由他人产生的欲望**（désir selon l'autre），**借来的欲望**（désir d'emprunt），**三角欲望**（désir triangulaire），或者**中介化欲望**（désir médiatisé）和**中介**（médiation）。最后这个词来自黑格尔，在这里仅指**中间人**（intermédiaire），欲望需要借助这个中间人来选择客体，选择这种欲望的模式（modèle），它有时是想象出来的，但往往也是实际存在的。

与由本能来决定客体的食欲或需求不同，欲望没有预先确定的客体。这种自由正是它的人性所在。人身上有一种“存在的不足”（insuffisance d'être），每个人都会隐隐感觉到。因此从孩童时代起，我们就强烈地渴望，但不一定是带着深思熟虑去渴望。我们听任大多数人的意见引导。我们还常常摹仿一个我们崇拜并希望自己与他相像的人。我们于是努力征服这个模式的**存在**，总之要成为他，但也依然是自己。为了达到这一目标，我们努力获取所渴望的存在中似乎最根本的东西，它的主导激情的客体，我们赋予这种激情一种近乎圣事般的价值。

假如不是小说中的主人公，而是一种实实在在的欲望，即我们摹仿的模式的欲望促使我们去渴望，又会发生什么？

可能被渴望的客体有两种。首先是那些可供分享、可被共同拥有的客体。摹仿由这些客体启发的欲望会在**分享**同一种欲望的人们之间引发同情。

可惜，还存在第二种客体，我们不能或不愿**分享**它，我们对它极为珍视以至不能将它拱手让与摹仿者。这类客体的原型是被丈夫嫉妒地保留给他自己的妻子。

两种欲望汇聚于同一个**不可分享的**客体，使得模式与其摹仿者无法再**分享**同一种欲望而不成为彼此的障碍，障碍的干扰远不会终止摹仿，而是令其倍增，变成相互的。这便是**摹仿竞争**（rivalité mimétique）。

一开始引领弟子走向其模式的那种正面情感于是乎让位于一种仇恨，若这仇恨中一直混杂着崇敬，便愈发摆脱不掉。摹仿竞争产生一种竞价效果，它以具有传染性的、摹仿的方式扩散，大有瓦解各个群体的趋势。

在螺旋的每一圈，竞争过程都暗示参与者用同样的策略来战胜他们的对手，用同样的诡计来掩盖这个意图。对立双方什么都不能说，什么都不能做，什么都不能感受，否则这同样的言说、同样的行动、同样的印象将立刻被竞争对手那“魔鬼般的”镜子抛回给他自己。

摹仿竞争无处不在，但只有少数几个作家在此主题上打破沉默，揭露围绕摹仿竞争展开的弄虚作假。为了不直面我们的摹仿，我们把它引发的冲突装扮成观念、意见和信仰的对立。

摹仿竞争缩小的主要差别是模式与其摹仿者之间的**距离**。这种缩小的作用在摹仿欲望建立的系统中的每一层面上都得到了验证，并被伟大的小说家们注意到。它首先在单独的每一部小说内部得到验证。我们越是走向结尾，摹仿竞争就越多、越加剧。这条定律放在一位作家全部作品的层面也适用。小说越是出现在小说家写作生涯后期，它们描绘的世界就越是暴露在摹仿冲突之下，这个世界就变得越难以区分。最后，当我们把所有小说家的所有小说按照时间顺序集中到一起，变成唯一的一部鸿篇巨作，我们发现，每个小说家都在前人中断之处重启同一化过程。发生在我们眼前的是唯一的、同一个历史过程。

浪漫主义谎言不了解这种历史，于是产生了一大堆可想而知的误会。例如，我们的世界篡改堂吉诃德这个人物，竟至于把他变成一个着实“独特的”主人公，一个“真正的个人主义者”。诚然，在其疯狂之外，堂吉诃德确实是善良聪慧之人，但把他变成一个正面的主人公则有违塞万提斯小说的本意。在这位愁容骑士和桑丘一起流浪的西班牙，他那种疯狂，在形式不那么极端时，其实稀松平常。甚至连旅店老板都不去管他们的炉子，而从最狂放的骑士做派中取乐。人们在堂吉诃德这里犯下的谬误跟认为保罗和弗兰切斯卡有一种“真正的、自发的激情”时犯下的谬误完全类同。

堂吉诃德与更现代的摹仿欲望的受害者之间真正的差别在于，这位主人公不必看着阿马迪斯和他争抢剃须盘以及其他彰显骑士雄心壮志的护符。在由他人产生的欲望的所有受害者中，堂吉诃德是最幸福的一个。他免于摹仿竞争，因此也就免于尼采隐约看到却未详尽定义的那种典型的现代病，即 re-sentiment（重复情感 / 怨恨）[1]，换言之，是模式变形为障碍和竞争对手后在大多数现代人身上引发的敌意和崇敬的混合。

《浪漫的谎言与小说的真实》希望指出，欲望有其历史，且这段历史的特征是模式与其摹仿者的持续接近。这里涉及的不单单是文学现象，它也存在于真实历史中，这点我们很容易验证。世界越是变得民主，个人自由越是扩散，竞争也就越来越多，无论有果无果。这整个竞争加速了经济、科学和技术的发展，但同时，它也令个人在一切家庭、地方、国家共同体的不稳定状态中感到不适……欲望的摹仿理论与托克维尔《论美国的民主》第二部分的思想有许多契合之处，本书关于斯丹达尔的那一章对此有简要提及。

我再重申一下，《浪漫的谎言与小说的真实》讨论的不是某些批评家曾在书中寻找的那种小说理论。这本书努力要

---

〔1〕此处，re-sentiment 与尼采的“ressentiment”（怨恨）同音。re- 作为词缀可表重复，re-sentiment 便有了“重复情感”之意。此双关语正对应着主体在摹仿中怀有的两种情感。——译者注

理论化的不是小说这种体裁，而是摹仿欲望。纯粹的文学研究者怀疑小说的艺术在此只是手段而非目的。我甘愿承担这样的指责，因为在我看来，我们能向文学致以的最高敬意，是重新激活十分古老的观念，它令文学既成为幸福的源泉，也成为知识的源泉。

勒内·基拉尔

2001 年 1 月 3 日

（贾云　译）

第一章 “三角”欲望

我想告诉你，桑丘，你知道，大名鼎鼎的阿马迪斯·德·高拉是一个十全十美的游侠骑士。我说什么呀，一个？应该说仅有的一个才对，头一份，独一无二，天下骑士的首领和老爷……我告诉你……一个画家想在绘画上出名，就得拼命摹仿他所知道的名画家的原作，这个办法，对所有为国增光的重要行业都有效。谁想以谨慎坚忍著称于世，就应该这么做，办法是学习——有人正在学——尤利西斯。荷马通过尤利西斯这个人和他的业绩，为我们生动地描绘了谨慎坚忍是怎样一副品格。同样，维吉尔也借埃涅阿斯这个人，给我们展示了孝子的品质和称职骁勇的军人的才智。不是按照这些人本来的样子描写展现他们，而是写他们应该是什么样子，使他们能够成为道德上的万世师表。阿马迪斯也正是这样，才成了勇敢的、心中充满爱情的骑士前进的方向、指路的明星、光辉的太阳，我们这些高举爱情和侠义旗帜的人，应该效仿他。

> 所以，桑丘老弟，一个游侠骑士越是用心效仿他，就越接近骑士风范的顶峰。[1]

堂吉诃德有了阿马迪斯，便抛弃了个人的基本特性：他不再选择自己的欲望客体，而由阿马迪斯替他选择。阿马迪斯的这个弟子急于获得全体骑士的楷模为他抑或看似为他指定的客体。我们把这个楷模称为欲望介体（le mēdiateur）。基督徒的生活是对耶稣基督的摹仿，而骑士生活则是对阿马迪斯的摹仿。

小说作品的人物怀有欲望的方式，大都比堂吉诃德简单，他们那里没有介体，只有主体和客体。激发热情的客体，倘其性质不足以说明欲望，人们便转向被激动的主体，进行“心理分析”，或者探讨主体的“自由”。不管怎么说，欲望始终是自发的，始终能够用联结主体和客体的一条简单的直线来说明。

堂吉诃德的欲望也有直线，但不是本质的。在直线的上方，介体既关及主体，又关及客体。表现三方关系的空间图自然就是一个三角形。故事不同，客体随之不同，三角形却始终如一。理发师的铜盆或者佩德罗师傅的木偶[2]可以代替风车，阿马迪斯却阴魂不散。

在塞万提斯的小说里，堂吉诃德作为三角欲望的牺牲品

---

〔1〕本书小说引文，除个别外，均由译者据本书法文引文译出。——译者注

〔2〕见《堂吉诃德》第一部第二十一章和第二部第二十六章。——译者注

很有代表性，但并非绝无仅有。牺牲品除他之外，便要首推随从桑丘·潘沙了。桑丘有些欲望与摹仿无关，比方看见一块奶酪、一罐好酒产生的欲望。但是桑丘除了想填饱肚子还有其他野心，他跟随堂吉诃德之后，一门心思想到一个岛上当总督，还想给女儿弄一个女公爵的头衔。诸如此类的欲望对于桑丘这样一个平头百姓来说不是自发产生的，而是堂吉诃德暗示给他的。

在这里，暗示是口头的，不再像堂吉诃德那样是书上读来的。不过这个区别并不重要。新欲望构成新三角，奇妙的海岛、堂吉诃德、桑丘各据一角。堂吉诃德是桑丘的介体。对于这两个人物来说，三角欲望的结果是相同的。一旦介体发生影响，主体对现实事物的感觉就丧失了，判断力就麻木了。

由于介体的影响对堂吉诃德较之对桑丘更深、更久，因而浪漫主义读者在小说中，就只看到作为理想主义者（l'idēaliste）的堂吉诃德与作为现实主义者（le rēaliste）的桑丘之间的对立。这种对立确实存在，然而是次要的，不应因此忘掉两个人物的类同。骑士激情决定了由他人产生的欲望，与之对立的是许多人吹嘘享有的由自我（selon Soi）产生的欲望。堂吉诃德和桑丘的欲望是向他者（selon l'Autre）借来的，借得如此彻底、如此有特点，以至于他们把这种欲望和保持自我（être Soi）的意志完全混淆了。

有人会说，阿马迪斯是传奇人物。没错。但是传奇的作者并不是堂吉诃德。介体尽管是虚构的，中介却并不虚妄。主人公欲望的背后藏着第三者，亦即阿马迪斯的创造者，骑士传奇作者提出的暗示。塞万提斯的作品，是就神智健全的人相互间可能产生的灾难性影响所作的详尽思考。离开骑士生活这个话题，堂吉诃德不论谈什么都相当有头脑。他喜爱的作家也都不是疯子，他们并没有把自己的虚构当真。幻觉产生于两个清醒的头脑古怪的结合。自从发明了印刷术，骑士文学流传日广，这种结合的机会飞速增加。

* * *

在福楼拜的小说里也可以发现由他者（l'Autre）产生的欲望和文学的"种子"功能。爱玛·包法利的头脑里充斥着浪漫主义文学的女性人物，她的欲望就由这些人物产生。青年时代囫囵吞下的那些平庸作品，摧毁了她的自发性。关于包法利主义（bovarysme），应该听听儒尔·德·戈尔蒂耶[1]的定义，他认为包法利主义在福楼拜笔下几乎所有人物身上都有表现："同样的无知，同样的朝三暮四，同样的缺乏个人反抗，这使得他们听命于外界环境的暗示，缺乏来自内心的自我暗示。"[2]戈尔蒂耶的著名论文还指出，为了把自己构想成另外一个样子，福楼拜的主人公给自己树一个"模式"，

〔1〕戈尔蒂耶（Jules de Gaultier，1858—1942），法国哲学家，著有《包法利主义，福楼拜作品的心理描写》（1892）等。——译者注

〔2〕从这个定义可以看出，bovarysme一词的含义涵盖了性格、气质、处世方式、行为准则许多方面，译作"包法利主义"，虽嫌简白，却能保留原词意义的丰富性。—译者注

然后就“摹仿他们想变成的那个人身上所有能够摹仿的地方，摹仿外在的一切，全部外表，举止、口吻、衣着”。

摹仿的外在方面最引人注目，但是我们要注意的是，塞万提斯和福楼拜的人物在摹仿抑或自以为在摹仿模式的欲望，而模式是人物自由挑选的。再举第三位小说家斯丹达尔为例，他也强调暗示和摹仿在人物个性中的作用。玛蒂尔德·德·拉莫尔向家族史寻找模式；于连·索莱尔摹仿拿破仑，《圣赫拿岛回忆录》和伟大军队的《战报》代替了骑士传奇和荒唐的浪漫故事；巴马大公[1]摹仿路易十四；阿格德的年轻主教对着镜子练习降福动作，他摹仿那些德高望重的老主教，生怕不够惟妙惟肖。

在这里，历史不过是文学的一种形式，它向斯丹达尔的人物暗示情感，更向他们暗示并非他们本能感觉到的欲望。进雷纳尔家之前，于连不愿和仆人一道用餐，要与主人同桌，这种欲望是从卢梭《忏悔录》借来的。斯丹达尔用虚荣这个词表示各种形式的“模拟”“摹仿”。虚荣人不向心底寻找自己的欲望，而是向他人借。所以虚荣人和堂吉诃德、爱玛·包法利同道。在斯丹达尔的作品里，我们同样看到了三角欲望。

《红与黑》开篇，市长和夫人在维里埃散步，德·雷纳尔先生走在他修的护墙之间，趾高气扬，心里却忐忑不安。他很想叫于连·索莱尔做儿子的家庭教师，不是因为疼爱儿

---

〔1〕斯丹达尔小说《巴马修道院》的人物。——译者注

子，也不是因为热爱知识。他的欲望并非本能。夫妻二人的谈话很快泄露了德·雷纳尔先生的本意：

“瓦勒诺的孩子也没有家庭教师。”

“他会把我们这个抢走的。”

在维里埃，瓦勒诺从权势和财势上讲，仅次于德·雷纳尔先生。市长同索莱尔老爹谈判，瓦勒诺这个竞争者的影子一直在他眼前。他向索莱尔老爹提出优惠的条件，但是狡猾的乡巴佬回答得很妙：“别处还有更好的。”这一下，德·雷纳尔先生断定瓦勒诺也想要于连，雇用于连的欲望于是更加强烈。他愈是想象竞争者有雇用于连的欲望，开价就愈高。他是在摹仿他想象出来的欲望，而且这是一种一丝不苟的摹仿，因为这种模拟的欲望，直至其热烈程度，完全取决于模式的欲望。

小说接近尾声时，于连想重新得到玛蒂尔德·德·拉莫尔，他听从纨绔子弟科拉佐夫的主意，重演父亲的故伎。他向德·费瓦克元帅夫人献媚，想激起她的欲望，以便做戏给玛蒂尔德看，暗示她来摹仿。少许水便可以推动水车，少许欲望便可以使虚荣人想入非非。

于连依计行事，事情的发展果然不出所料。元帅夫人对他产生好感，玛蒂尔德的欲望因而死灰复燃，于是三角再现：玛蒂尔德、德·费瓦克夫人、于连；德·雷纳尔先生、瓦勒诺、于连……每次斯丹达尔写到虚荣，三角就出现，不管涉及的是野心、生意，还是爱情。奇怪的是，马克思主义批评家认为经济结构提供了人类关系的范式，他们却没有发现索莱尔老爹的骗术和于连谈情说爱的手段异曲同工。

要叫虚荣人对某物产生欲望，只要叫他相信某个有名气的第三者已经垂涎此物就行了。介体在这里是虚荣挑起的竞争者，也无妨说是虚荣自己找来的竞争者；然后，虚荣又希望竞争者失败。这里，介体和欲望主体的竞争，与堂吉诃德或者爱玛·包法利的欲望有着本质区别。阿马迪斯不会同堂吉诃德争夺绝望孤女的监护权，不会替他劈杀巨人。相反，瓦勒诺可能抢走德·雷纳尔先生的家庭教师，德·费瓦克元帅夫人也可能从玛蒂尔德·德·拉莫尔身边夺走于连。斯丹达尔描写的欲望，多数情况下是介体也觊觎或者可能觊觎客体。唯其如此，不论介体的欲望是现实的还是假设的，都使得客体在主体眼里身价倍增。中介的存在造成了完全等同于介体欲望的第二欲望，就是说，有两个相互竞争（concurrents）的欲望。介体不起或者好像不起障碍的作用，就休想成为模式（modèle）。就像卡夫卡小说里的卫兵，模式一面给他的追随者指示天堂的大门，一面又用同一个的手势把追随者挡在门外。德·雷纳尔先生投向瓦勒诺的目光，不同于堂吉诃德投向阿马迪斯的目光，这毫不奇怪。

在塞万提斯的小说里，介体高踞不可企及的天国，其肃穆庄严多少感染了他的追随者。在斯丹达尔的小说里，介体降到尘世。分清主介体关系这两种不同的类型，就能认识堂吉诃德与斯丹达尔笔下最庸俗的虚荣人之间巨大的精神差异。三角形只有显示这种区别，并且使我们一眼就测出差距，才有持久的价值。为了达到这两个目标，我们只需要看一看三角形中介体和欲望主体之间距离的变化。

显而易见，在塞万提斯的作品里，介体和欲望主体之间距离最大，堂吉诃德与传说中的阿马迪斯不可能有任何接触。爱玛·包法利与她巴黎的介体相隔没这么遥远，通过旅客的介绍、书籍、报刊，巴黎的最新时尚传到永镇。参加渥毕萨尔的舞会，爱玛与介体更近了，她进入圈子中心，得以近观她的偶像。但是接近的时间转瞬即逝。爱玛永远不可能追求到"理想"的化身所追求的东西，她永远不可能和这些化身竞争，她永远到不了巴黎。

爱玛办不到的事，于连·索莱尔办到了。《红与黑》开头，于连和介体之间的距离不比《包法利夫人》中的小，可是于连跨过去了。他离开外省，成了高傲的玛蒂尔德的情人。他平步青云，接近介体。类似的接近，在斯丹达尔其他主人公的故事中也可以看到，这正是斯丹达尔的世界与上文讨论过的其他作家的世界之间的区别。在于连和玛蒂尔德之间，在德·雷纳尔和瓦勒诺之间，在吕西安·娄万和南锡的贵族[1]之间，在桑凡和诺曼底的乡绅[2]之间，距离都很小，因而才有欲望之争。在塞万提斯和福楼拜的小说里，介体永远外在于主人公的世界，而在斯丹达尔的小说里，介体在主人公世界内。

因此，小说可以分成两大类——在每一类里还可以无限

---

〔1〕见斯丹达尔的小说《吕西安·娄万》（*Lucien Leuwen*，又名《红与白》）。——译者注

〔2〕见斯丹达尔的小说《拉米埃尔》（*Lamiel*）。——译者注

制地细分下去。如果介体和主体各居中心的两个能量场的距离太大，彼此不接触，我们把中介称为外中介（médiation externe）。如果两个场距离很小，因而或多或少彼此渗透，我们就把中介称为内中介（médiation interne）。

衡量中介和欲望主体之间距离的当然不是物理空间。地理上的远近固然是一个因素，但是距离首先是精神概念。堂吉诃德和桑丘彼此形影不离，但是他们之间社会的、智力的距离却无法逾越。桑丘从来不追求主人追求的东西。他感兴趣的是僧侣丢弃的食品，路上捡的钱袋，还有堂吉诃德毫不在乎送给他的小玩意儿。至于那个神奇的小岛，他指望靠堂吉诃德获得，他是忠贞不贰的奴仆，任何东西都以主人的名分占有。所以桑丘的中介是外中介。他和介体不会有任何争执。两伙伴间的和谐决计不会有大麻烦。

* * *

外中介的主人公公开宣布欲望的真实性质，他景仰模式，宣称步其后尘。我们已经看到，堂吉诃德自己把阿马迪斯在他生活中的特殊位置告诉了桑丘。包法利夫人和雷翁叙衷肠，也道出了欲望的真情。《堂吉诃德》与《包法利夫人》，两书的近似已经广为人知，因为任何两部外中介小说，我们都很容易发现它们的类同。

在斯丹达尔的小说里，摹仿之可笑就不是一望即知的了，因为在追随者的世界和模式的世界之间，使堂吉诃德和包法利夫人授人以笑柄的差距没有了。不过，对内中介而言，摹仿的狭隘和肤浅并不逊于外中介；这个事实，倘若在我们看来有点不可思议，那不仅是因为在内中介里，摹仿的是一个“移近”的模式，而且因为内中介的主人公非但不炫耀摹仿对象，反而百般遮掩。

追求客体，归根结底就是追求介体。但是在内中介里，追求遭到介体自身的破坏，因为介体觊觎或者可能占有客体。模式的追随者既为模式所吸引，他就必然把模式设置的有形障碍看成某种意志存在的证据，对他而言这是一个邪恶的意志。他非但不承认自己是忠实的随从，而且一心想弃绝与中介的联系。但是，与中介的联系空前牢固，因为介体的阻碍非但不会损害介体的威信，反而使他威信大增。主体认为模式一定自以为比他高明得多，不会收他到门下。于是，主体对模式就怀着五体投地的崇敬和无以复加的怨愤这样两种相反的感情，两相混合，令他痛苦。这种感情，我们称之为仇恨（haine）。

只有把欲望暗示给我们却又阻拦我们满足这个欲望的人，才是我们的真仇人。但是心怀仇恨的人，他首先恨自己，因为他的仇恨里暗藏着崇拜。为了向他人也向自己遮掩疯狂的崇拜，他完全把介体看成障碍。介体的第二个作用于是跑到首位，作为模式被人虔诚仿效的第一个作用倒被掩盖了。

主体在和竞争者争斗时，颠倒欲望逻辑和时间顺序，用意在于掩盖他的摹仿。他声称，他的欲望先于竞争者产生，所以按他的说法，对争斗负责的不应该是他，而应该是介体。不论何物，但凡出自介体，便遭贬斥，而暗地里却被效仿。介体被主体视为狡猾而凶恶的敌人，这个敌人想夺走主体的心爱之物，顽固打击主体最合法的要求。

马克斯·舍勒[1]在《仇恨的人》(*L'Homme du ressentiment*)里探讨的现象，依我之见，都属于内中介。仇恨这个词表明了作为内中介里主体经验特征的反弹性质，反射震动性质。热烈崇拜和竞争意志撞上了模式给追随者无理设置的障碍，因而变成对模式软弱无力的仇恨，由此产生了马克斯·舍勒描写得很精彩的那种心理上的自我毒害。

正如舍勒所言，仇恨能够把它的观点强加给并不受其控制的人。仇恨叫我们看不到，有时甚至叫舍勒本人看不到，摹仿在欲望生成中所起的作用。比如我们就没有想到，嫉妒、羡慕这些词和仇恨一样，习惯上都是指内中介，却几乎总是向我们掩盖内中介的真实性质。

嫉妒和羡慕意味着三个存在：客体、主体、嫉妒或羡慕的对象。嫉妒和羡慕这两个“缺点”因此是三角的，但是我们一直没有觉察，嫉妒对象就是嫉妒者的模式，因为我们看嫉妒总是依着嫉妒者，而嫉妒者同所有内中介的牺牲品一样，很容易相信自己的欲望是自发的，就是说植根于客体，而且仅仅植根于客体。嫉妒者总是认为，他的欲望在介体介入前就有了。他一贯把介体描写成一个僭越者、一个不知趣的人、一个 terzo incommodo[2]，破坏了别人的亲密关系。因

〔1〕马克斯·舍勒（Max Scheler，1874—1928），德国哲学家。——译者注
〔2〕拉丁文“讨厌的第三者”。——译者注

此，嫉妒有可能被归结为我们每个人在欲望受到妨碍时都感到的那种恼怒，然而真正的嫉妒要比恼怒复杂得多，其中少不了被强悍的竞争者吸引这个因素。受嫉妒折磨的总是那么一些人，我们能相信他们是倒霉在某种不幸的机运上吗？难道真是命运给他们安排了那么多的竞争者，给他们的欲望设置了那么多的障碍吗？我们不会相信这些话，因为我们平时谈到这些被嫉妒慢慢吞噬的人，便说他们"禀性好妒"，或者"生性多嫉"。在这样的"禀性""生性"里，具体地说，有的不是那种好他者之所好，亦即摹仿他者欲望的不可抑制的恶癖，又能是什么呢？

马克斯·舍勒把"羡慕、嫉妒和争强好胜"列入仇恨的根源。他把羡慕定义为"与为获得某物的努力相对立的无能感，因为此物属他人"。他又指出，如果嫉妒者不把物的占有者因占有此物而自然会对他设置的障碍，想象为一种蓄谋的对立，那么强烈的羡慕就不会存在。"单单遗憾没有占有他人拥有而又为我所欲的东西，并不足以产生（羡慕），因为这种遗憾可以促使我去占有此物，也可以促使我去占有类似物……只有当为获得此物而调动种种手段的努力均告失败，所剩的是无能感之后，才会产生羡慕。"

他的分析很中肯、很全面，既没有忽略嫉妒者对失败原因的错觉，也没有忽略随羡慕而出现的无力感。但是，这些因素都是孤立的，连接这些因素的关系未能揭示出来。相反，假如我们不从竞争客体出发来解释羡慕，而是拿竞争者亦即介体自身作为分析的出发点和归结点，那么一切都会迎刃而解，一切都会纳入条分缕析的结构。竞争者若非暗受敬重，他占有某物这一点所自然构成的障碍就不会被看成蓄意的蔑视，也不会引起恐慌。这个半神好像在以怨报德，以咒骂回报礼赞。主体自认为受到粗暴的、不公正的对待，但是他也惶惶不安地考虑到，他遭到惩罚也许是罪有应得。因此，竞争只会强化中介作用，提高介体的声望，通过迫使介体公开肯定自己的权利、欲望和占有行为来加深客体和中介的联系。这样一来，主体反而比以往任何时候都愈发难以放弃无法接近的客体了，因为介体通过占有客体或者企图占有客体，把他的影响传递给客体，而且仅仅传递给了客体。于是在嫉妒者眼里，其他任何客体都变得毫无价值，即便同这个“介体化”的客体相似乃至一模一样也罢。

认识到可恶的竞争者就是介体，所有的疑惑都会烟消云散。马克斯·舍勒在《仇恨的人》中指出，“挑选模式”起因于人们个个都有相互比较的要求，他进一步指出，“这种比较正是一切嫉妒和野心的根源，也是例如摹仿耶稣基督所隐含的态度的根源”，此时他已经接近真理。可惜这只是一个孤零零的直觉。把被客体夺走的位置还给介体，把普遍认同的欲望顺序颠倒过来，这一点只有小说家做到了。

斯丹达尔在《旅行者回忆录》里让读者对他所说的现代情感提高警惕，这种情感产生于普遍的虚荣心：“羡慕、嫉妒和软弱的仇恨。”斯丹达尔的公式集中了三种三角情感，他的公式脱离个别客体来观察这些情感，并且让这些情感同强烈的摹仿需要相联系。按他的说法，19 世纪整个沉溺于这种摹仿的需要。舍勒继尼采（尼采承认从斯丹达尔那里获益匪浅）之后指出，浪漫主义心态浸透了“怨恨”。斯丹达尔说的是同样的意思，不同的是，这种精神毒药的根源，斯丹达尔是向对个人的狂热摹仿中去寻找，说到底，我们摹仿的人和我们并无两样，不过被我们想当然地加上许多美名罢了。如果说现代情感在蔓延，那么原因并非“羡慕天性”和“嫉妒禀性”的数量莫名其妙、令人不安地增加了，而是因为在一个人与人的差别逐渐消失的世界里，内中介正得其所。

只有小说家揭示了欲望的摹仿性质。现在这个性质已经很难为人觉察，因为摹仿越狂热，否认越彻底。堂吉诃德公开承认追随阿马迪斯，他那个时代的作家也公开承认追随古代作家。浪漫主义的虚荣人则不愿意做任何人的追随者，他自认为绝对是天马行空。19世纪，自发性到处成为律条，摹仿遭到贬抑。所以斯丹达尔到处叫大家不要上当，吹得天花乱坠的各种个人主义实际上掩盖着一种新的摹仿。浪漫主义消极厌世，仇视社会，憧憬荒漠，实际上和群居性一样，往往不过是掩盖对他者一种病态的畏惧。

斯丹达尔的虚荣人为了掩饰他者在自己的欲望中起着根本作用，常常求助于占统治地位意识形态的套语。透过宗教的虔诚、虚情假意的利他精神、19世纪30年代的贵夫人装模作样的承诺（l’engagement），斯丹达尔看到的不是真心献身的高贵热情，而是虚荣心陷入绝境时惊慌失措的选择，是自我无力自发表达欲望时的离心运动。他让人物说话、行动，然后刹那间把介体暴露出来。他一方面不动声色地恢复了欲望的真实顺序，另一方面又假装相信人物提出相反顺序所持的论据。这是斯丹达尔惯用的反讽手法。

浪漫主义的虚荣人总是对自己说，他的欲望包含在事物的性质内，或者说——这是一回事——是纯净的主观流露，是近乎神的自我 ex nihilo[1] 的创造。从客体出发的欲望和从自我出发的欲望等值，因为二者都不是从他者出发的欲望。客观成见和主观成见殊途同归，因为都植根于我们为自己的欲望设想的形象之中。主观性和客观性，浪漫主义和现实主义，个人主义和科学主义，唯心主义和实证主义，看似对立，实则统一，都掩盖了介体的存在。所有这些理论都是与内中介相适应的世界观在美学或者哲学上的表现，或多或少都同所谓自发欲望的谎言直接相关。它们都维护着一种对自主的幻觉——很受现代人青睐的幻觉。

这种幻觉，天才的小说尽管不懈地谴责它，却始终未能动摇它。塞万提斯、福楼拜、斯丹达尔和浪漫派、新浪漫派不同，他们伟大的小说揭示了欲望的真实内容。但是，真相就在被揭示的同时又被掩盖起来。读者大都相信自己的自发性，因而把自己早先投射到世界上的意义又投射到文学作品上。19 世纪根本不懂塞万提斯，却也一个劲儿地夸赞人物塑造“独具匠心”。浪漫主义的读者把作品的含义奇妙地颠倒过来（这种颠倒说到底是一种更高的真实），认同堂吉诃德这个头号摹仿者，把堂吉诃德当作个人－模式

---

〔1〕拉丁文“出于子虚乌有”。——译者注

（l'individu-modèle）

所以，“小说的”这个词的歧义一直反映着我们对一切中介的无知，对此无须惊奇。这个词既包括骑士传奇，又包括《堂吉诃德》，既可以作“浪漫的”的同义词，又可以表示浪漫主义意愿的破产。从现在起，我们用浪漫的（romantique）这个词指那些反映了介体的存在却没有揭示介体的作品，用小说的（romanesque）这个词形容那些揭示了介体存在的作品。本书将用主要篇幅论述后一类作品。

* * *

介体的影响会传递给作为欲望对象的客体，赋予客体一种虚幻的价值。三角欲望是一种可以改变客体面貌的欲望。浪漫主义文学并非没有认识到客体的变形，恰恰相反，它利用这种变形，沽名钓誉。但是它从来没有暴露变形的真实机制。幻想是一个生命，需要一个雄性因子和一个雌性因子来孕育。诗人的想象是女性，没有介体使她受孕，就不能怀胎生育。浪漫主义一直认为孤独的主体产生幻想，只有小说家才写出了幻想产生的真实过程。浪漫主义者在想象问题上维护一种“单性繁殖”观。他迷恋于自主性，拒绝向自己的神明致敬。一个半世纪以来一代又一代的唯我派诗人就说明了这一点。

浪漫主义批评家对堂吉诃德把一个普通的脸盆当成曼布里诺的头盔这一节大声喝彩，但是他们应该补充说明，倘若堂吉诃德不摹仿阿马迪斯，便不会有这样的幻觉。爱玛·包法利倘不摹仿那些浪漫主义作品的人物，就不会把罗道尔夫当成白马王子。“羡慕”“嫉妒”和“软弱的仇恨”眼里的巴黎上流社会，与曼布里诺的头盔同样虚幻，也同样为人渴望。在巴黎上流社会，形形色色的欲望都关系到抽象，照斯丹达尔的说法，是“脑袋的欲望”。快乐与物质无关，痛苦更是如此。快乐和痛苦都是“精神的”，不过必须说明，层次比较低。介体好像人造太阳，把神秘的光投射到客体上，给客体蒙上一层虚假的光彩。斯丹达尔的全部作品，目的都在告诉我们，虚荣的各种价值，无论贵族、金钱、权势、声望，好像很具体，其实是表面如此。

由于这种抽象品质，我们可以拿虚荣的欲望同堂吉诃德的欲望作个比较。尽管幻觉不一样，但毕竟都是幻觉。欲望在人物周围投射出一个梦幻世界。无论虚荣的欲望还是堂吉诃德的欲望，主人公都是临终前才摆脱梦境。假如说于连显得比堂吉诃德清醒，那是因为于连周围的人，除德·雷纳尔夫人外，都比于连中邪更深。

斯丹达尔在创作小说之前就对欲望客体的变形深有感触。1822 年他的《情爱论》(*De l'Amour*) 对此有一段以结晶作喻的著名描写。以后他的小说基本上依循 1822 年的理论，但是在一个基本问题上，他后来的小说脱离了原来的思想。按我们上文的分析，结晶应该是虚荣所致，然而在《情爱论》里，斯丹达尔却没有从虚荣的角度，而是从激情(passion)的角度来谈结晶现象的。

在斯丹达尔的作品里，激情是虚荣的对立面。法布里斯·德·唐戈是激情人的典型。他在感情上的自主、欲望上的自发，对他者看法绝对的漠不关心，都使他显得与众不同。这个激情人是从自己身上，而不是从别人身上汲取欲望力量的。

这么说，我们是不是搞错了？在斯丹达尔的小说里，伴随结晶的兴许是真实的激情吧？不对，他笔下所有伟大的情侣都证明并非如此。真正的爱情，像法布里斯对克蕾丽娅的爱，像于连最终认识到的他对德·雷纳尔夫人的爱，都不会去改变客体，爱情从客体身上发现的优秀品质，以及它所期待的幸福都不是虚幻的。爱情、激情总伴随着敬重（按高乃依〔1〕的语言理解这个词），建立在理智、意志、情感和谐无间的基础之上。于连爱的是真实的德·雷纳尔夫人，真实的玛蒂尔德他并不爱。与德·雷纳尔夫人的爱是激情，与玛蒂尔德的爱是虚荣。所以改变客体的是虚荣。

1822年的论文和以后的主要小说之间有显著差别，但是，由于论文和小说都对虚荣和激情进行了区分，所以差别不易觉察。在《情爱论》里，斯丹达尔描写了三角欲望的主观作用，但是他把作用归因于自发欲望。衡量欲望是否是自发的，真正的标准只有一个，那就是欲望的强烈程度。强烈的欲望是激情欲望，而虚荣欲望则是真实欲望的微弱反光。

---

〔1〕高乃依（Pierre Corneille，1606—1684），法国古典主义剧作家，作品热情歌颂贵族的高尚品质。——译者注

所以，归入虚荣的永远是他者的欲望，因为我们永远认为自己的欲望比他者强烈。激情－虚荣的区分有利于肯定斯丹达尔（及其读者）对虚荣的谴责。在作者自己的生活里，大凡介体的启示作用最突出的地方，也就是介体藏而不露的地方。所以，斯丹达尔 1822 年的观点应该称为浪漫主义的，激情－虚荣的两分法还是“个人主义的”，多少令我们想到纪德[1]在《背德者》（*L'Immoraliste*）里自然我和社会我的两分法。

批评家们谈论的斯丹达尔，尤其是保罗·瓦雷里在《吕西安·娄万》序言里谈论的斯丹达尔，几乎一律是青年时代“纪德”式的斯丹达尔。在以斯丹达尔为先驱的欲望道德说门户林立的时代，“纪德”式的斯丹达尔成为时髦不足为奇。早年的斯丹达尔在 19 世纪末和 20 世纪初为人津津乐道，这使我们看到了怀着强烈欲望的本能人和效仿他者、欲望孱弱的“准人”[2]之间的对比。

有人可能拿《意大利轶事》（*Les Chroniques italiennes*）和日记、书信里的话来证明，成熟后的斯丹达尔仍旧使用虚荣－激情对比的最初含义。但是，《意大利轶事》也好，日记、书信也好，都不属于斯丹达尔主要作品构成的体系。仔细研究一下主要作品构成的体系，就不难发现，虚荣在这些作品里成为既具重塑作用，又是最强烈的欲望。

即便在青年时代的作品里，虚荣－激情的对比也从来没

---

〔1〕纪德（André Gide，1896—1951），法国作家。——译者注
〔2〕原文 sous-homme。——译者注

有同纪德的自然我与社会我的对比［例如《梵蒂冈的地窖》（*Les Cavas du Vatican*）里福勒里索瓦和拉弗卡迪奥的对比］完全契合。在《情爱论》里斯丹达尔已经断言"虚荣产生激情"。这就是说，他没有全然忽视摹仿欲望的奇特力量。他正处于演变的起点，最后将把原先的次序完全颠倒过来。愈晚的作品，欲望的力量愈接近虚荣。玛蒂尔德冷落于连以后，于连受到的是虚荣的折磨，而且他从来没有遭遇过如此强烈的痛苦。于连所有的强烈欲望都是由他人产生的欲望。他的野心是一种三角情感，靠着对相关人的仇恨来维持。当他把脚踩上梯子时，头脑深处想的是丈夫、父亲、未婚夫，就是说，他的竞争者，而不是在阳台上翘首企盼他的女人。这个让虚荣成为最强烈欲望的演变过程，完成于《拉米埃尔》中那个绝妙的桑凡，在这个人物身上，虚荣成了一种名副其实的癫狂。

至于激情，在斯丹达尔的主要小说里一律与沉寂相共生，让·普雷渥（Jean Prévost）[1]的《斯丹达尔作品中的创造》（*Création chez Stendhal*）对沉寂作了精彩的论述。这种沉默的激情很难说是欲望。一旦真有了欲望，即便是在激情人物身上吧，也就有了介体。因此，即使在不如于连世故和复杂的人物身上，也可以看到欲望三角。神秘的西西里岛上校布赞的思想使吕西安·娄万对德·夏斯泰雷夫人怀着一种

〔1〕让·普雷渥（Jean Prévost，1901—1944），法国记者、作家，著有《斯丹达尔作品中的创造》。——译者注

模糊的欲望，这种模糊的渴求女人的欲望，可以把南锡市任何一个女人作为对象。德·雷纳尔夫人自己也嫉妒艾丽萨，还嫉妒她认为于连有意藏在草垫下的画像上那个不知其为谁的人。

必须明确，斯丹达尔晚年作品中不复有自发的欲望。所有的“心理”分析都是对虚荣的分析，亦即对三角欲望的暴露。在最优秀的人物身上，真实的激情也出现在虚荣的疯癫之后，和人物在崇高时刻登上顶峰时静穆的心境相融合。《红与黑》里，于连临死前的宁静和过去病态的躁动恰成对照。法布里斯和克蕾丽娅在法奈兹塔里度过了一段和平幸福的日子，超然于一直在威胁他们却一直未能伤害他们的欲望和虚荣。

既然欲望已经消失，斯丹达尔怎么还谈激情呢？或许因为这种欢乐时刻都源于女性中介吧。在斯丹达尔的小说里，女性在成为欲望、焦虑和虚荣的介体之后，有可能成为祥和与宁静的介体。就像在奈瓦尔[1]的作品里一样，这里既不涉及两种类型的女性对立的问题，也不涉及女性因素在作家生活和创作中起对立作用的问题。

在斯丹达尔的主要作品里，从虚荣向激情的过渡同审美快感不可分。创作的欢乐压倒了欲望和焦虑。完成这种超越，一直与当时已故去的梅蒂尔德[2]有关，而且似乎正是她

[1] 奈瓦尔（Gérard de Nerval，1808—1855），法国诗人。——译者注

[2] 当指梅蒂尔德·邓波斯基（Méthilde Dembowski），斯丹达尔曾热恋她。——译者注

劝说的结果。不联系创作审美问题就不可能理解斯丹达尔的激情。小说家获得快感，是因为他充分彻底地暴露了三角欲望，就是说，他自己获得了解脱。这是小说家得到的最好报酬，激情即使还同小说有关，也只有些微的联系。激情已经从高处摆脱了完全描写虚荣和欲望的小说世界。

* * *

欲望客体的变形说明了外中介和内中介的统一。主人公的想象是幻觉之母，可是幻觉这个孩子还需要父亲，而父亲就是介体。想象和介体结合产生幻觉，在这方面，普鲁斯特的作品也提供了例证。依靠三角形公式，我们能够发现曾由普鲁斯特大胆肯定的小说天赋的统一。中介理论倡导与“体裁”批评层次不同的研究，它让作品互相印证。它剖析作品，但不破坏作品，它从关联上考察作品，但不否认每部作品的特点。

斯丹达尔作品中的虚荣与普鲁斯特作品中的欲望，二者之类同连外行读者也深有感触。再说，也唯有外行读者才有感触，因为批评家的思考似乎向来不从基本直觉出发。对某些信奉“现实主义”的诠释家来说，二者类同，天经地义，因为小说是把外在于小说家的某种现实拍摄下来，而观察可以发现无时空的心理真实的某种本质。相反，对于有“存在主义”倾向的批评，小说世界的“自主性”是金科玉律，哪怕暗示一下，说存在主义批评研究的小说家和其他人研究的小说家之间有细微联系，也是对存在主义批评的不敬。

然而，斯丹达尔作品中的虚荣，其特点重现于普鲁斯特作品的欲望，而且得到凸现和强化，这是很清楚的。在普鲁斯特的作品里，欲望客体的变形较之斯丹达尔的作品更彻底，嫉妒和羡慕表现得更频繁、更强烈。可以毫不夸张地说，对于《追忆似水年华》的人物而言，爱情一律严格从属于嫉妒，就是说，从属于竞争者的存在。介体对欲望生成具有的特殊作用前所未有地突出。《红与黑》对三角结构闪烁其词，而《追忆似水年华》的叙事人总是直言不讳：

> 在爱情上，我们那个春风得意的竞争者，换句话说，我们的情敌，其实是我们的恩人。一个女人本来只挑起我们极其微弱的肉体欲望，竞争者给她平添了许多优点，我们却以为这是她的本来面目。要是没有竞争者，要是我们认为没有竞争者……因为竞争者倒不一定非得真实存在不可，那会是什么情景。

三角结构在社交界的攀附（snobisme）[1]风里，较之在爱情-嫉妒里，明显程度不差分毫。攀附者就是摹仿者，他艳羡别人的出身、财产、优雅的风度，亦步亦趋地仿效。普鲁斯特的攀附，无妨看做斯丹达尔虚荣的漫画化，也无

[1] snobisme，通译附庸风雅，但这里是指巴结社会地位高的人，不一定追求风雅。——译者注

妨看做对福楼拜包法利主义的夸张。戈尔蒂耶把攀附称为“自鸣得意的包法利主义”，在书里专门讨论了这个问题，这是很有道理的。攀附者不敢相信个人的判断，只能拾人牙慧，所以他是时尚的奴隶。

像攀附这样的词，属于日常用语却又不歪曲三角欲望的实情，碰到这样的词在我们还是第一次。研究一下攀附者的欲望，就足以说明他的摹仿性质。介体不再被掩饰，而且正是由于攀附不像嫉妒那样只涉及欲望的一个特殊范畴，所以客体被推到后场。审美享受、心智生活乃至衣食住行，方方面面都不乏攀附者。爱情上的攀附，就是全身心地去嫉妒。所以，普鲁斯特作品中，爱情和攀附是一回事。把攀附习惯上的含义稍加扩展，就可以发现普鲁斯特作品欲望的统一。在《追忆似水年华》里，摹仿达到这样一个程度，人物是嫉妒还是攀附，完全看介体是堕入情网，还是热衷社交。欲望的三角概念使我们能够把握普鲁斯特作品的关键，即把握爱情—嫉妒与攀附的交点。普鲁斯特一再指出，这两个“恶习”可以等量齐观。他说，“社交场不过是情场的影子。”这是他经常参照的“心理学规律”的一个例证，可惜他自始至终没有把这些规律说得很清楚。批评家大都不重视这些规律，他们把这些规律算到了普鲁斯特可能受其影响的一些旧心理学的账上。他们认为小说家天才的实质与规律（lois）风马牛不相及，与自由（liberté）倒是部分地相关。我们以为，批评家错了。普鲁斯特的规律和三角欲望的规律大同小异。普鲁斯特的规律证明了一种新的内中介；如果介体和欲望主体之间的距离比在斯丹达尔小说里还小，就会出现这种内中介。

有人可能提出异议，他们说，斯丹达尔歌颂激情，相反，普鲁斯特反对激情。此言不谬。不过，二者的对立纯粹是语言上的。普鲁斯特视为激情加以反对的，与斯丹达尔当作虚荣反对的，实为一物。而被普鲁斯特当作“寻找回来的时间”所宣扬的，与斯丹达尔的人物在孤寂的监狱里所领略到的，也未见得有很大差异。

普鲁斯特的小说和斯丹达尔的小说基调上的差异，往往掩盖了斯丹达尔的虚荣和普鲁斯特的欲望之间结构上的类同。斯丹达尔几乎总是置身于他所描写的欲望之外，他对有些现象，以反讽来加以揭露，而在普鲁斯特的作品里，这些现象则蒙上了忧虑色彩。不过，背景的差异也并非一成不变，普鲁斯特的悲剧感并不排斥幽默感，在涉及次要人物时尤其如此。反过来，斯丹达尔的喜剧有时接近悲剧。他告诉我们，于连怀着虚荣心热恋玛蒂尔德的短暂时间里忍受的痛苦，超过了落落寡合的少年时代。

但是必须承认，心理冲突在普鲁斯特作品里比斯丹达尔的作品尖锐。背景的差异其实正反映了一些本质的对立。我们不能为了保证小说文学机械的统一而对这些对立轻描淡写，相反，我们要强调某些可以论证我们基本观点的对比：介体和主体之间距离的变化可以解释小说作品最明显的差异。

介体愈是靠近欲望主体，这两个竞争者的命运就愈可能相互交错，而他们互相设置的障碍就愈难跨越。所以普鲁斯特作品人物的生活比斯丹达尔作品嫉妒者的生活更“负面”、更痛苦。

* * *

有人可能会说，斯丹达尔的虚荣和普鲁斯特的攀附有共同点，那又怎么样呢？难道我们不应该忽略优秀小说的低层次，而立即把目光投向其光辉的顶峰吗？难道我们不应该对优秀小说家作品中那些可能损害作家声望的部分一笔带过？这样做难道不是理所当然的？因为我们看到另一个普鲁斯特，一个令人叹服、又有个性又稳健的普鲁斯特，即写“感觉记忆”“心灵间歇”的普鲁斯特；倘若前一个普鲁斯特轻浮放任显得很自然的话，后一个普鲁斯特的孤独深沉也毫不造作。

我们何尝不想分开鱼目和珍珠，何尝不想对后一个普鲁斯特给予前一个普鲁斯特垂涎的关注。但是必须了解这么做意味着什么。这么做，意味着把普鲁斯特先后做过的两种人——先是攀附者，后是大作家——的区分搬到作品本身的结构中来。这就会把小说家分割成两个同时存在又互相矛盾的作家，一个是攀附者，大写攀附风；另一个是“大作家”，你我认为配得上他的主题都归他。这样做与普鲁斯特自己对这部小说的看法大相异趣，因为普鲁斯特声称《追忆似水年华》是统一的。当然，也可能是他自己错了，所以，有必要考察一下他的意见。

既然叙事人的欲望，或者更准确地说，关于其欲望的回忆构成《追忆似水年华》的全部素材，那么小说的统一问题就和普鲁斯特笔下欲望的统一问题分不开了。如若有两个根本不同甚至对立的欲望，那么就应该同时有两个普鲁斯特。那么除却我们讲的不纯的、小说描写的欲望，除却造成嫉妒和攀附的三角欲望，还应该有直线的、诗意的、自发的欲望。为了一劳永逸地把好普鲁斯特和坏普鲁斯特分开，把孤独的、诗人的普鲁斯特和群居的、小说家的普鲁斯特分开，必须承认有一种无介体的欲望存在。

或曰：“已经有人对无介体欲望作了论证。通常有关普鲁斯特欲望的讨论，和你刚才阐述的意见完全两样；普鲁斯特的欲望对于个人的自主毫无妨碍，几乎完全不需要客体，因而更无须介体。”我认为，诸如此类的说法没有什么新鲜，都是从某些象征主义理论家那里贩运来的。

象征主义带着扬扬自得的主观精神心不在焉地环顾世界，觉得万物皆备于我；它爱自身，不怎么爱世界；它回避世界，然而避得还不够快，毕竟还是瞥见了某个事物。这事物钻进它的意识，仿佛沙子进了蚌壳。一粒想象的珍珠包着这极其微小的真实生长起来。想象的力量从自我获得，而且只从自我获得。而它构建宏丽的宫殿，也是为了自我。自我在宫殿里优哉游哉，直到有一天，真实这个歹毒的巫师触动了摇摇晃晃的梦的建筑，最终将其化为齑粉。

这就是普鲁斯特的写照么？很有几篇文章对此似乎确信不疑。普鲁斯特自己说了，一切都存在于主体，客体里一无所有。他讲过所谓“想象的金门”和“经验的矮门”，好像他的作品只涉及绝对的主观材料，与自我和他者之间的辩证关系不相干。如此说来，“象征主义”欲望说是言之有据的了。

所幸的是，我们有普鲁斯特的小说为凭。居然没有人想到去向小说本身问个究竟。批评家们鹦鹉学舌，照搬主观主义理论，不想加以验证。他们有普鲁斯特撑腰，这不假，可是，在涉及“心理学”规律时，他们并没有把普鲁斯特的话当真，现在却又把他的话奉若金科玉律。当普鲁斯特的意见和诸如浪漫主义、象征主义、尼采主义、瓦雷里主义等现代个人主义声气相通时，他们才洗耳恭听。我们的原则却相反。我们认为，小说天才是要在努力克服我们笼而统之称为浪漫主义的态度之后才能获得的，因为我们觉得，各种浪漫主义态度都是想维持关于自发欲望的幻想，维持一种近乎神圣的自主主观性的幻想。小说家身上起初存在的那个浪漫主义者是不愿消亡的，超越他，很慢，也很费力。超越完成于小说作品，也只能完成于小说作品。所以，小说家抽象的表白，甚至他的“思想”，未见得准确反映他的面貌。

我们已经谈到散见于斯丹达尔小说里的关键词，诸如虚荣、复制、摹仿等，这些词在作品里调动起多种机能。然而有些关键词并不很准确，应该换其他的词。至于普鲁斯特，他从当时的文学界借用理论词汇，大概是由于他不常与文学界实际接触吧，出现误差同样在所难免。

这里又有必要对照一下小说的理论和实践。我们已经说明，虚荣（三角的）这个词能够帮助我们深入《红与黑》的本质，现在我们来说明，对普鲁斯特作品的本质，“象征主义”欲望（直线的）的阐释，只能是蜻蜓点水。为使我们的论述公允起见，讨论的欲望必须不同于我们已然指出是三角形的攀附欲或爱情欲望。在普鲁斯特的作品里，什么欲望的自发性质最可靠？人们一准儿回答，是儿童的欲望和艺术家的欲望。那我们就挑选一个既是儿童的又是艺术家的欲望吧。

小说叙事人渴望目睹拉贝玛的表演。他从演出获得精神陶冶的愿望是很认真严肃的。想象发挥作用，客体被改变了。但是客体究竟何在？是谁像沙子进入牡蛎一样破坏了意识的孤独状态？不是拉贝玛，因为叙事人根本没见过她。也不是对以往表演的回忆，孩子压根儿没看过戏，他甚至对戏剧抱着一种不着边际的观念。我们找不着客体，因为没有客体。

象征主义者胆子是不是还不够大？是不是应该连客体的作用也彻底否定，宣布欲望是完全自主的？果真这么说，唯我主义的批评家听了准高兴。可惜。拉贝玛并不是叙事人的发明，女演员确实存在，存在于渴望见到她的自我之外。所以人不能没有与外在世界的接触点，不过，接触点并非一物，而是另一个意识。而把客体提示给叙事人，使他如痴如醉的是一个第三者。马赛尔知道贝戈特欣赏女演员，而贝戈特又是叙事人崇拜的对象。贝戈特随便讲什么在马赛尔眼里都是法律。斯万一家是某种宗教的布道人，而贝戈特就是这个宗教的神灵。斯万一家在家里接待贝戈特，通过他们，神谕传到叙事人的耳朵里。

普鲁斯特的小说里重复了以往小说家描写过的有趣过程。我们观看了精神婚礼，没有这样的婚礼，想象作为处女就不能产生幻想。和塞万提斯的作品一样，除口头暗示，还有书面暗示。吉尔贝特·斯万拿贝戈特写的小册子给马赛尔读，写的是拉贝玛最拿手的角色之一、拉辛的淮德拉："……贵族的仪表，基督徒的痛苦，冉森教士苍白的面孔，特罗曾[1]和克莱弗的王妃……"这些莫测高深、富于诗意、艰深费解的词句在马赛尔的头脑里留下了深刻印象。

白纸黑字印出来的东西具有一种神奇的暗示作用，普鲁斯特写了许多例子。母亲送叙事人到香榭丽舍大街，起初他觉得在这街上散步无聊得很，没有一个介体给他介绍过香榭丽舍大街："但凡贝戈特在哪本书里写过这条街，我就有可能会生出了解它的欲望，就像对别人开始给我脑子里灌输的任何事物一样。"小说结尾，叙事人阅读龚古尔兄弟的《日记》，结果是改变了对维迪兰沙龙的看法，过去在他的心里，维迪兰沙龙一直没有什么地位，因为没有一个艺术家描述过这个沙龙：

> 我无法看到没有由阅读唤起我欲望的东西，……即使龚古尔兄弟的日记没有告诉我这一点，我也明白，我一次又一次不能全神贯注于某些人或事，直到有一次，

[1] Trézène，淮德拉的丈夫、雅典王忒修斯的故乡。从希腊文译名。——译者注

> 一个艺术家把这些人或事的形象展示给我一个人看，那时我便不远万里，舍上性命也要去寻找这些人或事。

叙事人在香榭丽舍散步，如饥似渴地阅读的那些广告，也可以归入这类文字暗示。高层次暗示形式与低层次暗示形式并没有隔着鸿沟，堂吉诃德和迷上了广告的小资产者，二者之间的距离并不像浪漫主义宣扬的那么大。

叙事人对介体贝戈特的态度叫人想起堂吉诃德对阿马迪斯的态度：

> 不管什么事，他是什么看法，我几乎一概不知。我想到过，他的看法和我的可能完全不同，因为他的看法从一个陌生、而我竭力想进入的上界降临。我深信自己的思想在这个完美的人看来一钱不值，所以我想把这些思想统统扫除干净，结果一旦偶尔在他的一本书里发现了过去我自己的思想，我的心就飘飘然，仿佛是好心的神祇把这个思想还给了我，告诉我这个思想合情合理……即便是后来我自己已经开始写书了，有些句子我觉得不够好，写不下去，可是在贝戈特的书里我看到了同样的句子，只有这时，从他的书里读到了这些句子之后，我才能欣赏它们。

堂吉诃德为了摹仿阿马迪斯，当了游侠骑士，马赛尔为了摹仿贝戈特，想当作家。摹仿同时代的人物，显得更谦恭，更俯首帖耳，就像被什么宗教恐怖镇住似的，他者对自我的作用，力量空前的大。现在来讲讲，这种作用不像摹仿过去的人物那样只限于一个介体。

叙事人终于去看拉贝玛的演出。回到家，认识了来吃晚饭的德·诺普瓦先生。马赛尔急不可耐，要谈谈演出印象，他老老实实地讲他很失望。父亲很尴尬，而德·诺普瓦先生则觉得应该冠冕堂皇赞扬女演员几句。这场枯燥无味的谈话，结局是彻底的、典型的普鲁斯特风格的。老外交官的话，把演出在马赛尔心里和感觉上留下的空白又填满了，对拉贝玛的热情死灰复燃。第二天，报纸上一篇蹩脚的演出报道给老外交官的话锦上添花。和以往小说家的作品一样，口头暗示和文字暗示相辅相成。于是，马赛尔对演出的圆满和自己获得的享受都不再怀疑。他者而且只有他者能够激发欲望，不仅如此，当实际经验与他者的意见相左时，他者的意见轻而易举就可以占上风。

这样的例子还有，结论都一样。普鲁斯特的欲望是暗示胜过印象，次次如此。追溯欲望的产生，就是说追溯到主观精神的源头，照例可以发现他者在那里稳坐钓鱼台。“变形”的源头自然在我们自身，但是只有当介体拿他的魔棍敲击岩石时，泉水才会喷涌。叙事人从来不无端地产生欲望，想赌钱，想读书，想欣赏艺术品。给想象插上了翅膀，使欲望油然而生的，总是赌博的人脸上流露的亢奋，或是一次谈话，或是捧读的什么书。

> ……我身上隐藏最深的东西，控制一切的那个动个不停的把手，是对丰富哲学思想的信赖，对我阅读的书籍美的信赖，是不论什么书都要囫囵吞下去的欲望。因为，即使书是在贡布雷买的……我也认为是因为老师或者同学说这是一部了不起的书，这老师或这同学当时在我眼里掌握着我依稀意识到、但一知半解的真实和美的奥秘，认识这个奥秘在我的思想里是一个模糊而执著的目标。

批评家津津乐道的内心花园从来不曾是孤立的花园。既然孩童的欲望就已经是“三角的”，两相参照，嫉妒和攀附的含义便前所未有地清楚了。普鲁斯特的欲望**始终**是借来的欲望。《追忆似水年华》里任何一个情节都和我们刚才概括介绍的象征主义理论或唯我主义理论南辕北辙。有人会驳斥我们说，这恰恰是普鲁斯特本人的理论。有可能，但是普鲁斯特也有错的时候。这个理论是错误的，不足为训。

有些实例似乎与欲望规律相违，其实只是表面现象。在“马丁城的钟楼”这一节里，就找不到介体，但是钟楼唤起的不是占有欲望，而是表达欲望。审美激情不是欲望，而是任何欲望均告中止，回复到宁静和欢乐。就好像斯丹达尔的“激情”，这种特殊的时刻已经超出了小说世界，它在酝酿“重现的时光”，在某种意义上讲，它便是这“时光”的报春花。

欲望是统一的，就是说，在孩童和攀附者之间，在贡布雷和索多姆、戈莫尔之间，没有裂痕。我们经常多少有点别扭地暗自发问，故事叙事人是什么岁数，因为童年在普鲁斯特的小说里是不存在的。自主的、与成年人的世界漠然无关的童年，对于大人是个谜。把自己写成孩子，这种浪漫的艺术和当老祖父的艺术[1]一样，不能当真。所有用孩童的"本能性"来打扮自己的人，他们首先都想和他者，即和他们相仿的成年人区别开，没有比这一点更幼稚的了。真正的儿童，他的欲望并不比攀附的人多几分本能，而攀附的人，他的欲望也并不比儿童少几分炽热。那些认为在儿童和攀附的人之间有一道鸿沟的人，应该读一读拉贝玛这一节。贝戈特的文章和诺普瓦的言谈激起的热情，跟叙事人拿来当借口的艺术品毫不相干，这热情是产生在孩子身上还是攀附者身上？普鲁斯特的天才把我们以为是人性中固有的界线抹掉了。我们当然有恢复这界线的自由，我们可以在小说世界里随意划线，我们可以歌颂贡布雷，诅咒圣日耳曼区，我们可以像读周围世界那样读普鲁斯特的小说，在自己身上总是发现童真，在人家身上总是发现攀附者。但是我们永远看不到斯万家那边和盖尔芒特家那边相会合，我们将永远和《追忆似水年华》的本质真实相去十万八千里。

欲望在儿童身上和在攀附者身上一样，都是三角的。这并不是说，儿童的幸福和攀附者的痛苦不能区分，但是区别

---

〔1〕浪漫主义诗人雨果晚年写了诗集《当祖父的艺术》（亦译《祖父乐》）。——译者注

的理由却不是攀附者应该被排斥。区别不在于欲望的本质（léssence），而在于介体与欲望主体之间的距离（distance）。普鲁斯特笔下的孩子，介体是父母和大作家贝戈特，换句话说，是马赛尔尊敬，公开摹仿，而且用不着担心其中有竞争者的那些人。所以，儿童的中介构成一种新型的外中介。

儿童在他的世界里享受幸福和安宁。但是他的世界已经受到威胁。当母亲拒绝吻她的儿子时，她就像外中介一样在扮演双重角色，既是欲望的挑动者，又是铁面无私的守卫者。家庭的和谐气氛陡然变化。贡布雷之夜的不安预示着以后攀附者和情人的不安。

不仅仅普鲁斯特发现攀附者和儿童很相近（看起来有点离奇），戈尔蒂耶在发现“神气的包法利主义”亦即攀附的同时，也发现了“天真的包法利主义”，两种包法利主义在他的笔下十分接近。攀附是“一个人为阻止自己的真实存在进入自己的意识场而采取的一切方法的总和，目的是不断地让另一个比自己更有风度的人进入意识场，他从这个人身上看到了自己”。儿童呢，“他把自己构想为另外一个人，认为自己具有那个震慑他的人的品质和能力”。天真的包法利主义不折不扣地复现了从拉贝玛那一节里显现出来的普鲁斯特欲望的机制：

> 童年是将自己构想为他人的这种能力表现得最明显的自然状态，孩童对来自外界的任何一种刺激都极端敏感，同时又对人类获得的、包含在使之可以传播的概念

> 中的知识出奇地贪婪，每个人回顾一下自己的经验，都可以发现童年时，现实思想的力量是多么微弱，相反，扭曲真实的思想力量却是多么强大。与孩童的贪婪成对照的是他对于教他的东西深信不疑。书本的概念使他觉得比亲眼见到的东西更可靠。在很长时间里，概念以其普遍的性质较之孩子的个人经验更具权威性。

读者准以为这番话是在评论我们刚才引用的普鲁斯特小说的段落。其实戈尔蒂耶的这些话写在普鲁斯特之前，他谈的是福楼拜。戈尔蒂耶具有敏锐的基本直觉，他又坚信自己抓住了福楼拜创作灵感的核心，所以他便从这个核心出发自由发挥，把他的思想运用到一些连福楼拜本人也未曾想到的地方，得出福楼拜可能会反对的结论。对福楼拜来说，暗示的作用比戈尔蒂耶想的要有限一些，这是一个事实；暗示绝不可能压制一个形式上可能与它相抵触的经验，它只会膨胀不足的经验，从而改变其意义，或者至多填补缺乏经验造成的空白。所以，严格地从福楼拜的角度说，包法利主义这个立论中最富于启发性的观点同时也是最可争议的观点。不过，不能因此就认为戈尔蒂耶在构建空中楼阁。只要充分发挥他的“包法利”灵感，把他从福楼拜作品里探发出来的理论加以彻底运用，便可以勾勒出普鲁斯特心理分析的主要“规律”。如果这两个小说家不是植根于同样的心理和思辨基质之中，会有这样的结果吗？

* * *

演出二十四小时后，马赛尔深信，他期待从拉贝玛得到的快乐，拉贝玛都给他了。自我经验和他人见解之间令人不安的冲突以他人见解取胜而告结束。但是，在这一类问题上，选择他者，不过是选择自我的一种特殊方式罢了，即重新选择先前的自我；靠了诺普瓦先生和《费加罗报》记者，这个自我的能力和审美情趣都没有受到怀疑。这是靠他者来相信自我。倘若不能几乎立刻把真实印象遗忘（oubli）掉，这种选择是做不到的。这种有意图的遗忘，直到时光重现，活生生的回忆（souvenir vivant）如潮水奔涌，真实果然再生之前一直存在。正是有了再生，才有可能动笔写拉贝玛这一节书。

在时光再现之前（avant），如果普鲁斯特按照诺普瓦先生和《费加罗报》的意见来写的话，这一节就可能很短。普鲁斯特可能会把诺普瓦的意见当作他自己的意见告诉我们，我们则会对少年艺术家的早慧，对他思想之精辟击节赞叹。《让·桑特耶》（*Jean Santeuil*）里，这一类场景就举不胜举。普鲁斯特这部处女小说的主人公总是沐浴着浪漫的、有益身心的阳光。《让·桑特耶》是缺乏天才的作品。《让·桑特耶》的经验比《重现的时光》的经验要早，小说天才的迸发是在《重现的时光》里。普鲁斯特反复讲过，《重现的时光》的美学革命首先是一场精神和思想革命。现在我们深深感到，这实在是金石之言。**重现时光，就是重现被他人的意**

见掩盖着的真实印象；因此也就是发现他人的意见是外在的意见；就是懂得中介过程恰恰是在自主和自发中止的时候，反而让我们有一种自主和自发的鲜明印象。重现时光，就是认识许多人毕其一生避之唯恐不及的真理，就是承认人永远在复制他者以便在他人和自己的眼里显出个性。重现时光，就是挫减一下人的傲气。

利己谎言坍塌之日，就是小说天才诞生之时。在平庸的小说家笔下，贝戈特、诺普瓦、《费加罗报》的文章的意见成为自我的看法，在天才的小说家笔下，这些意见来自他者。意识的深层状态，非此而何？

这一番道理，可能太普通、太一般，对所有人来说都是事实。大概吧，但是从来就不是我们身上的真实（notre vérité）。浪漫主义的自负兴致勃勃地揭露他者有介体存在，为的是在竞争者的企图破产之后，安放所谓自主的基石。而当他者的真实变成主人公的真实，亦即小说家本人的真实时，小说天才就出现了。俄狄浦斯式的小说家在诅咒他人之后，发觉自己也有罪。自负使人永远不会承认自己的介体，《重现的时光》的经验说明了自负的死亡，换句话说，就是谦恭的诞生，也就是真实的诞生。陀思妥耶夫斯基歌颂谦恭的巨大力量（la force terrible de l'humilité）时，他是在和我们谈论小说创作。

“象征主义”理论和斯丹达尔最初的结晶说都是反小说的。这些理论给我们描述的是没有介体的欲望。欲望主体决心遗忘他者对自己世界观的影响，这些理论反映的恰好是欲望主体的观点。

普鲁斯特之所以使用象征主义的词汇，是因为一旦离开具体的小说描写，他就不再考虑介体是否被忽视。他看不到象征主义理论抹杀的东西，只看到它表达的东西，诸如虚荣的欲望、无意义的客体、变形的主体、被称为享乐的失望，等等。这种描述，桩桩真实，要是说它有假象，除非你硬要以为这种描述是完美的。普鲁斯特写了成百上千页来补充这种描述，批评家们却一声不吭。他们从浩若烟海的《追忆似水年华》里孤零零抽出几句话，声称“这就是普鲁斯特的欲望”。这些话之所以被批评家当成宝贝，是因为这些话不自觉地迎合了他们对自主的幻想，而普鲁斯特的整部小说却正是要破除这种幻想，这种幻想欺骗性愈大，现代人就愈是难舍难分。小说家兢兢业业织成天衣无缝的服装，批评家却拿过来又撕又扯。他们落到了一般人经验的水平。他们肢解艺术品，就像当年普鲁斯特起先忘掉了拉贝玛故事中的贝戈特和诺普瓦而肢解了自己的经验一样。所以，“象征主义”批评家还停留在《重现的时光》之前。他们把小说作品贬低为浪漫主义作品。

浪漫主义者和象征主义者希望欲望能够改变主体的面貌，同时又希望欲望完全是自发的，不高兴听人讲什么他者。他们回避欲望幽深晦暗的一面，认为同他们美丽的、诗意盎然的梦境不相干，不承认这一面是对他们的梦境的否定。小说家在美梦之后把内中介灰暗的队伍指给我们：“羡慕、嫉妒和软弱的仇恨。”把斯丹达尔的这个公式用于普鲁斯特的小说，依然正确，真令人叹服。我们一旦离开了童年，任何变形都会伴随着刺痛。梦（rêve）和竞争（rivalité）交织得如此紧密，以至于把普鲁斯特欲望的因素拆解开，小说的真实就像牛奶变质一样消解了。还有两个可怜的谎言："内在的"普鲁斯特和"精神分析学家"普鲁斯特。这样两个互相矛盾的概括何以能够产生《追忆似水年华》，我们百思不得其解。

* * *

我们知道，介体的逼近，会使竞争者各居中心的两个机遇（possibles）场相碰撞，竞争者的相互怨恨就会不断加深。在普鲁斯特的小说里，激情和仇恨相伴而生。欲望的这种"双重性"，在叙事人和吉尔贝特交往时已经相当明显。叙事人头一次见到这姑娘，他的欲望表现为怪模怪样的表情。从那时起，在家庭范围之外，只有一个激情的位置，即由握有"上等王国"的钥匙，却不许叙事人进入的那个铁石心肠的介体挑起的激情。

普鲁斯特虽然也讲欲望和仇恨、爱情和嫉妒，但是他不断说明所有这些感情是等值的。从《让·桑特耶》开始，他就给予仇恨一个出色的三角定义，这也是欲望的定义：

> 一日复一日，仇恨拿敌人的生活来为我们写一部虚假透顶的小说。仇恨不是认为敌人既享受常人的幸福，

> 也备尝常人的痛苦，从而在我们心中勾起怜悯之情，而是设想他们纵情欢乐，从而在我们心里激起愤怒。仇恨和欲望一样描绘变形的图画，和欲望一样叫我们渴望流血。然而在另一方面，由于敌人的欢乐不止，仇恨就无宁日，所以它就设想，它就相信，它就目睹敌人的快乐不断融蚀。仇恨和爱情同样不讲理智，它顽强地盯住一个希望而生存。

斯丹达尔在《情爱论》里已经指出了仇恨的结晶现象。再向前走一步，两种结晶现象就能合而为一。普鲁斯特不断地指出欲望中的仇恨和仇恨中的欲望，可是他忠实于传统语言，绝不剔除像上列引文中多次出现的“和……一样”“和……同样”这类词汇。他没有达到内中介的最高阶段，达到这个阶段的是另一个小说家，俄国人陀思妥耶夫斯基。时间上陀思妥耶夫斯基比普鲁斯特早，然而在三角欲望的历史上，他比普鲁斯特晚。

在陀思妥耶夫斯基笔下，除却少数人物的欲望与他者全然无关之外，不再有无嫉妒的爱情、无嫉羡的友谊、无厌恶的向往。人们互相诅咒，互相唾骂，可是不一会儿，就有人匍匐在敌人脚下，搂住敌人的双腿。这种怀着仇恨的向往，从根本上说，和普鲁斯特的攀附以及斯丹达尔的虚荣没有多大差别。按照他者的欲望复制的欲望不可避免地导致“嫉羡、嫉妒和软弱的仇恨”。随着介体的不断逼近，从斯丹达尔到普鲁斯特，再从普鲁斯特到陀思妥耶夫斯基，三角欲望变得越来越苦涩。

陀思妥耶夫斯基的作品里，仇恨太强烈了，最终“爆发”，暴露了它的双重性质，或者毋宁说暴露了介体所扮演的模式与障碍这样双重角色。怀着崇敬的仇恨，跪在泥淖甚至鲜血里的敬仰，就是内中介造成的冲突的最后形式。陀思妥耶夫斯基的人物每时每刻都通过语言和行动，揭示在过去小说家的意识里还是模糊一团的真实。“矛盾的”感情太强烈了，人物已经没有能力加以控制。

西方读者在陀思妥耶夫斯基的世界里常常感到不知所措。内中介的瓦解力量甚至影响到家庭核心，而生活的这个层次对法国作家来说是不可亵渎的。内中介的三个伟大作家各有各的领域。斯丹达尔的作品表现借来的欲望如何毁灭了社会生活和政治生活；普鲁斯特的作品把恶扩展到私人生活，不过家庭生活经常幸免；到陀思妥耶夫斯基，亲密的家庭生活也卷进去了。这样，在内中介内部，又可以划分斯丹达尔、普鲁斯特的族外（exogamique）中介和陀思妥耶夫斯基的族内（endogamique）中介。

不过，这样划分并不是一锤定音。斯丹达尔在描写“一时冲动”的爱情的时候，就涉足了普鲁斯特的领域；在表现儿子仇恨父亲的时候，就进入了陀思妥耶夫斯基的领域。同样，马赛尔和父母亲的关系有时具有“前陀思妥耶夫斯基”的性质。小说家经常走出自己的领域，不过走得愈远，他们的描述就愈快、愈概括、愈游移不定。

这样粗略划分一下小说家的活动领域，可以说明三角欲望侵入了个人生命的核心，生命深层一点点地遭到亵渎。三角欲望是具有蚕食本领的恶，它从外围开始，向中心扩展。这是一种异化（aliénation），随着模式和摹仿者之间距离逐渐缩小，异化不断扩大。在家庭中介里，像弗朗索瓦·莫里亚克[1]的小说，当然还有陀思妥耶夫斯基的小说那样，凡涉及父与子、兄与弟、夫与妻、母与子，模式和摹仿者之间的距离便小到不能再小了。

用中介术语说，陀思妥耶夫斯基的世界在普鲁斯特世界的“外边”，如果读者愿意，也可以说“彼岸”，而普鲁斯特的世界又在斯丹达尔世界的“外边”或“彼岸”。陀思妥耶夫斯基的世界和其他两个人的世界不同，其他两个世界彼此也不同。不同并非没有关系，没有接触。如果陀思妥耶夫斯基果真像有人宣扬的那样“自主”，那么我们就不可能进入他的作品，我们读他的作品就会成为拼读陌生语言的字母。

不应该把陀思妥耶夫斯基的那些“值得尊敬的魔鬼”说成是运动轨迹无法预测的陨石。在德·渥古埃[2]侯爵的时代，人们到处说陀思妥耶夫斯基的人物太“俄国化”，法国人的笛卡儿头脑恐怕难以接受。这些神秘作品的特征无法用西方人理性主义的标准去衡量。如今，在陀思妥耶夫斯基身上，人们看到的不再是“俄国人”，而是“自由”的传道

〔1〕莫里亚克 (François Mauriac，1885—1970)，法国小说家。——译者注
〔2〕德·渥古埃 (de Vogue，1848—1910)，法国外交官、考古学家、小说家，关注俄罗斯文化，他的著作《俄国小说》引起了法国公众对陀思妥耶夫斯基的兴趣。——译者注

士、天才的革新家、突破小说艺术旧框框的反叛者。人们没完没了地拿陀思妥耶夫斯基的人物和他们自由的生活来和法国小说家过时的、心理的、资产阶级的简单化分析相对照。过去的冷漠不屑和现在的狂热崇拜都使我们没有认识到，陀思妥耶夫斯基的作品乃是现代小说炉火纯青的最高阶段。

陀思妥耶夫斯基既不因或多或少的艰深晦涩而比法国小说家低一等，也不因此而高一筹。作品幽微难明，问题不在作家，而是在读者。我们西方读者似懂非懂，陀思妥耶夫斯基大概不会感到奇怪，因为他深信自己已经超越了西方的经验形式。俄国未经过渡，就从传统的封建社会结构转变为最现代的社会，没有经过资产阶级改朝换代的时代。斯丹达尔和普鲁斯特正是资产阶级改朝换代时代的作家，他们占据了内中介的上层，陀思妥耶夫斯基则占据了最下层。

《少年》（*L'Adolesent*）这部小说相当充分地反映了陀思妥耶夫斯基欲望的性质。多尔戈鲁基和维尔西洛夫的关系非得用中介术语来解释不可。儿子和父亲爱着同一个女人。多尔戈鲁基对将军夫人阿克玛科娃的感情是从父亲的感情抄来的。这里，父亲作为儿子的中介，不是我们分析的普鲁斯特作品中贡布雷童年的外中介，而是介体成为可怕竞争者的内中介。不幸的私生子既与不履行责任的父亲竞争，又因被莫名其妙拒绝他的女人所诱惑而痛苦。所以，要理解多尔戈鲁基，与其拿以往小说中的孩子和父母来比较，不如拿普鲁斯特笔下因为被拒之门外而痛苦的攀附者来比较。这样比较也不完全正确，因为父与子之间的距离比两个攀附者之间的距离要小，故而多尔戈鲁基的经历比普鲁斯特笔下的攀附者或嫉妒者更加痛苦。

* * *

介体愈近，作用愈大，而客体的作用就愈小。陀思妥耶夫斯基靠着天才的直觉，拿介体放在前景，把客体推到后景，这样的构思实际上反映了欲望的真实层次。倘若让斯丹达尔或者普鲁斯特来写，整个作品会以主人公或者将军夫人阿克玛科娃为中心，而陀思妥耶夫斯基却把介体维尔西洛夫放在中心。以我们的观点看，《少年》还算不上陀思妥耶夫斯基最大胆的作品，它是几种方案妥协的产物。小说重心转移表现得最成功、最醒豁的是《永恒的丈夫》(*L'Eternel mari*)。维尔恰尼诺夫是个富有的鳏夫，中年的唐璜，已经开始感到劳顿和厌倦。几天来，他被身边出现的一个人搞得心烦意乱，此人既神秘又平凡，既熟悉又可怕。不久他的身份大白，他叫帕威尔·帕夫洛维奇·特鲁索茨基，他的妻子曾是维尔恰尼诺夫的情妇，刚刚去世。帕威尔·帕夫洛维奇离开自己居住的省，到圣彼得堡来找妻子过去的情夫。有一个情夫也死了，帕威尔·帕夫洛维奇一身黑衣，参加了此君的葬礼。下面就轮到维尔恰尼诺夫了，帕威尔·帕夫洛维奇对他殷勤得可笑，时时伴随左右，搞得他疲劳不堪，无可奈何。戴过绿帽子的丈夫学了过去最古怪的规矩，半夜三更跑到情敌家，拥吻他，为他的健康干杯，带着一个谁也搞不清其亲生父亲的小姑娘，很聪明地用这个孩子折磨维尔恰尼诺夫。

女人死了，情夫活着。客体不存在了，但是介体维尔恰尼诺夫的吸引力并没有因此而减退。他这个介体是理想的故事叙述人，因为他处于情节的中心，却几乎不参与其中。他因为做不到准确解释每一件事，又担心遗漏什么重要事件，所以描述起每一件事都特别小心。

帕威尔·帕夫洛维奇考虑再娶，这个受诱惑的人于是又跑到已故妻子的情夫家，请维尔恰尼诺夫帮忙为他的意中人挑选一件礼品，还要维尔恰尼诺夫陪他一块儿去那个女人家。维尔恰尼诺夫不肯，但是帕威尔·帕夫洛维奇死缠不放，最终如愿以偿。

两个“朋友”在年轻姑娘家受到热情款待。维尔恰尼诺夫谈吐得体，还弹了钢琴，他在社交场合如鱼得水，风头出尽；姑娘一家人，包括已经被帕威尔·帕夫洛维奇看成未婚妻的姑娘，都围着他转。遭到冷落的求婚人想显得可爱一点，但是白费力气，没有人正眼瞧他。他瞅着这场新的灾难，因为焦急和希望而颤抖……几年后，维尔恰尼诺夫在一座火车站又碰到了帕威尔·帕夫洛维奇，永恒的丈夫不是一个人，他妻子，一个漂亮女人和他在一起，旁边还有一个潇洒的青年军官……

《永恒的丈夫》以最朴素、最纯粹的方式显示了内中介的本质。没有任何闲笔来分散读者的注意力或者使读者陷入五里雾中。这篇作品唯其太明了，所以反倒成了谜。他投射到小说三角上的光芒叫我们头晕目眩。

有了帕威尔·帕夫洛维奇，对斯丹达尔率先提出的他者在欲望中占优势的原则，我们就不能再存什么怀疑了。帕威尔·帕夫洛维奇一直努力叫我们相信，他与欲望客体的关系跟竞争者无关。我们很清楚，他在哄骗我们。介体静止不动，帕威尔·帕夫洛维奇倒像行星绕太阳似的围着介体打转。他的行为，我们觉得古怪，但是却完全符合三角欲望的逻辑。他只能通过维尔恰尼诺夫来欲求，用神秘主义者的话说，叫作附在维尔恰尼诺夫身上来欲求。他拖维尔恰尼诺夫到他选中的女人家，是要叫维尔恰尼诺夫追求那个女人，以担保他爱情的价值。

有的批评家可能会认为帕威尔·帕夫洛维奇是“潜在的同性恋”。但是同性恋，潜在也罢，不是潜在也罢，并不能解释欲望的结构。说他是同性恋，就在他和正常人之间划了界线。把三角欲望归结为对异性恋来讲肯定很模糊的同性恋，等于什么也没说，什么也没解释。倘若倒转过来解释，则反而可能更有意思。无妨从三角欲望来理解（comprendre）同性恋的某些形式。普鲁斯特笔下的同性恋，是从“正常”的唐璜主义那样与客体相联系的爱情价值向介体滑动。这种滑动并非先定地不可能，在介体优势愈益显著，而客体逐渐隐退的内中介的关键阶段甚至还很有可能。《永恒的丈夫》中的某些地方就明白地显示了爱情开始向吸引人的竞争者偏离。

小说作品能够相互说明。文学批评应该向作品学习方法、观点，甚至学习研究方向……这里，可以回过头来看看普鲁斯特的《囚犯》(*La Prisonnière*),其中有些话和帕威尔·帕夫洛维奇很接近,可以帮助我们了解这个人物究竟抱着什么欲望。

> 如果我们能够更仔细地分析我们的爱情,我们就会发现,女人之所以赢得我们的欢心,完全是因为有男人在充当平衡物,我们必须与他们争夺。尽管与他们争夺使我们痛苦不堪,但是倘若没有平衡物,女人的魅力就一落千丈。比如有一个男人,他发现自己对所爱女人的兴趣正在减退,他就会自动运用他掌握的规律,为了确信自己还爱着这个女人,他会带她到一个危险的地方,在那里他必须天天保护她。

透过轻松的口气,流露出普鲁斯特人物最重要的忧虑,这也是帕威尔·帕夫洛维奇的忧虑。陀思妥耶夫斯基的这个主人公也是"自动地"——或可说坦然地——运用这些规律的,尽管他没有真正"掌握"这些规律,他可怜的生活照样受规律的支配。

三角欲望是整一的。从堂吉诃德始,到帕威尔·帕夫洛维奇止。或者,像德尼·德·鲁日蒙的《爱情与西方》[1](*L'Amour et L'Occident*)论述的那样,从《特里斯坦与伊索

---

〔1〕鲁日蒙(Denis de Rougement,1906—1985),瑞士作家,《爱情与西方》为其代表作。——译者注

尔德》[1](*Tristan et Iseult*) 发轫，然后迅速到达“浸润我们研究工作的嫉妒心理学”。鲁日蒙一方面把这种心理学视为对体现在特里斯坦诗歌中的“神话的亵渎”，另一方面他也直言不讳地承认，激情最“高尚的”形式和病态的嫉妒之间有联系，所谓病态的嫉妒就像普鲁斯特和陀思妥耶夫斯基描写的是人们“乐其有，促其生，暗护之的那种嫉妒”。鲁日蒙正确地指出：“人最后甚至盼望所爱之人不忠，这样便可以重新追逐，也可以重新体验自身爱情之存在。”

这实际上和帕威尔·帕夫洛维奇的欲望相差无几。“永恒的丈夫”不能缺少嫉妒。根据我们的分析和鲁日蒙的意见，我们现在可以来讨论三角欲望所有形式后面隐藏的唯一的也是同样的陷阱了。帕威尔·帕夫洛维奇就在这陷阱里越陷越深。三角欲望是整一的，对此我们自认为有能力在怀疑意见显得最有道理的地方提出强有力的论辩。陷阱有两极，一极由塞万提斯代表，一极由陀思妥耶夫斯基代表，似乎很难纳入同一个结构中。大家可以赞成我们，认为帕威尔·帕夫洛维奇和普鲁斯特的攀附者是兄弟，甚至也可以说帕夫洛维奇和斯丹达尔的虚荣人是兄弟，但是谁会同意说他是著名的堂吉诃德的堂兄弟，哪怕是远房的呢？堂吉诃德热情的鼓吹者们少不了要指责我们的比较是亵渎行为，他们想，堂吉诃德生活在高不可攀的险峰绝顶之上，创造这个人物的作家

[1] 法、德等国中世纪传奇故事，可参阅罗新璋译贝迪耶编写本，人民文学出版社 1991 年版。——译者注

怎么会想到世上会有永恒的丈夫在里面打滚的烂泥塘?

要回答这个问题,需要看看塞万提斯用来充塞堂吉诃德头脑的那些小说。尽管这些作品一律用田园或骑士的模子铸成,但是并非全是浪漫主义小说的翻版,其中有一篇题为《没事找事的人》[1](*Le Curieux impertinent*),表现的三角欲望和帕威尔·帕夫洛维奇的欲望很相像。

安塞尔姆刚娶了年轻貌美的卡米耶。撮合这桩婚姻的,是幸运的新郎的好友罗塔里奥。安塞尔姆请求罗塔里奥做一件怪事,他让罗塔里奥去勾引卡米耶,说是要"试试她的忠诚"。罗塔里奥愤然拒绝,但是安塞尔姆不死心,绞尽脑汁向朋友施加压力,他的话句句暴露了他的欲望的焦虑性质。罗塔里奥抗拒了很久,最后为了叫安塞尔姆安静下来,假装答应,于是安塞尔姆安排让他们单独见面。他外出旅行,然后突然回家。他责备罗塔里奥做戏不认真。简短截说,最后他促成罗塔里奥和卡米耶互相投向对方的怀抱。当他知道自己真的受骗时,便因绝望而自杀了。

如果我们对照《永恒的丈夫》和《囚犯》来读这篇故事,那么我们就不会再说这故事太假、没价值了。陀思妥耶夫斯基和普鲁斯特帮助我们抓住了这篇故事的真实含义,《没事找事的人》就是塞万提斯的《永恒的丈夫》,两部中篇的区别仅仅在技巧和细节上。

---

〔1〕见《堂吉诃德》第一卷第三十二、三十三章。董燕生译本作《一个死乞白赖想知道究竟的人》。——译者注

帕威尔·帕夫洛维奇吸引维尔恰尼诺夫注意他的未婚妻，安塞尔姆请求罗塔里奥勾引他妻子，这两件事里，都是只有介体的声望才能证明异性选择的正确。故事开头，塞万提斯花费了大量笔墨描写两个竞争者之间的友谊、安塞尔姆对罗塔里奥的钦佩，以及在婚事上罗塔里奥在男女双方的家庭之间所起的作用。

很显然，与火热的友谊同时存在的是尖锐的竞争意识，只不过竞争在暗处。在《永恒的丈夫》里，受骗的丈夫的仇恨容易看清楚，“三角”感情的另一面在暗处，慢慢地，我们才窥测到被仇恨掩盖着的崇拜。帕威尔·帕夫洛维奇请维尔恰尼诺夫给未婚妻挑选首饰，正是因为维尔恰尼诺夫在他眼里享有巨大的性声望。

在这两部中篇里，主角好像都将心爱的女人拱手让给介体，就像信徒将牺牲奉献给神明。但是，信徒奉上牺牲是让神明享用，内中介的主人公奉上客体，是不让神明享用。他把心爱的女人推向介体，目的是叫介体产生欲望，然后战胜这个与自己竞争的欲望。与其说他通过（en）介体产生欲望，毋宁说他通过对抗（contre）介体产生欲望。他唯一欲求的东西是从介体手里夺过来的东西。说到底，他唯一感兴趣的，是最终战胜这个放肆的介体。牵着安塞尔姆和帕威尔·帕夫洛维奇鼻子走的是傲慢，最后彻底失败，名誉扫地。

《没事找事的人》和《永恒的丈夫》为唐璜提供了非浪漫主义的阐释。安塞尔姆和帕夫洛维奇与充斥我们这个时代的那班饶舌、自命不凡、“普罗米修斯式”的“小大师”唱对台戏。傲慢造就了唐璜，傲慢也早晚要叫我们成为他人的奴隶。真正的唐璜不是自主的，相反，他简直离不开*他者*。这个真实如今被掩盖起来，但这正是莎士比亚作品某些登徒子的真实，是莫里哀的唐璜的真实：

> 这对恋人旅行前三四天，我与他们偶然相遇。我从来没有见过一男一女如此融洽，彼此如此相亲相爱。他们柔情缱绻，溢于言表，令我激动万分。我的心被打动了，嫉妒之情油然而生。是的，我见他们心心相印，实在受不了。嫉妒挑起了欲望，我暗想倘若能够破坏他们彼此的沟通，让刺激我敏感心灵的结合化为泡影，那将是何等的快乐。

* * *

不管什么文学影响，都解释不了《没事找事的人》和《永恒的丈夫》之间的契合点。区别仅在形式，近似全在内容。陀思妥耶夫斯基肯定没有想到这些近似。他同 19 世纪许多读者一样，通过浪漫主义的阐释观察西班牙的这部杰作，他对塞万提斯很可能抱着最错误的观念。他对《堂吉诃德》的所有评论都暴露了浪漫主义的影响。

《堂吉诃德》旁边有《没事找事的人》，这一直令批评家们头疼，他们想，这个故事似与整部长篇相抵牾，这部优秀作品的统一好像因此打了折扣。我们对小说文学的巡礼就是要揭示这个统一。我们从塞万提斯出发，又回到塞万提斯，看到小说天才将由他者产生的欲望的极端形式尽收眼底。写堂吉诃德的塞万提斯和写安塞尔姆的塞万提斯之间的距离不算小，因为本章论及的作家全都可以介乎二者之间；然而又不是不可跨越的，因为我们论及的所有小说家，福楼拜、斯丹达尔、普鲁斯特和陀思妥耶夫斯基手拉手组成了一条连续的链子，从一个塞万提斯连到另一个塞万提斯。

在同一部小说作品里，外中介和内中介的并存，在我们看来，证明了小说文学的统一。而小说文学的统一又反过来证实了《堂吉诃德》这部作品的统一。我们拿文学的统一来印证《堂吉诃德》的统一，方法好似为了证实地球是圆的，就来做一次环球旅行。现代小说之父具有雄厚的创造力，所以能够在整个小说的“宇宙空间”遨游。西方小说没有一个概念不曾在塞万提斯的作品里初露端倪。而概念中的概念，其核心作用不断得到证实的概念，由此出发可以发现一切的母概念，就是三角欲望，小说的小说理论[1]将以此为基础，本章即为这个理论的导言。

〔1〕原文 théorie du roman romanesque，指表现欲望本质的小说的“小说理论”。——译者注

第二章　人将互为上帝

大凡小说主人公，都期待从占有中获得自身存在的彻底改变。《追忆似水年华》里，是否让马赛尔上剧院，当父母的犹豫不决，因为孩子身体不好。父母这样担心，小马赛尔很不理解，和他期待从演出得到的神奇收益相比，身体实在算不了什么。

客体只不过是达到介体的一种手段，欲望觊觎的是介体的存在（l'être）。普鲁斯特把这种成为他者的强烈欲望比作干渴。"就像久旱的土地盼望甘霖，我的灵魂渴望有一个生命来滋润它，因为至今这生命的甘露它一滴都没有沾尝，所以会更加狂热的一饮而尽，一醉方休。"

在普鲁斯特的作品里，渴望汲取介体的生命，经常表现为渴望开始（initiation）新生：体育锻炼、乡野生活、"放任不羁"。叙事人不熟悉的生活方式之所以突然身价倍增，始终和碰到某人挑起他的欲望有关。

在欲望的"两极"，中介的意义显得格外突出。堂吉诃德嚷嚷着，把他的激情和盘托出，帕威尔·帕夫洛维奇则是想瞒也瞒不住。欲望主体希望变成介体，他想窃取作为风度翩翩的骑士或者不可抗拒的诱惑者的那个介体的生命。

爱也罢，恨也罢，愿望是不变的。《地下室》（又名《地下室手记》[1]）这部作品里，主人公在台球厅被一名素不相识的官吏推了一下，立刻产生一种强烈的报复渴望。如果不是“地下人”为了骚扰、诱惑冒犯他的人，写了一封信，从而泄露了其仇恨的哲学意义的话，我们也许会认为他的仇恨是“正当的”，甚至是“合情合理的”。

> 我请他向我道歉，如果他拒绝，我明确暗示要同他决斗。这封信写得很巧妙，如果他多少有一点“优美和崇高”的感情的话，他准定会跑来，搂住我，向我表示他的友谊。那会是多么动人哪！我们在一起生活会很美满，很美满！……他相貌堂堂，这一点就足以叫敌人不敢同我作对，我这方面，我的聪明，我的思想，都会对他产生影响，使他变得高尚。我和他可以做多少事呀。

陀思妥耶夫斯基的这个人物和普鲁斯特作品的主人公一样，幻想着汲取、同化介体的生命。他想象能够把介体的力量和自己的“才智”完美综合。他想既成为他者，又继续是自身。他为什么会有这种欲望？为什么在攘攘众生之中偏偏挑中了这个介体呢？为什么如此匆忙地选中了崇拜和羞辱对

〔1〕中译本取此名。——译者注

象而且如此缺乏批判精神呢？

希望通过汲取、同化介体的生命而融化在他者的本质中，必然是因为对自身本质有一种不可遏制的厌恶。地下人体质虚弱，包法利夫人是外省小资产阶级妇女，这些人想改变自己，人们可以理解。所以如果我们把这些人物单独抽出来观察，我们就会纠缠于他们为欲望找的种种理由，就难免忽略他们欲望的形而上意义[1]。

要理解形而上意义，必须超越个别，具备整体目光。既然所有的人物都放弃了个人最基本的权利即按自己的选择产生欲望的权利，那就不能把这种不约而同的做法归因于每每相异的个人品质，必须寻找普遍的根源。所有的人物都在一个比“品质”更本质的层次上厌恶自己。普鲁斯特的《在斯万家那边》开头，叙事人就这么说道：“凡不是我自身的东西，土地、事物，在我看来都更宝贵，更重要，具有更真实的生命。”人物的不幸与他的主观世界不无关系。陀思妥耶夫斯基笔下最单纯的人物梅什金对离群索居的人心中的惶恐也不是没有体验：

> 他看见面前是一片灿烂的天空，脚下是一片湖水，四野光明，辽阔无际。他长久地凝视眼前的景色，心上压着忧愁。他想起曾经向这片广阔的光明和蓝天伸出双

〔1〕原文为 sens métaphysique。文中 désir métaphysique 亦译为“形而上欲望”，是否合适，敬希专家指正。——译者注

> 臂，热泪纵横。这一切都与他无关，想到这里他痛苦万状。这宴席，这不了的欢庆，很久以来，打从孩提时代以来，就一直吸引着他，而他却无缘居身其中，对他来说又有什么意义呢？……人人有自己的路，人人知道自己的路，人人到达目的地，又唱着歌重新出发。唯有他，什么也不知道，什么也不懂，不懂人的话，也不懂自然的话，因为他在哪儿都是局外人，都是渣滓。

主人公的不幸可怕至极，笼罩一切，凡直接与主人公有关系的人和事都受到影响。他仿佛印度贱民，使用过的东西都沾染了晦气。

> 事物愈近，……他的思想离它就愈远。寂寥的乡村、愚蠢的小资产阶级、平庸无聊的生活，总之他身边的一切事物，在他看来都是世上的个别现象，是专门拘禁他的思想的偶然，越过去，便是一望无垠的幸福和爱情之国。

然而叫他沦为贱民的不是社会，而是他对自己的惩罚。主人公为何在主观上把自己恨到这个地步？地下人说："一个正直、有教养的人，不会有虚荣心，除非他对自己的要求没有止境，蔑视以至于恨自己。"人物主观上无法满足的这个要求来自何方？它不可能产生于主观，从主观产生而且以主观为对象的要求不可能满足不了。一定是主观相信了来自外界的虚假承诺。

在陀思妥耶夫斯基看来，这种虚假承诺从本质上说是一种形而上的自我承诺。两三个世纪以来，西方出现的种种思想，内里都包含共同的观念：上帝死了，人应该取而代之。傲慢对人的诱惑亘古有之，但是到了现代，诱惑变得不可抗拒了，原因是诱惑以前所未闻的方式交织、扩展。现代的“福音”传进我们每个人的耳朵，在我们心中留下的印象愈深，迷人的承诺与经验对承诺无情的揭露之间的反差就愈强烈。

随着傲慢调门的提高，生存意识变得愈益痛苦和孤独。但是，生存意识是人所共有的，为什么人会产生孤独的幻觉，给自己的痛苦雪上加霜？人们为什么不能分担痛苦，从而减轻痛苦？为什么人所共知的事实偏要藏在个人的意识深处？

每个人在自己的意识中都发觉了承诺的虚妄，可是谁都不能把自己的发现推广为普遍的认识。谁都觉得承诺对他者依旧真实，唯有自己享受不到上帝的遗产。因此，每个人都竭力掩盖自己的不幸。原罪不再像宗教世界那样是人所共知的事实，却成了个人的秘密，成了自称无所不能、影响无所不及的主观绝无仅有的东西，地下人说：“我过去不知道大家的处境会一样，一辈子把自己的情况当作秘密瞒着。”

不能兑现的承诺包含的矛盾，由私生子多尔戈鲁基提供了绝妙例证。多尔戈鲁基顶着一家豪门大户的赫赫姓氏，经常因此蒙羞受辱，这对他无异于又添了一层私生身份。这个在他者眼里并非多尔戈鲁基公爵，而自己又觉得并非私生子多尔戈鲁基的现代人究竟是什么人呢？小说的主人公永远是洗礼时被仙女遗忘的孩子。

人人认为自己是独自下地狱，这才真是地狱。这种幻觉愈普遍，就愈粗浅。陀思妥耶夫斯基“反英雄”的叹息恰恰证实了地下室生活滑稽的一面：“我是一个，至于他们（eux），他们是全体（tous）。”这种幻觉太滑稽了，所以陀思妥耶夫斯基笔下的人物，其幻觉几乎无一不支离破碎。在短暂的清醒时刻，主体发现谎言无处不在，他不再相信谎言能够持久，他觉得人人都要流着眼泪相互拥抱了。但是，他的希望落空了，连他激发起的生命也很快就害怕把秘密泄露给他者，更害怕把秘密泄露给自己。梅什金的谦恭起初似乎戳破了傲慢这副盔甲，对方心悦诚服，但是对方很快就懊悔了，宣称不想改变生活，自己能够应付一切。

现代“福音”的牺牲品因此都成了“福音”的同盟。人们在奴隶的地位上陷得愈深，捍卫这种地位的热情就愈高。傲慢要起作用非靠谎言不可。而三角欲望所要维持的正是谎言。主人公执着地觊觎某个他者，觉得他者获得了上帝的遗产。他对此坚信不疑，所以总是觉得探得介体的秘密已指日可待。他预先享受起获得遗产的快乐。他脱离现实，生活在美好的未来中。什么也不能把他同神明分开，除非介体自身，因为介体的欲望同他竞争，阻碍他的欲望。

陀思妥耶夫斯基的意识和克尔凯郭尔[1]的自我一样，非

〔1〕克尔凯郭尔（Kierkegaard，1813—1855），亦译基尔凯戈尔，丹麦哲学家，被视为存在主义先驱。——译者注

得有外界的支撑点才能存在。这个意识既放弃以上帝为介体，就必然依附人的介体。三维透视将图画中的全部线条引向一个固定点，或在“后景”，或在“前景”，与此相仿佛，基督教将人的存在引向逃避，或逃向上帝，或逃向他者。选择，永远不过是为自己选择模式，而自由则只存在于人的模式和神的模式这个基本选择之中。

灵魂热烈地投向上帝与反躬自省是不可分的，反之，傲慢的自守和惊慌地投向他者也是不可分的。无妨把圣奥古斯丁[1]的一句名言反过来说，傲慢对于我们，比外在世界更外在。所有小说家，不论是不是基督徒，大力加以表现的，正是这种外在性。在《重现的时光》里，普鲁斯特认为，虚荣使我们活得失去了自我，他还多次把虚荣和摹仿精神（l’esprit d’imitation）联系起来。

陀思妥耶夫斯基晚年的思想把小说的深层意义揭示得更加明晰，对基督教与由他者产生的欲望之间的类似和根本区别做了清楚的阐释。举凡天才小说，都或明或暗地揭示了这个最高真理，我们只消引用路易·费雷罗[2]《绝望》中的一句话：“激情是基督教唤醒并引导向上帝的那种力量的位移（changement d’adresse）。”

否定上帝并不取消超验，而是把超验从彼岸导向此岸，

---

〔1〕圣奥古斯丁（Saint Augustin，354—430），中世纪神学家。文中所说“名言”未详。——译者注

〔2〕路易·费雷罗（Louis Ferrero），未详。——译者注

摹仿耶稣基督变成摹仿身边的人。傲慢者的冲动碰壁于介体的人性，由冲突产生仇恨。马克斯·舍勒没有看到欲望的摹仿性质，因此没有把怨恨和基督徒的情感区别开，他不敢把这两个现象相比较以便把他们区分得更清楚。结果他原意想消除尼采的困惑，却反而陷了进去。

* * *

我们可以通过斯塔弗洛金这个基本人物来研究内中介的陀思妥耶夫斯基意义。斯塔弗洛金是小说《群魔》全体人物的介体。可以毫不犹豫地认为这是一个反基督的形象。

理解这个人物，必须研究他的模式作用，以及他和“弟子”们的关系。为了把握这个人物的意义，不能把他从小说语境中分离出去，尤其不能像书里中魔的人那样，被这个人物“撒旦式的伟大”所迷惑。

书里中魔的人都从斯塔弗洛金获得他们的思想和欲望。他们真正崇拜的是斯塔弗洛金，个个对斯塔弗洛金怀着崇敬和仇恨掺半的感情，而这种感情正是内中介的特点。他们个个在冷若冰霜的斯塔弗洛金面前碰得头破血流。可怜的加加诺夫和斯塔弗洛金决斗，但是辱骂和子弹都伤害不了这个半神半人的人物。中魔者的世界是基督徒世界的反面。圣徒的正面中介被焦虑和仇恨的反面中介所替代。

夏托夫对斯塔弗洛金回忆说：“导师描绘了壮丽的图画，学生从死尸堆里复活。”基里洛夫、夏托夫、勒比亚德金，还有全体妇女，无不屈从于斯塔弗洛金的神力，而且纷纷向他透露他在他们生活中所起的特殊作用。他们像企盼“太阳”似的企盼他，他们在他面前，好像“在上帝面前”；他们同他说话，“仿佛跟上帝说话”。夏托夫对他说：“您知道，您一出门，我就会亲吻您的脚印，我没法把您从我心里挤出去，尼古拉伊·斯塔弗洛金。”

夏托夫说，他把斯塔弗洛金当作“星辰”，相比之下他本人不过是“虫豸”，斯塔弗洛金听了不免诧异。人人都想把一面“旗帜”交到斯塔弗洛金手里。最后，连无妨认为是《群魔》中最冷漠、最有城府、最特立独行的人物的威尔科凡斯基也拜倒在斯塔弗洛金的脚下，亲吻他的手，昏头昏脑地对他献殷勤，最后竟然劝他当“伊凡雷帝”，做革命俄国的救世主，解救俄国于倒悬，充当建立秩序的独裁铁腕。

> “斯塔弗洛金，您真是一表人才！”皮奥特·斯特潘诺维奇如醉如痴地高声说道，“……您是我的偶像！您不冒犯任何人，可是人人都恨您；您平等待人，可是人人都怕您……您是领袖，太阳，而我不过是一条蚯蚓。”

瘸女人玛丽娅·狄莫费耶夫娜在斯塔弗洛金面前感到畏惧，同时却又感到一种疯狂的欢乐。她羞怯地对他说：“我能给您跪下吗？”但是，魔力不久就消失了，玛丽娅成了唯一能够揭穿骗子真面目的人，因为她心中没有傲慢。斯塔弗洛金确实是内中介的绝好注释。

仇恨是神圣爱情的反面。上文我们讲了永恒的丈夫和没事找事的人怎样把心爱的人作为“牺牲”奉献给可怕的神明。《群魔》中的人物则把自己奉献出去，把自己最宝贵的东西都献到斯塔弗洛金面前。偏斜超验是垂直超验〔1〕的变形。与基督教相反的这种迷信，其方方面面无不在基督教的真实中获得鲜明对照。

伪预言家们说，明日的世界，人将互为上帝（les hommes seront des dieux les uns pour les autres）。在陀思妥耶夫斯基的作品里，始终是由最短视的人物给我们传递这条暧昧的信息。不幸的人想到四海之内皆兄弟就振奋起来，没有发现这么想实乃讽刺。他们自以为在描述天堂，实际上是在描述地狱，而且他们自己正在堕入地狱。

对“唯物主义”的胜利高兴也罢，沮丧也罢，都和陀思妥耶夫斯基的思想相距十万八千里。三角欲望最谈不上是“唯物主义”的。为攫取客体或者扩充客体而表现的激情，不是物质的胜利，而是介体这个人面神的胜利。在这个疯狂的精神世界里，只有梅什金一个人有权自称“唯物主义者”。人们为抛弃了古老的迷信沾沾自喜，但是他们堕入地下，堕入地下室，在那里，弥漫着愈来愈粗陋的幻觉。随着上天居民日渐稀少，神圣逐渐来到人间，把个人跟人间的一切幸福分隔开，在个人与现世之间掘出一道鸿沟，比过去与

〔1〕垂直超验指上帝的超验性，偏斜超验指三角欲望里介体的超验性。——译者注

彼岸世界间的鸿沟更深。他者居住的人世变成可望而不可即的天堂。

在这个低层次上，神的问题无从谈起。对超验的需要可以从中介得到“满足”。宗教讨论因此停留在经院模式上，如果讨论激起了强烈的反对意见，经院特点就可能更突出。地下人，不论他承认还是否定上帝的存在（他言辞再激烈也不过是说说而已），都无关紧要。要让神圣获得具体含义，必须首先从地下回到地面。所以，在陀思妥耶夫斯基的小说里，拯救人类的第一步，也是必不可少的一步，就是返回养育人类的土地。主人公终于走出地下室之后，他便亲吻出生的土地。

* * *

但凡描写由他者产生欲望的小说，不论作者是不是基督徒，都可以从中发现两类超验的对立和相似。凡外中介，类同显而易见。堂吉诃德的神秘信仰就是游侠骑士的生活。小说有一章耐人寻味，桑丘问主人，为什么不选择圣徒生活，却选择骑士生涯……同样，福楼拜也把包法利主义当成超验需要的变异，爱玛年轻时有过一段假的信仰危机，以后才走向真正的包法利主义。

儒尔·德·戈尔蒂耶对包法利主义所作的著名分析，在许多方面和我们刚才介绍的陀思妥耶夫斯基的观点不谋而合。戈尔蒂耶认为，福楼拜人物的特点是“完全缺乏稳定的性格和特征，由于他们什么也不是（rien），他们便屈从暗示而变成某物（quelque chose），或此物，或彼物”。这些人物“没有能力同自己选择的模式竞争，然而自尊心又不准许他们承认自己无能，于是他们就蒙蔽自己的判断力，错误地看待自己，把用来置换自己的形象当成他们自身。”这个分析是正确的，不过还应该补充一点，在自怜自艾的情感背后，并且控制这种感情的，是对自身的蔑视和仇恨。福楼拜的主人公客观的（objective）平庸性，加上可笑的野心，蒙蔽了批评家的眼睛，他们没有认识到，是这些人物——至少是其中最形而上的人物，例如包法利夫人——自己对自己不满意，他们实行包法利主义，是想逃避某种惩罚，而最先且可能是唯一主张这种惩罚的人却是他们自己——在他们意识深处。所以，包法利主义以及陀思妥耶夫斯基描写的狂热，根源都是某种比较自觉的自我神化计划的失败。福楼拜的确没有像陀思妥耶夫斯基那样有力地揭示欲望的形而上根源，不过，《包法利夫人》的许多地方还是点明了激情的“超验”性质。

爱玛·包法利给罗道尔夫写了许多情书：

> 但是，她一边写，一边想到另外一个男人，那是由她火热的回忆、读过的最美的书、最强烈的欲望构成的一个模糊身影，最后，这个身影变得那么真实，那么亲近，她简直就能触摸到他，她陶醉了，然而这个身影毕竟不能纤毫毕现地呈现在她的想象中，终于像神一样，

被无数的特征所湮没。

欲望的形而上性质，在内中介的上层或者资产阶级层面，不那么容易辨析。其实，斯丹达尔的虚荣同福楼拜的包法利主义相仿佛，不过是一种略浅的地下室，小说人物在里面徒劳地挣扎。虚荣人想让一切都归自己，归于他的自我，但是办不到。他永远因为向他者“逃逸”而痛苦，生命之精华就从这“逃逸”中流失了。

斯丹达尔和陀思妥耶夫斯基一样，完全懂得痛苦来源于不能兑现的承诺。所以他十分重视人物的教育。虚荣人往往是被惯坏的孩子，身边有一群鲜廉寡耻的马屁精。虚荣人之所以感到痛苦，正是因为“十年来，天天有人念叨说他们应该比别人更幸福”。

斯丹达尔的作品里也出现了不能兑现的承诺，而且形式更广泛，与重大主题更相称。斯丹达尔和陀思妥耶夫斯基一样，认为产生虚荣或者使虚荣变本加厉的，是现代历史的发展，尤其是对政治自由不可抗拒的向往。有些批评家觉得，斯丹达尔这个基本思想和他的进步观念难以统一。读一读某些思想家，例如托克维尔[1]的书，这个困难便迎刃而解。这些思想家对自由的理解和斯丹达尔相差无几。在斯丹达尔的作品里，现代承诺并不像在陀思妥耶夫斯基的作品里那样从

〔1〕托克维尔（Tocqueville，1805—1859），法国历史学家，著有《旧制度与大革命》等书。——译者注

本质上说就是虚假而可憎的，不过，能够无所畏惧地担当现代承诺的只有强者。做奴隶易，做自由民难，斯丹达尔全部社会政治思想都浸透了这个古老的观念。他在《旅行者回忆录》结尾处写道：除非有能力争取自由的人，才有资格享受自由。除非强者，才能不靠虚荣度日。在一个人人平等的社会里，弱者必然为形而上欲望所控制，于是就有现代情感的胜利："羡慕，嫉妒和无力的仇恨。"

人不能直面自由，便有焦虑来纠缠。于是需要寻找一个点以集中目光。不再有上帝、君主、领主把人同世界相联，人由他者产生欲望，就是想逃避个体感；人为神选择替身，因为人不能舍弃无限。

浪漫主义者追求自我膨胀，以至充塞整个宇宙，这一点为斯丹达尔利己主义者（L'égotiste）所不取。自我膨胀的基础是某种隐蔽的中介。斯丹达尔的利己主义者意识到自己的局限，他无意超越这些局限，他说"我"字时，虚怀若谷。他放弃追求全部（tout），因此没有被抛向空无（rien）。所以，在斯丹达尔的作品里，利己主义代表了现代人文主义的雏形。

然而利己主义固然有价值，却没有在他的小说创作中得到回响。在小说里，一边是虚荣，一边是激情；一边是直接的存在即无知、迷信、行动、幸福，一边是间接的思考即对真理的畏惧，以及忧郁、软弱、虚荣；二者之间没有任何中间用语。

在斯丹达尔的早期思想里，以及在他的若干杂文里，贵族阶级清醒的怀疑论和其他所有人的虚伪宗教之间的对立仍然有迹可循，这是18世纪的遗产。到斯丹达尔的主要著作里，这种对立便消失了，代之而起的是虚荣人的虚伪宗教与激情人的真实宗教之间的对照。富于激情的人，如德·雷纳尔夫人、德·夏斯泰雷夫人、法布里斯、克蕾丽娅[1]，以及《意大利轶事》中的主角，一律是宗教信徒。

斯丹达尔从来没有创造出一个不是信徒的激情典型。不是没有试过，而是结果不如人意。吕西安·娄万介于虚荣和天真之间；拉米埃尔成了躯壳，斯丹达尔只得中途弃置，另写虚荣人物桑凡[2]。于连·索莱尔在作品创作之初，按斯丹达尔的设想，本应成为有激情而又不信教的人物，但是，结果于连不过是较之其他伪君子略清醒一些、阳刚气略足一些的伪君子而已。他到临死才有真激情，但那时他已经放弃了自我。他是否至死都是怀疑论者，很难说清。

斯丹达尔的失败很说明问题。有激情的人物属于过去，忠实、盲目地信仰宗教。讲虚荣的人物属于现在，他若是教徒，那纯粹是逢场作戏，尽管他自己也并不一定能够意识到。虚荣的胜利和传统世界的式微不约而同地到来。三角欲望中的人不再相信超验，可是他们无力放弃超验。斯丹达尔试图说服自己相信，人可以不依靠基督教而摆脱虚荣，但是

---

〔1〕雷纳尔夫人是《红与黑》的人物，夏斯泰雷夫人见《吕西安·娄万》，后二人是《巴马修道院》的人物。——译者注

〔2〕拉米埃尔是同名小说主人公，桑凡是这部小说的另一个人物。——译者注

这个思想从来不曾在小说里得到体现。

所以，比较斯丹达尔和陀思妥耶夫斯基的小说，并不需要把斯丹达尔说成是基督徒，或者把陀思妥耶夫斯基说成是无神论者。有事实就足够了。斯丹达尔的虚荣仿佛其他小说家作品里的任何一种形而上欲望，这个概念，必须放到形而上与世俗、宗教与日常这样的双重含义中，才能深刻理解。正是因为虚荣人感觉到内心正在出现《传道书》说的空虚，他才躲避到轻浮的行为和摹仿中去。正是因为他不敢正视内心的空虚，他才急不可耐地向他者逃避——他觉得他者没有遭受这场灾祸。

* * *

从普鲁斯特描写的攀附，也可以发现这种在傲慢和羞耻之间毫无结果的来回摆动。我们固然蔑视攀附，殊不知有这种作风的人更瞧不起自己。而且，成为攀附者，与其说就变得卑鄙，倒不如说是为了逃避卑鄙而躲到攀附提供的另一个存在中去。攀附者总是觉得很快可以攫取这个存在，并且摆出已经获得这个存在的神气。因此他趾高气扬，叫人无法忍受。所以，攀附乃是高傲和卑鄙理不清的混合。正是这种混合确定了形而上欲望的性质。

拿攀附者和其他小说人物相提并论，大家要同意这么做，一定不无勉强。一谈到攀附，我们的怒火便大显神威。要说有什么罪恶，先锋文学不予原谅的话，那么大概只有攀附，为攀附"恢复名誉"，先锋文学想都不会想，尽管它热爱正义。对《在盖尔芒特家那边》，先锋派道学家和旧营垒的道学家争先恐后攒眉蹙额。看到斯丹达尔和普鲁斯特大花笔墨描写攀附，他们觉得为难，好心的评注家便想方设法贬低诸如攀附这样的缺点在经典小说中的作用。

我们不会小看陀思妥耶夫斯基的人物，但是我们瞧不起攀附者，因为攀附在我们看来属于"常人的"世界。谢天谢地，我们自己幸好没有沾染这个罪恶，但是它的恶劣影响，在我们周围历历可见。攀附属于道德批评的对象，相反，地下人的忧虑，我们觉得是病态的或者是形而上的，属于精神病学或者哲学研究的范围。我们不会忍心去谴责一个中魔的人。

然而，普鲁斯特的攀附者和陀思妥耶夫斯基的人物，其间的区别果真如人们想象得那么大吗？《地下室手记》这部作品说明并非如此。我们来看一下地下人与过去同学的关系。这群天不怕地不怕的人举行宴会，为一个叫兹维科夫的人赴高加索驻防饯行。地下人参加操办宴会，可是竟然谁也没有想到应该邀请他。这个出乎意料的侮辱，或许也是过于在意料之中的侮辱，在地下人心里燃起一种病态的激情，一种疯狂的欲望，他想把他并无需要，而且从心底里瞧不起的这些人"压倒，征服，迷住"。

可怜的人忍辱负重，终于得到了垂涎已久的请柬。他出现在宴席上，言谈举止很可笑，但是他一分钟也没有忘掉自己遭受的屈辱。

无妨参照这个情节来重读《在盖尔芒特家那边》。两本书描写的环境固然不同，我们却不应该被迷惑，因为二者的结构是相同的。就分文不值而言，普鲁斯特作品中的巴巴尔·德·布雷奥特以及其他许多人物，和兹维科夫及其朋党不相上下。普鲁斯特小说里的攀附者，和地下人一样是精细的心理学家，把介体的空无一物看得一清二楚。但是，和在陀思妥耶夫斯基的作品里一样，他们头脑清醒，却软弱无力，依旧不能逃避介体的诱惑。

在这一点上，主人公的情况和普鲁斯特本人的情况相仿佛。年轻的资产者马赛尔·普鲁斯特家境富裕，一表人才，可是他在巴黎心驰神往的，恰恰是他的财产、天赋、魅力都无济于事的地方。他和念中学的桑特耶一样，谁**不接待他**，他就渴望拜访谁。

在陀思妥耶夫斯基和普鲁斯特的作品里，介体的选择，决定于一场反面选拔。攀附者就像情人，追逐“逃逸的存在”，而所以有追逐，就是因为有逃逸。在陀思妥耶夫斯基和普鲁斯特的作品里，激发起令人神魂颠倒的欲望的，是没有被邀请，是被他者不客气的拒之门外。《永恒的丈夫》清楚地诠释了普鲁斯特经验中的爱情面，而《地下室手记》则清楚地诠释了其中的社交面。

普鲁斯特的攀附者和地下人面临同样的诱惑，比如给中介写信的诱惑。这种信，本意是辱骂对方，结果却成了战战兢兢的吁求。吉贝尔特·斯万没有受到盖尔芒特家的接待，愤然给公爵夫人写了一封信，和地下人被鲁莽的军官冲撞后写的信差不多。《让·桑特耶》(*Jean Santeuil*)里，主人公给折磨他的同学写信，向他们乞求友谊。在《白痴》里，娜丝塔嘉·费利波夫娜对阿格拉埃讲的那些梦呓似的奉承话，和普鲁斯特作品里的这些信异曲同工。

小说天才之间不存在断裂。他们的类同可以无限制地列举下去。陀思妥耶夫斯基的人物，和斯丹达尔的虚荣人一样，也和普鲁斯特的攀附者一样，一辈子害怕别人耻笑。他就像普鲁斯特小说叙事人头一次到盖尔芒特公爵夫人府上做客那样，总有被耍弄的感觉，他觉得那些名正言顺的客人，那些在生活的宴席上具有神圣权力的客人要取笑他。普鲁斯特描写过同样的感觉，不过在陀思妥耶夫斯基的小说里，这种感觉以无可比拟的力度表达出来。我们在前一章里已经指出普鲁斯特的作品夸大了斯丹达尔笔下的虚荣，现在则可以指出，陀思妥耶夫斯基夸大了普鲁斯特笔下的攀附。

为什么在这些情况下，攀附特别叫我们轻蔑呢？如果非要我们回答不可，我们可以说，那是因为攀附者的摹仿是想当然，这叫我们恼火。小孩子摹仿，我们觉得可以原谅，因为摹仿的缘由是孩子确确实实比较弱，既没有成年人的体力，又没有成年人的经验和手段。至于攀附者，他们本没有半点确凿无疑的劣势，他们并非低人一等，但他们降尊纡贵。在一个人人“自由和权利平等”的社会里，本不**应该**有攀附者，然而恰恰是只有在这个社会里，**才有**攀附者。实际上，攀附必须有具体平等；当人与人之间分高低贵贱时，会有奴性和暴政，谄媚和骄横，但是绝不会有准确意义上的攀附。攀附者百般作态，希望被他们自己凭空以为德劭望重的人所接受，普鲁斯特花大量笔墨突出了这一点。《追忆似水年华》里的攀附者几乎都比他们社交场中的介体高明，财产、仪表、能力，都在介体之上；所以，攀附的实质是荒诞。

攀附生于平等，这当然并不是说普鲁斯特生活的社会是一个无阶级的社会。然而，阶级之间真实具体的差异和攀附的抽象差异没有关系。从社会学家的眼光看，维迪兰家和盖尔芒特家属于同一个社会阶层。

攀附者会匍匐在已经一文不值的贵族爵衔面前，匍匐在只有几十个老太太叫好的“社交场”面前。摹仿愈是没有理由，就愈显得可鄙。叫摹仿显得毫无理由的是介体与摹仿者的相似，我们可以看看陀思妥耶夫斯基的作品。地下人和他那些旧日同窗，都是圣彼得堡这个“矫揉造作、因循守旧”的城市的官僚，他们之间没有任何差别。在这里，双方彻底彼此彼此，摹仿比在普鲁斯特的小说里更荒唐。

地下人给人的反感，按理说应该大于普鲁斯特的攀附者，可是我们并没有这种感觉。我们谴责攀附者，宽宥地下人，根据的是同一道德观。我们想从攀附找到一种特殊的、可诅咒的本质，然而完全落空。我们永远在这一头碰到斯丹达尔的虚荣，在另一头碰到陀思妥耶夫斯基的狂热。傲慢和羞耻之间的摆动到处都可以见到，只不过摆动幅度不同罢了。

我们对待攀附者为什么比对待其他同样由**他者**产生欲望

的人更严厉？如果答案不在小说里，那就在读者身上。欲望的范畴，凡我们以为值得称赞或者赏心悦目的，请注意，都离我们自己的世界极远。相反，那些资产阶级的中间范畴，总是叫我们激愤难平。这种态度的“地理”划分也许不是无缘无故的？

既然我们谈的是由他者产生的欲望，那么小说家本人就应该能够给我们的研究以启发。大凡与攀附或近或远有关系的东西，对普鲁斯特而言都不陌生。我们厌恶这个“毛病”。对我们的情绪，他一定有自己的看法。

《在斯万家那边》里面有一节很精彩，写的是马赛尔一家人如何发现了勒格朗丹的攀附。一次，勒格朗丹听完弥撒以后，围着当地的上流家庭转。见到马赛尔的父母，他不像平素那样客客气气打招呼，刹那间脸上显出古怪的表情，然后猛然转身。如是连续两个礼拜天，马赛尔的父母立刻明白勒格朗丹是个攀附者。

不明白的只有老祖母，她记得勒格朗丹对攀附深恶痛绝，她甚至觉得他的态度过分严厉了。勒格朗丹对他者大加挞伐的罪过，他自己怎么会沾上？但是马赛尔的父母没有上“恶的信念”[1]的当，而且，在他们眼里，这信念愈强，罪过便愈大。在这件事情上，态度最严厉的是父亲，眼光最敏锐的也是父亲。

---

〔1〕萨特哲学用语 mauvaise foi，原意是“恶意”“欺诈”。用在萨特著作中，也译作“自欺”。——译者注

戏只有一场，观众有三个。三个观众有三种解释，这就是说，有三个不同的视角，然而这三个不同的视角并不如主观主义者所想是自主的，不可比较的。我们可以把它们排列在一起，并且从两个不同的角度分层次。第一个角度是对事件的理解。从祖母到母亲，再从母亲到父亲，对攀附的理解（compris）逐渐加深。这里有不同的知识度，而不同的知识度就形成一个阶梯，在这个阶梯上排列着三个人物。在这个阶梯背后，我们隐约看见第二个阶梯，道德纯净度的阶梯。老祖母处于这个阶梯的顶端，因为她于攀附可以说一尘不染。母亲处于下一级，她于攀附已经不能说是“不染”了。尽管她一向害怕“伤害人”，尽管斯万对她至为重要，她就是不愿接待斯万的妻子这个往日的“风尘女子”……更下一级是父亲，他以自己的方式成为全家最具攀附风的人。他的同学、老外交家诺普瓦对他的殷勤和奉承，使他尝到了虚荣的快乐和不安。禁忌最多，驱逐人的怒吼震天价响的地方不是圣日耳曼区，而是各行各业。专业场所甚至可以说是最有利于普鲁斯特所谓的“攀附”滋长的地方。

把知识阶梯颠倒过来就是道德纯净度的阶梯。攀附在我们心里激起的愤怒永远是衡量我们自身的攀附风的尺度。包括勒格朗丹都逃不脱这条法则。他在两个阶梯上都有固定的位置，在道德纯净度阶梯上处于最下端，因而在知识阶梯上便处于最顶端。勒格朗丹对攀附的任何最细小的表现都很痛苦地有敏锐的感受。这个所谓“反精神的罪孽”在他心里激起的仇恨并不是伪装的。让他吃闭门羹的，正是那些攀附者的沙龙。受他者的攀附折磨的人，自己必然是攀附者。

使欲望主体感到愤怒的，恰恰是咬啮他自己心灵的恶，这并非一种令人不快的偶然。愤怒和罪恶之间有一种必然的联系，敏锐的洞察力是愤怒的辅助剂。真正了解攀附者的只有攀附者，因为前者摹仿（imite）后者的欲望，也就是说，摹仿后者的存在的实质。这里找不到摹本和原本之间通常的差异，原因是这里没有原本。攀附者的介体自身也是攀附者，就是说，是第一个摹本。

通晓世事和怀有形而上欲望，二者有直接而紧密的联系。在攀附者之间，目光相交便彼此心领神会，而且立刻相互产生敌意，因为对欲望主体而言，最糟糕的事就是看到自己的摹仿被戳穿。

介体和主体间的距离越小，他们的差异就越小；他们的见识愈准确，仇恨就愈强烈。主体在他者身上谴责的欲望，永远正好是主体自己的欲望，但是他对此浑然无知。仇恨是个人主义的，它不由分说地维持自我和他者间虚幻的绝对差异，实际上没有任何东西把二者分开。所以引起愤怒的知识乃是不完整的知识。并非如某些道学家所言毫无价值，而是不完整，因为主体看不到他者身上的虚无，这虚无正在吞噬主体自身。虚无使主体变成可怕的神。任何一种引起对他者的愤怒的知识，都是回环的知识，反过来在主体不自知的情况下及于主体自身。这种心理圈属于欲望三角的范畴。我们大多数伦理判断都来源于对介体的仇恨，也就是说，来源于我们摹仿的竞争对手。

当介体距离很远的时候，心理圈很大，很容易把伦理判断的路线误当作直线。对欲望主体来说，这种误解很正常。欲望空间是“欧几里得的”，我们永远认为自己朝着欲望和仇恨的目标做直线运动。小说的空间是“爱因斯坦的”，小说家指出，所谓直线其实是一个圆，它不可抗拒地将我们带回我们自身。

当介体距离很近的时候，观察者发现了小说人物的心理圈，于是他们谈论起所谓忧烦（obsession）。陷入忧烦的人仿佛陷入重围的要塞，得不到任何援助。勒格朗丹批评起攀附口若悬河，布洛什斥责野心，夏吕斯猛攻同性恋，每个人都在咒骂自己的罪孽。陷入忧烦的人，对同病者，亦即他的竞争对手，洞若观火，对自己则蒙若瞽眇，真叫人吃惊。随着介体的靠近，洞若观火和蒙若瞽眇会同步推进。

心理圈规律是一条基本规律。在所有描写由他者产生欲望的小说里都可以看到。在卡拉马佐夫兄弟中间，最像父亲的是伊万，最不像父亲的是阿廖沙。最恨父亲的是伊万，最不恨父亲的是阿廖沙。我们轻而易举地就发现了普鲁斯特的两个“阶梯”。

在塞万提斯的作品里也可以找到这个心理圈。想方设法要治好堂吉诃德的是那些失落自我的痛苦最强烈的人。为他者的病惶惶然的都是病人。

俄狄浦斯诅咒他者，结果自己沦为罪人。小说的心理分析其实比我们的时髦批评家想象得要简单。事实上，即使最好的心理分析，也不过是与伟大宗教典籍的心理分析相吻合罢了："唉，你啊，人，你现在这样子，你责骂别人，实在不可原谅，因为，你责骂别人的时候，就在责骂你自己，你责骂别人，而你在做同样的事。"（圣保罗《罗马书简》）

* * *

一个年轻的攀附者内心萌动的"社会青春"，就其自身而言，并不比其他的欲望更可鄙。是我们的心理圈造成假象，好像其间有根本区别。我们并非个个都梦想进入圣日耳曼区，但是由于攀附者和我们同处一个历史环境中，所以我们对他们特别严厉。我们仇视形而上欲望的资产阶级形式，因为我们从中看到了周围人的欲望，以及我们自己愿望的夸张表现。

不理解攀附者和不理解陀思妥耶夫斯基的人物，这是不同的两回事。不理解攀附者，是因为缺乏同情心；不理解陀思妥耶夫斯基的人物，是因为缺少理解力。我们不懂，地下人为什么对他的介体又崇拜又仇恨，哭着趴在介体脚下；为什么他要给介体寄去既充满污言秽语，又充满温情蜜意的狂乱的信；但是吉贝尔特·斯万给盖尔芒特公爵夫人写信是受到什么诱惑，我们完全明白。尽管在我们看来，攀附者的摹仿十分荒唐，但是实际上，攀附者的摹仿比陀思妥耶夫斯基的人物的摹仿更有道理。攀附者的价值观也许与我们不同，然而也并非和我们隔膜到毫不相干。证据是，我们始终认为，揭攀附者的老底，我们的能力绰绰有余。我们能戳穿他如何伪装自己，伪装与众不同；我们能想象他受到了哪些文学和社会影响；我们能清楚地看到，他为自己到历史、美学、诗歌中寻找哪些根据（永远不充足）；我们绝不会为他的借口、难以抗拒的同情心、他拿来遮盖攀附的无法言传、不合理性然而又是极普通的本质的那种犬儒主义野心所蒙蔽。

由他者产生的欲望中，让人们议论纷纷的永远是人们最熟悉的形式。堂吉诃德的乡邻提出他们狭隘的正义观时，论粗暴、论缺乏道理，都不在马赛尔的父亲攻击勒格朗丹之下。在作为堂吉诃德竞争对手的小乡绅们的眼里，堂吉诃德不折不扣是个攀附者。他们指责他使用“堂”这个称呼，他“没有任何权利”这样做[1]。桑丘在拼命劝他妻子当公爵夫人时，也成为一个攀附者！

伟大的小说家在看待他们的人物时，既不分担我们的愤怒，也不分享我们的热情。我们觉得有的作家宽容，有的作家苛刻，这同我们自己的情绪有关。塞万提斯看待堂吉诃德的眼光和普鲁斯特看待夏吕斯的眼光是一样的。我们没有发现这些人物的类同，是因为他们的距离有近有远。这使我们有时像马赛尔严厉的父母，有时又像宽容的老祖母。

我们必须超越攀附在我们心中引起的愤怒。要想到达小说的统一点，就必须重走小说家走过的路。俄狄浦斯式的小说家在谴责了他者之后，发现自己成了罪人。于是他就走到

〔1〕“堂”是贵族的标志。——译者注

了正义之所，既超越了悲观主义的心理分析，也超越了浪漫主义的偶像崇拜。小说的正义同道德说教的伪善以及虚假的超然态度都不同。它是具体的，可以用小说本身来检验。由于有了小说的正义，便有可能在自省和观察之间进行综合，而生命和真理便从综合中喷涌而出。小说正义摧毁了自我和他者之间的屏障，创造了堂吉诃德和夏吕斯这样的人物。

* * *

仅仅指出攀附者和其他小说人物的类同还不足以说明普鲁斯特能够和塞万提斯、陀思妥耶夫斯基并驾齐驱。还必须证明欲望的形而上意义并没有逃过这位法国小说家的眼睛。这个意义在《重现的时光》的一段校改文字里说得很清楚：

> 每一个给我们痛苦的人，都可能被我们附会于某一个神明，他便成了神明断断续续的投影，神明的末级表现，而我们对神明（理念）的观照立刻给予我们快乐，而不是我们原来感觉到的痛苦。

类似的话作品里不少，列举出来也是很有意思的，然而这些话都是只言片语，同陀思妥耶夫斯基的超验观相比较，显得很单薄。普鲁斯特从来没有像陀思妥耶夫斯基那样，甚至没有像斯丹达尔那样，有力地肯定偏斜超验，因为他对自由问题的思考没有达到斯丹达尔的深度。上文已经讲到，普鲁斯特经常采用，或者好像经常采用完全反映人物经验的唯我论欲望观。

介体的神性是小说天才的关键，所以必然从每一部小说艺术的成功点上表现出来。普鲁斯特的作品成功点在哪里？如果问作家本人，他会回答，小说艺术（普鲁斯特的小说艺术）在创造隐喻方面得到最高体现。这就是说隐喻应当显示欲望的形而上意义。实际上隐喻的作用正是如此。圣物在普鲁斯特的优秀作品里不构成一般的隐喻范畴。当普鲁斯特表现主体和介体的关系时，总有圣物出现。叙事人在一个接一个偶像面前感情强度的变化，与宗教经验的不同侧面相对应，在这种宗教经验中，越来越重要的是恐怖、革出教门、禁忌。作品中的形象和隐喻把介体刻画成铁面无私的守卫，看守着封闭的乐园，只有上帝的选民才能在乐园里永享幸福。

叙事人靠近神明时，少不了恐惧和战栗。在形象的作用下，最平常的行为也带上了宗教礼仪的意义。马赛尔由保姆弗朗索瓦丝陪着到斯万家去，那是进行一次“朝圣”。资产者居住的这套房间先后被喻为神殿、祭台殿、教堂、大教堂、祈祷室……几乎没有一种信仰，普鲁斯特不从中借代与圣物有关的用语，魔法、秘术、原始部落、基督教神秘主义，样样不缺。普鲁斯特闭口不谈，或者几乎不谈形而上学和宗教，然而在他的作品里，超验语汇丰富得出奇。

古希腊罗马神话也参与了对介体的神化。《在少女们身旁》开头，叙事人上歌剧院，他从前排座位凝望盖尔芒特一家和他们的朋友，这些人昂然而又漠然地凌驾一般观众之上。包厢关上门，和剧院的其他部分隔绝，在普通人眼里，俨然是不可企及的天界。“包厢”[1]这个词，加上淡蓝色的灯光，叫叙事人想到与水有关的神，这些上流社会的成员变成了水中仙子、海中仙子、半人半鱼的海神……这一段描写，典型地表现了普鲁斯特略嫌花哨的连珠妙语，以及“美好时代”的奢华生活，“趣味纯正的人”读了，总是感到不自在。

文学创作水平等而次之，形象就变成纯粹的装饰，一任作家高兴，可以不用，也可以用别的装饰代替。普鲁斯特对这种自由不感兴趣。他不是描写客观事物的现实主义作家，而是描写欲望的现实主义作家。形象“改变”客体；但是形象不是以任意什么方式改变客体，而是通过叙事人这个年轻资产者从学校和书本的知识出发来“结晶”这个特殊方式进行的。同古希腊罗马神话的形象相汇合并且融入其中的，是1885年前后梦想进入上流社会的那名中学生的欲望，是叙事人病弱的、受到严密看护的童年，甚至还有剧院大厅的装饰。趣味纯正派不懂得，普鲁斯特的选择是有严格范围的。

普鲁斯特要求古代神话发挥人人以为它发挥不了的作用，这并非没有反讽意味。对于有文化修养的读者，古代神话在他的头脑里再现的不是神圣，而是全部神圣衰落以至消

---

〔1〕原文 baignoire，这个词亦作“浴缸”解，故作者说与水有关。——译者注

亡的氛围，是“古代文化”的世俗世界。因此，普鲁斯特挑选了最不宜按他的愿望发挥作用的形象。然而，他竟然成功地将这些形象纳入了他的美学体系。他成功了，原因是，在小说历史的这一点上，介体的神化得到确立。马赛尔“专注而痛苦”的目光落在一个人身上，我们立刻就看到，在他与此人之间出现了超验的鸿沟。这里，不再是形象使感觉神圣化，而是感觉使形象神圣化。但是，普鲁斯特把虚幻的形象当作真实的形象，让虚幻的形象折射从介体借来的神圣性。形象有如回声折反声音，把神圣送回原地。这个过程不是无意义的。它非但不破坏欲望的现实性，反而充实这种现实性。实际上，除却对神圣的强烈渴望，一切欲望都是虚幻的，纯属编造。少年人一旦找到自己的神，一旦把压得他喘不过气来的神力推到他者身上，即推到介体身上，对神圣的强烈渴望便会改变他可怜的现实生活的全部因素。

童年一旦剥离了神圣，就能够复活几个世纪前消亡的神话，叫最枯燥的象征活跃起来。普鲁斯特通过资产阶级生活背景——我们对此啧有烦言，追求与他最喜爱的作家之一奈瓦尔相同的目标。奈瓦尔的《西尔薇》(*Sylvie*)把“理性”仙子神圣化，把信奉怀疑论的领主的奇特建筑[1]变成真正的神殿。在某些人身上，形而上的生命非常旺盛，能够在完全相反的情况下重现，而且最后可能呈现相当骇人的形式。

---

〔1〕在《西尔薇》里是一座亨利四世时代的城堡。——译者注

* * *

向人性偏斜的超验，这个概念可以说明普鲁斯特的诗学，也可以廓清围绕《重现的时光》至今依然存在的迷雾。同昔日的一件物事接触，我们所体验到的，是过去欲望的超验性质。回忆不像欲望那样受到竞争欲望的毒化。“每一个给我们痛苦的人，都可能被我们附会于某一个神明，他便成了神明断断续续的投影，……而我们对神明（理念）的观照立刻给予我们快乐，而不是我们原来感觉到的痛苦。”

感觉回忆重新获得对神圣的向往，这种向往是纯粹的欢乐，因为它不再被介体破坏。小玛德莱娜点心是真正的圣餐，它具有圣物的一切品质。回忆化解了欲望中所有的对立因素。这时精神集中而又超脱，辨认出过去曾在上面碰壁的障碍，这圣物于是就释放出香气。精神理解了介体的作用，从而能够显示欲望的有害机制。

因此，感觉回忆意味着对初始欲望的否定。批评家认为这里有“矛盾”。被摒弃的，是归根结底给予我们幸福的经验，此言不谬，但是，有矛盾的不是普鲁斯特，而是形而上欲望。感觉欲望，实际上就是从魔与神的双重作用来感觉介体。回忆的喜悦和对欲望的否定是相辅相成的，就像长与宽，正与反。普鲁斯特的“心理分析”与神秘的显现不可分割。神秘的显现是心理分析的另一面。它并不像现在有人断言的那样，意义平平，属二流的文学创作。

在普鲁斯特笔下，感觉回忆是人生最后的审判。它把稻子和稗子分开。但是稗子必须出现在小说里，因为小说表现过去。回忆是普鲁斯特全部作品的焦点。它是真实之源，神圣之源。从这个源泉涌出宗教隐喻，是这个源泉显现了介体神与魔的功能。不要把感觉回忆的作用局限于最陈旧和最幸福的记忆。新鲜记忆只有在焦虑不安的时候才更有必要，因为新鲜回忆驱散仇恨的雾。感觉回忆在整个时间序列中发挥作用，既能说明《索多姆和戈莫尔》(*Sodome et Comorrhe*)的地狱，也能说明贡布雷的天堂。

回忆使作为作家和作为人的普鲁斯特得到拯救。我们在《重现的时光》清楚的信息前却步了，我们的浪漫主义只能容忍那种想象的拯救，只能容忍那种令人绝望的真实。感觉回忆是喜悦，同时也是知识。纵使感觉回忆像人们反复陈述的那样改变了客体，小说描写的也不是产生欲望时体验到的幻觉，而是一种新的幻觉，即新的改变的结果。描写欲望的现实主义大概是不存在的。

第三章　欲望的变形

所谓由他者产生欲望，无非是想成为他者。形而上欲望只有一个，但是将这个基本欲望具体化的个别欲望却变幻无穷。我们从小说人物的欲望中观察到的东西，没有不能变化的。欲望的强度也是可变的，强度取决于客体的“形而上性质”的变化，而这个性质本身又取决于客体与介体的距离。

客体对于介体，就如圣物之于圣徒。圣徒用过的念珠，穿过的衣服，比起仅仅被圣徒触摸过、祝福过的圣牌，要更珍贵。一件圣物的价值，取决于它与圣徒的距离。形而上欲望中的客体亦如此。

因此，现在应该来考察一下小说三角的第二个方面，即联系介体与欲望客体的方面。在此之前，我们一直仅仅考察了第一方面，即联系介体与欲望主体的方面。好在这两方面变化的方式大致相同。欲望三角是一个等腰三角形。介体越是靠近欲望主体，欲望就越是强烈。

堂吉诃德的介体最远，所以他的欲望折磨人也最轻。这个聪明人一点也不固执，一碰到失败，他就像哲学家那样得出结论说，其他骑士将会完成这件事，于是他就到别处去寻找机会。

堂吉诃德的行为很有点像游戏。孩童的游戏就是三角的。游戏是对成年人的摹仿。但是，由于客体和介体，亦即玩具和赋予玩具意义的成人之间的距离很大，因此儿童永远不会完全忘掉玩具所获得的意义具有虚幻的性质。堂吉诃德的行为固然不完全是游戏，然而差距不大，所以在小说人物里，他是最宁静的。

堂吉诃德的介体离得很远，介体的光芒朦胧地洒在一大片土地上。阿马迪斯不确指任何事物，又几乎指示着所有事物。事件接踵而来，节奏越来越快，但是任何一个事件单独都不能使堂吉诃德成为阿马迪斯第二。所以堂吉诃德觉得没有必要与厄运拼斗。

介体愈靠近，介体指示的东西就愈明确；“形而上性质”加重，客体变得“不可替代”了。爱玛的欲望比堂吉诃德强烈，而于连的欲望又比爱玛强烈。发光的介体逐渐靠近，他的光芒也就逐渐集中于一小块土地上。

爱玛的行为已经比堂吉诃德“严肃”许多，但是她欲求的真正客体，能够叫她成为她希望做的人的客体，在外省找不到。罗道尔夫和雷翁不过是形而上的替代品，而且多多少少是可以相互替换的。他们从介体接收到的光很弱。

人物的行为反映了中介变化不定的内容。堂吉诃德很不安分，但是有点像儿童玩耍。爱玛已经有更多的焦虑。介体始终不可企及，但是这一点已经不够明显，因此人物不能心甘情愿地放弃达到介体的希望，不能满足于仿佛真光似的反射光。给予包法利主义一种特殊色调的正是这一点。包法利主义本质上是沉思的。爱玛梦想多，欲求少，而斯丹达尔、普鲁斯特、陀思妥耶夫斯基的人物梦想少，欲求多。随着内中介的出现，重新有了行动，但是行动不再与游戏相似。神圣的客体靠近了，好像伸手可及，主体和客体间只有一个障碍，那就是介体。随着介体的靠近，行动渐趋狂热。在陀思妥耶夫斯基的作品里，遇阻的欲望变得十分狂躁，能够引起凶杀。

* * *

随着形而上（métaphysique）的作用在欲望中增强，形而下（physique）的作用就越来越小。介体愈靠近，激情就愈强烈，客体的具体价值就愈少。

按浪漫主义者和新浪漫主义者的看法，想象的成果不断扩大，有利无弊。然而真实不断萎缩，势必造成欲望引发的竞争愈见激烈。严格运用这条法则，可以充分解释斯丹达尔的世界与普鲁斯特的世界之间的异同；斯丹达尔的虚荣人和普鲁斯特的攀附者，似乎在追求同一个客体：圣日耳曼区。但是，普鲁斯特的圣日耳曼区不再是斯丹达尔的圣日耳曼区。19世纪，贵族丧失了最后的具体特权。到普鲁斯特的时代，拜访旧贵族已经不再有半点实际的好处。假如欲望的力量和客体的实际价值成正比，那么普鲁斯特的攀附应该不及斯丹达尔的虚荣强烈。然而事实正好相反，《追忆似水年华》里的攀附者比《红与黑》里的虚荣人焦虑不安得多。从斯丹达尔到普鲁斯特，这个过程可以看做“形而下”缩小，“形而上”扩大的过程。当然，斯丹达尔并非不知道欲望强度和客体的重要性之间存在反比关系。他写道：“社会差异愈小，这种差异造成的虚伪就愈多。”这条法则并非只适用于斯丹达尔的虚荣，它贯穿整个小说史的始终，使我们得以建立小说作品相互间的关系。普鲁斯特的攀附，尤其陀思妥耶夫斯基的地下人，就是斯丹达尔这条法则的“边缘发展”。内中介的这些极端形式，可以定义为造成极端虚伪的无差异（différence nulle engendrant une affectation maximum）。实际上普鲁斯特几乎就是这样定义攀附的：“世界既然是一个虚无的王国，那么上流社会女人之间价值的差异就是微不足道的，只有隙愤或者德·夏吕斯的想象才加以无限扩大。”

斯丹达尔的《吕西安·娄万》中，主人公和南锡青年贵族之间的争斗，最后落实到一个十分真实的客体上，即兼有贵族风范和非常现实的财产优势的漂亮的德·夏斯泰雷夫人。普鲁斯特的作品有相同的社会环境，贵族的沙龙仍旧是主线，但是夏斯泰雷夫人没有了。当然，书里有盖尔芒特一家，然而，吸引攀附者的，既不是他们的容貌，也不是他们的金钱。盖尔芒特夫人的菜肴不见得比别人家精美，她家的晚会也不见得比别人家气派。受到接待的人和吃闭门羹的人，相互间的区别纯粹是形而上的。普鲁斯特称之为“高级社交地位”的东西，是短暂的，难以捉摸的，倘自己不是攀附者，那简直就觉察不到。进入社交界，“客观”价值未见得超过堂吉诃德被乡村旅店老板授予骑士称号。

地下人代表了向抽象欲望演进的最后阶段。客体完全消失。地下人希望受到邀请参加给兹维科夫送行的宴会，那种疯狂的欲望不能再用物质利益或者社交收获来解释。

浪漫主义和象征主义的欲望理论以它们的方式，反映了真实逐渐缩小的趋势。在结晶理论中，欲望的具体内容已经无足轻重。在蚌和珍珠的比喻里，1822 年的事件缩小成“一颗沙粒”。这些描写很精确，只有一点，没有提到介体。靠着介体，想象才能够丰富起来。浪漫主义一向进错教堂，它想在自我的祭台上焚烧世界，然而它应该膜拜的倒是他者。

“形而下”欲望和“形而上”欲望，二者的消长，必定互相影响。这条法则有诸多方面。比如说，这条法则解释了在本体病[1]最严重的阶段，性快感为什么会逐渐消失。介体的“品质”像一剂用量愈来愈大的毒药，作用于感官，使人物慢慢麻痹。

爱玛·包法利有快感，那是因为她的欲望还不完全是形而上欲望。在斯丹达尔的虚荣人身上，快感已经弱了。但是征服女人时几近于无的快感，在形而上性质消散之后又频繁

---

〔1〕原文 maladie ontologique，指真正的自我或自我存在的失落，似亦可译为“存在危机”，但因没有“病”字，在某些地方，汉语行文有困难。——译者注

重现。在普鲁斯特的小说里，快感几乎完全消失，到陀思妥耶夫斯基的小说，则连提也不提了。

* * *

客体的形而下性质，即便在最有利的场合，也只起次要作用。这些性质不能刺激形而上欲望，也不能延续形而上欲望。斯丹达尔或者普鲁斯特的人物终于占有欲望客体之后，叫他们失望的不是没有形而下的快乐。他们的失望完全是一种形而上的失望。主体发现，占有客体并没有改变他的存在，期待的变化没有发生。客体的“优良品质”愈多，失望便愈沉重。结果是，介体靠近主人公，失望就加剧。

堂吉诃德和包法利夫人没有真正意义上的形而上的失望。这个现象出现在斯丹达尔的作品里。斯丹达尔的主人公刚一得到欲望客体，客体的“优良品质”就像气球扎眼儿，气全跑光了。占有客体，一下子就使客体非神圣化，使客体仅剩下客观性质，这就引起了斯丹达尔那著名的喟叹：“不过如此！”于连耸肩膀，毕竟还表现出一种无所谓的态度，而在普鲁斯特的小说里，连这种态度也看不到了，有的是沉重的幻灭感。到陀思妥耶夫斯基的小说，形而上的失败造成极深的震动，结果可能是自杀。

失望无可辩驳地证明了三角欲望的荒诞。失望之余，主人公似乎不得不面对现实。再没有任何东西，也没有任何人，能够把他同昔日里欲望用美好前程好歹掩盖住的屈辱的、可卑的自我分开。人物失去欲望，好比挖井人腰间的绳索崩断，瞬间便可能坠入现实的深渊。他如何才能逃脱这可怕的命运？

他无法否认欲望的失败，但是他可以认为失败的后果仅仅与已经被占有的客体有关，或许也同指示客体的介体有关。失望并不足以证明一切（tous）形而上欲望的荒诞，只能证明令他失望的个别欲望的荒诞。主人公承认他错了，客体根本不曾有过他赋予的那种神秘价值。但是，他可以到其他地方，向另一个客体，向另一个欲望，去寻求这种价值。他犹如踩着一块块光滑的石头过河，靠着一个个欲望度过一生。

于是有两种可能性。人物可以靠过去的介体为他指示一个新客体，也可以更换介体。究竟如何决定，与“心理”无关，也与“自由”无关，而是像形而上欲望的许多方面一样，取决于人物和介体的距离。

倘若距离很大，如众所周知，客体的形而上品质就很贫乏。介体的声誉不受累于个别欲望。神凌驾万变的生活之上，神是唯一的，永恒的。堂吉诃德不断有新的冒险经历，然而阿马迪斯只有一个。包法利夫人的情人可以换，梦却是不变的。然而倘若介体与主体接近，客体与介体紧密联结，“神的责任”——倘我们可以这样表达的话——被卷入个别的欲望，欲望的失败就有可能反弹至客体之外，引起对介体的怀疑。偶像开始在底座上摇晃；倘若是大失望，偶像则会倒塌。普鲁斯特曾经用大量绝妙的细节描画了介体的灭亡，这在主体的生活中是个名副其实的革命事件。他生活中的一切因素都被介体磁化了，这些因素的次序乃至意义，都倚靠介体。我们可以想象，人物会想方设法延缓这样一个必定带来痛苦的经验的到来。

在《追忆似水年华》里，叙事人徒劳地期待了好几年，后来终于获得了盖尔芒特家的请柬，这时他感到了不可避免的失望。他看到的是同其他沙龙一模一样的平庸，听到的是一模一样的陈词滥调。盖尔芒特一家人，还有他们的客人，这些超人，他们聚在一起，莫非就是为了用与其他社交场同样的话、同样的口吻来谈论德雷福斯案件，谈论刚出版的小说？马赛尔寻求一个答案，能够把介体的神圣声誉和占有客体后的负面经验调和起来。第一次参加晚会，他差一点说服自己相信，是他这个俗人的存在，破坏了贵族社会的神秘气氛，他不走，气氛就不可能恢复。他真心实意这样想，以至于已经有真凭实据说明偶像的虚幻，他还抱定这个念头。

每一个介体都投射出自己的幻影，幻影一个接一个出现，都显得很“真实”，这些“真实”以对鲜活记忆名副其实的摧残代替了过去的真实，又以对日常经验的严密审查抵御未来的真实。马赛尔把先后不同的中介投射的“世界”称为“自我”，这些“自我”，彼此完全隔绝，既不能追忆起过去的“自我”，也不能预感到未来的“自我”。

在斯丹达尔的作品里可以看到这种单个“自我”碎片的早期征兆，斯丹达尔小说主人公的感情变化突兀，是《追忆似水年华》里不同人物个性的先声。于连·索莱尔始终是一个，但是，这种统一受到了对玛蒂尔德的爱情这短暂反常行为的威胁。

在普鲁斯特的作品里，生活最终丧失了统一，丧失了以往小说人物身上由神保持的稳定性。“个性解体”的根源是不断变换介体，普鲁斯特的早期读者对“个性解体”困惑不解，觉得很别扭。但是他们警惕的呼声也许只有部分的道理。只要介体距离很远，因而是唯一的，人物就能保持统一，不过这种统一是由谎言和幻觉构成的。从道德上说，贯穿全部生活的唯一谎言，未见得比一系列短暂的谎言更好。即便说普鲁斯特的主人公比其他小说的主人公病情更重，他们害的却是同样的病，即便说普鲁斯特的主人公比其他小说主人公罪孽更深，他们犯的却是同样的罪。不应该谴责他，而应该同情他，因为他比以往的人物更痛苦。

介体的统治时间越短，他就越专制。所以，痛苦最深的是陀思妥耶夫斯基的主人公。地下人的介体更换得如此迅速，一个个“自我”简直分辨不清。我们在普鲁斯特的作品里还能看到虽间隔以严重危机或者精神疲软期，却还相对稳定的阶段，到陀思妥耶夫斯基的作品里，就代以永久的危机了。生活的种种因素，在其他小说作品里或长久或短暂地排列成序，在陀思妥耶夫斯基的作品就成了一片混乱。地下人有时甚至被好几个短期介体所肢解。时期不同，对话人不同，他随之成为不同的人。这就是批评家全都注意到的陀思妥耶夫斯基人物的所谓多形态性（polymorphie）。

随着介体的靠近，统一分解为多样。我们从堂吉诃德单一、永恒、传奇式的介体出发，经过几个楼梯平台，到达陀思妥耶夫斯基的混沌。斯丹达尔所谓构成他那个时代“优秀社会”的“五六个模式”，以及普鲁斯特的多样自我是我们下楼经过的主要平台。中魔者的魔鬼叫作帮伙，它藏在一群（troupeau）猪里[1]。它既是一，又是众。这种个性的破碎是内中介的极点。

许多作家注意到了介体的多样化。让－保尔[2]的最后一部小说《彗星》就受到了《堂吉诃德》的启发。主人公尼科劳斯·马克格拉夫“像演员似的，让另一个人占据自己的身体”。但是，他不能把自己固定于选取的角色，每读一本新书，他就调换一次介体。不过，让－保尔探讨的仅仅是19世纪由他者产生的欲望的表层方面，介体都很遥远。在斯丹达尔、普鲁斯特、陀思妥耶夫斯基的作品里，模式是在内中介的水平上增加。现代性（moderne）的深刻真实存在于内中介中。

从普鲁斯特起，介体实实在在可以是“任何人”，可以在“任何时候”出现。神秘的显现是一场持久的灾祸。马赛尔在巴尔贝克散步，一次邂逅决定了他的命运。他朝那几个姑娘瞅了一眼，便着了迷。

当我偶然瞥见了姑娘们中的随便哪一个——因为她

---

〔1〕参见《新约·路加书》第八篇。——译者注

〔2〕让－保尔（Jean-Paul，原名 Johann Paul Friedrich Richter，1763—1825），德国小说家。——译者注

> 们具有同样的特殊品质，这就好比将少许叫人心烦又叫人心醉的梦，在我眼前映成一片闪烁不定的可怕的幻境。瞬时之前，这梦还仅仅存在于我的头脑中，而且仿佛永久驻留在那里。

普鲁斯特的“随便哪一个”（n’importe qui），在陀思妥耶夫斯基的作品里也有，而且自动特征很明显，叫人感到又滑稽又悲哀。像其他地方一样，这里我们再次发现，普鲁斯特经验的真实性，在陀思妥耶夫斯基的作品中具有讽刺意味。地下人和马赛尔同样是在公共场合（un lieu public），倾倒于他人的声望，因而患上了本体热病。他们两人都面临“叫人心烦又叫人心醉的梦境”。细心阅读，就能够发现两位小说家的作品结构惊人的相似。那个不相识的军官与地下人迎面相遇，他抓住地下人的肩膀，随便地“搬开”了他。普鲁斯特的叙事人没有直接受到那群姑娘的恶待，但是他看到阿尔贝蒂娜跃过一个老人的头顶，把老人吓坏了，他觉得受欺负的是他自己。普鲁斯特和陀思妥耶夫斯基以同样的笔法描写介体傲慢无礼地拨开人群，轻蔑地漠视脚下呻吟的小虫，使旁观者受到强烈的吸引，感到一种不可抗拒的力量。介体身上的一切都安详地显示出本质（essence）优势，一旁的可怜虫蜷缩着，恨得发抖，又崇敬得发抖，枉然地想攫取这种本质。

中介愈不稳定，桎梏就愈沉重。堂吉诃德的中介类似封建王权，有时与其说是真实的，不如说只具有象征意义。地下人的中介是一连串的专制，短暂而凶狠。这种紧张状态的影响不局限于生活的某一部分，这种影响是总体的（totalitaires）[1]。

空洞的折中主义，短暂的兴趣，消失得愈来愈快的时尚，交替得愈来愈迅速的理论、体系、学派，使当今的人激动不已的“历史的加速”，凡此种种，对陀思妥耶夫斯基这样的作家来说，都是我们刚才描述的变化的重要方面。地下人代表了个体存在和集体存在的瓦解。只有陀思妥耶夫斯基描写了应该在历史的框架中加以观察的现象。有些俄国小说的崇拜者认为，陀思妥耶夫斯基的作品把以前一直为作家和思想家忽略的一种永恒真实一下子揭示出来，我们不这样看。陀思妥耶夫斯基自己是历史地看待其人物的多形态性的。地下人生活方式的时代内容，《白痴》里的梅什金以一段又痛苦又含有嘲讽意味的话说明了：

> 过去时代的人和我们时代的人不一样（我发誓，这一点始终叫我吃惊），过去的人好像属于另一个人类……那时候的人只有一种思想；我们现在更紧张、更进步、更敏感，能够同时相信两三种思想。现代人更加开放，我可以肯定，这一点阻碍现代人像过去的人那样成为一个整体。

---

〔1〕原文 totalitaire，又有“专制的”“极权的”之意。——译者注

陀思妥耶夫斯基用一句话概括了我们在上面走过的路程。我们从塞万提斯信念坚定、永远保持自我的人物出发，逐渐向下，走到地下人，这个蒙羞受辱的名副其实的人类渣滓，这个树在“西方人文主义”废墟上的可怜的风向标。

三角欲望形式多样，却都包含在一个普遍的结构之中。没有一个小说家的作品里，欲望的一个侧面是不与作品其他方面乃至与全部作品相联系的。因此，欲望就好比一个动力结构，其作用贯串整个小说文学。我们可以把这个结构看做空间下落的物体，由于落体加速度，它的形状不断变化。小说家站在不同的水平面上，按照他们看到的形式描写这个物体。他们经常仅仅提示一下物体刚刚发生以及将要发生的变化。他们并不是总能够觉察到自己的观察和前人的观察之间的关系。揭示这些关系，是小说“现象学”的任务。小说现象学应该研究的是不同作品间的边界。它自由地从一部作品到另一部作品，发现形而上结构的运动，建立由他者产生的欲望的“拓扑学”[1]。

〔1〕拓扑学是一门数学，研究几何图形在变化中的不变性质，此处喻小说作品是变化的，但是欲望的形而上结构不变。——译者注

第四章　主人和奴隶

形而上欲望具有极强的传播性。这个性质有时不易发觉，原因是欲望从甲传到乙，往往走最出人意料的途径。它遇到的障碍、激起的愤怒、别人欲加于它的羞辱，都可以成为它的门路。

堂吉诃德的朋友屡屡装疯，目的是要治好堂吉诃德的疯病。他们跟踪他，乔装打扮，绞尽脑汁，结果渐入堂吉诃德的疯境。这时，塞万提斯让他们和堂吉诃德见面，他暂时中断叙述，假装对医生比病人还疯狂表示吃惊。

我们不同意浪漫主义者和所有的文学校正师的结论，他们认为塞万提斯最终下决心迷惑“理想之敌”，把他受到的攻击不断写到堂吉诃德的故事里，以此进行报复。浪漫派的解释，主要证据之一是，塞万提斯很讨厌那些管闲事给主人公治病的人。既然他反对（contre）向堂吉诃德说教，他就必然赞成（pour）堂吉诃德。这就是浪漫派的逻辑。然而塞万提斯既比他们简单得多，又比他们巧妙得多。雨果关于伸张正义的小说观和塞万提斯风马牛不相及。塞万提斯想表现的，是堂吉诃德向四周传播他的本体病。此病的传播，桑丘显然首当其冲，此外还向一切和堂吉诃德有交往的人蔓延，**尤其向那些对他的疯狂指手画脚或者气急败坏的人**蔓延。

贵族青年参孙·卡拉斯科穿戴成骑士模样，本来为的是让可怜的乡绅堂吉诃德恢复健康。但是堂吉诃德不把他打下马来，他就不认输。“我真不知道是不是有比我主人更大的疯子”，参孙的仆人说，“为了叫另一个失去理智的骑士恢复理智，他居然自己装成疯子，跑去找那个人，真找到了，弄不好会跟他拼命。”

仆人不幸而言中。参孙败在堂吉诃德手下，这叫他气愤难平。这贵族小伙子不叫得意扬扬的对手来个嘴啃泥就绝不放下武器。塞万提斯显然被这种心理机制迷住了，在小说后半部分他一用再用。公爵夫人的侍女阿勒提西多拉假装爱上堂吉诃德，然而遭到拒绝时竟然真生气了。这不是说明她开始产生了爱情又是什么呢？

本体病易于传播，是不折不扣的魔鬼附体，这是理解许多情节的一把钥匙。这把钥匙尤其能够帮助我们理解为什么阿维拉内达笨拙的摹仿[1]和第一部的成功成为《堂吉诃德》第二部的一个重要主题。第一部的成功，其性质很暧昧，是十足堂吉诃德式的。作品的广泛流传，使堂吉诃德的名字和

〔1〕1614年出版了一部《堂吉诃德》第二部，署名阿隆索·费尔南德斯·阿维拉内达。塞万提斯在他的《堂吉诃德》第二部的献词中称伪造者“冒称堂吉诃德第二”。——译者注

事业在整个基督教世界有口皆碑。本体病传播的机会于是成倍增长。大家都来摹仿摹仿者，作品本来是谴责形而上欲望的，结果反而跑到了形而上欲望的大旗下，变成形而上欲望最好的盟友。假如塞万提斯读到18世纪末以来关于他作品的种种荒唐诠释，他会说什么呢？关于沙米索、乌纳姆诺、安德烈·苏亚雷斯[1]，他会说什么呢？他曾以讥讽的口吻暗示我们，当他自以为在谴责本体病的时候，自己大概也同那些尾随堂吉诃德发疯的善男信女们成五十步与百步之势了。

形而上欲望的传播性是小说表现的重点。塞万提斯不厌其烦地回到这个主题上来。堂吉诃德在巴塞罗那逗留期间，一个不相识的人这样对他说：

> 拉曼却的堂吉诃德，你见鬼去吧！……你是疯子。你疯就疯吧，要是只管自己疯，还不那么害人。可是你却有本事叫一切跟你沾边的人变成疯子，没了脑筋。只要看看跟在你身边的这些绅士，就知道我的话不假。

塞万提斯笔下有传播型欲望的人物不止堂吉诃德一个。安塞尔姆和罗塔里奥是这个奇怪现象的另外一个例子。罗塔

---

〔1〕沙米索（Adelbart von Chamisso，1781—1838），德国浪漫主义诗人、学者，关于塞万提斯的论述未详；乌纳姆诺（Miguel Unamuno，1864—1936），西班牙诗人、剧作家，著有《堂吉诃德和桑科传》；苏亚雷斯（André Suarès，1868—1948），法国作家，著有《三伟人》，评论塞万提斯、托尔斯泰和波德莱尔。——译者注

里奥拒绝他朋友安塞尔姆的疯狂要求，可是拒绝不力，尤其是未能坚持到底，这与作者赋予人物的性格不一致，而且他与安塞尔姆的关系似乎也不足以使他让步。罗塔里奥是鬼迷了心窍。

维尔恰尼诺夫跟帕威尔·帕夫洛维奇到他未婚妻家去，也是鬼迷心窍。他本来也理应果断拒绝，但是他接受了邀请，同罗塔里奥一样，卷入了处于中介地位的对手玩的把戏。陀思妥耶夫斯基说，他被“一种奇怪的冲动”害了。《永恒的丈夫》和《没事找事的人》之间的类同举不胜举！

形而上欲望永远是传播型欲望。介体愈靠近主人公，就愈容易传播。归根结底，传播和接近构成同一个现象。当有人如同接触病人因而染上鼠疫、霍乱一样，“感染”了身边人的欲望时，便有了内中介。

虚荣和攀附要枝繁叶茂，必须在已经存在的虚荣和攀附内部先耕耘好土地。介体愈是靠近，中介的影响愈广，集体的表现便超过个体的表现。这种演变的后果是无穷的，而且只会逐渐显现。

在内中介范围里，欲望的传播相当普遍，所以每个人都可能成为身边人的介体，自己却懵然不知。而不自觉地成为介体的个人，兴许也不能自发产生欲望，因此他又会去摹仿别人对他的欲望的摹仿。一个起初不过是偶生的念头，到头来会变成强烈的激情。众所周知，任何一种欲望，倘有人分享，便倍加强烈。于是两个相同但方向相反的三角重叠起来。欲望在两个对手间输送，速度越来越快，仿佛电池充电，电流强度随着每次输送而增强。

这样就有了一个主体－介体和一个介体－主体，一个模式－信徒和一个信徒－模式。每个人都摹仿他人，同时又认为自己的欲望产生在先，有高明之处。每个人都认为他人是冷酷无情的折磨狂。所有的关系都是对称的，两个对手被一个深不可测的鸿沟分开，但是无论从哪方面说，都没有任何东西可以证明鸿沟确实存在。两个主体愈是接近，愈是认同他们的欲望，他们之间的对立就愈残酷，也就愈没有意义。

仇恨愈强烈，我们与遭到仇视的竞争者反而愈接近。仇恨向一方暗示的，也向另一方暗示，包括不惜一切代价突出自己的欲望。所以仇雠兄弟总是走上同一条道，使他们恼火透顶。这叫人想起《堂吉诃德》里那两个村管事，他们满山寻找丢失的驴，办法是学驴叫。两个伙伴摹仿得太像了，每一次都循着对方的声音走到一块，还以为牲口找到了。实际上驴子已经不存在，已经被狼吃了。[1]

塞万提斯的这个寓意手法，将双重中介的痛苦和虚幻放在含糊的喜剧情境中。小说家们不理会浪漫主义的个人主义，因为这种个人主义始终是对立的结果，只不过它自己经常掩饰罢了。现代社会不过是一个**否定摹仿**（imitation négative），任何人脱离旧道路的努力都使他不可避免地重新堕入陈规。所有的小说家都描写过这种失败，即便在日常生活的细枝末节上，这种失败的机制都在反复起作用。例如上

〔1〕见《堂吉诃德》第二卷第二十五章。——译者注

流市民们在巴尔贝克度假时到海堤上散步：

> 每个人……对走在旁边或者迎面而来的人，都假装高视不顾，让人家觉得他心无旁骛，但是他的目光却暗扫过去，生怕冒犯对方，实际上时时和对方的目光相撞，纠结不开，因为那一方也在同样矜持的外表下，以同样的掩饰注意他。

* * *

通过双重中介或相互中介，我们可以对第一章的某些描述做一些补充。我们讲到，雷纳尔先生想象瓦勒诺有雇用家庭教师的欲望，便如法炮制自己的欲望。他的想象，纯粹产生于主观的焦虑，瓦勒诺从未想过要雇于连。于连老爹说什么“别处还有更好的”，纯粹是耍滑头。谁也没给他什么许诺。当他得知市长先生对他那废物儿子感兴趣时，他自己都大吃一惊。

但是，不久以后，我们看到，瓦勒诺却建议于连为他做事了。莫非斯丹达尔把雷纳尔先生想象的瓦勒诺和根本没把于连放在眼里的真正的瓦勒诺混淆起来了？斯丹达尔什么也没有混淆。他是要像塞万提斯那样揭示形而上欲望的传播性。雷纳尔认为自己在摹仿瓦勒诺，现在轮到瓦勒诺来摹仿雷纳尔的欲望了。

于是，形势变得复杂起来。即使满世界的人联合起来说服雷纳尔先生，他也不会承认真相。这个生意人早就担心瓦勒诺垂涎于连，现在他对此更不怀疑了，因为事实已经证明了他的直觉，可实际上那是骗人的直觉。真实产生于幻觉，并且给予幻觉一种迷惑人的担保。各国人民和政治家怀着世上最虔诚的信念，把各国间冲突的责任推给对方，其道理如出一辙。

在双重中介里，客体的变化对两个对手而言是共同的。从这里可以看到一种稀奇的否定合作产生的结果。资产者无须向自己"反复申诉证据"，证据每天都可以从身旁的人那双蔑视或嫉妒的眼睛里看到。好心邻居的意见可以充耳不闻，对手无意间流露的话却不能怀疑。

于连自有其自身的价值，但是他的价值和他最初的成功毫无关系。主宰其生涯的那些人，对他既没有任何实际的兴趣，也没有半点真实的感情。他们想不出这个年轻人能为他们做什么。使于连身价百倍，青云直上的，是这些人的竞争。正是竞争为于连打开了德·拉莫尔府邸的大门。真于连和作为维里埃市两大豪门争夺对象的于连之间距离之大，不亚于铜脸盆和曼布里诺头盔，不过距离的性质变了。幻觉不像在堂吉诃德身上那么滑稽，而恰恰是因为不滑稽了，便叫人信以为真。真正的资产阶级只相信平淡无味的事，甚至以平淡无味作为检验真实性的标准。在双重中介里，与其说对客体怀有极大的欲望，毋宁说是害怕别人把客体夺了去。就像资产阶级希望它彻底"正面"的这个世界上所有其他因素一样，欲望客体的变形也成为一种负面因素。

双重中介现象可以帮助我们解释《堂吉诃德》第二部里一段神秘的描写。阿勒提西多拉是公爵夫人的侍女，专会拿堂吉诃德开心，她假装死而复生，向身边的人讲述地狱的见闻：

> 我一直走到大门口，只见里面有十一二个魔鬼在玩球，个个都穿着长袜和紧身衣。大翻领上镶着弗兰德花边，袖口上也有，袖子挽上去，露出一小截手腕，手就显得特别大。他们的球拍火焰腾腾。最叫我吃惊的是，他们打的不是球，而是书，书里面好像只有空气，再就是碎毛渣滓！太稀奇了，太新鲜了。但是，真正叫我目瞪口呆的，通常总是赢球的扬眉吐气，输球的垂头丧气，他们却个个都怨气冲天，嘴里不干不净，骂骂咧咧……还有一件事也叫我奇怪，……一拍子下去，那书就不能再用了，这样每打一球，就要搬许多新书旧书，真神了。

魔鬼玩球恰如其分地象征着双重中介中摹仿所具有的互动性。魔鬼两边对垒，彼此并无差别，甚至无须对换，因为他们干着相同的事。它们击过来击过去的球好似主体－介体和介体－主体间欲望的往返运动。玩球的是同伴（partenaires），就是说，他们心照不宣，然而唯一的目的却是钩心斗角。谁都不想输，然而奇怪的是，在这场球里，谁都是输家："个个都怨气冲天，嘴里不干不净，骂骂咧咧。"

如我们所知，每个人都让他者对自己的痛苦负责。这里描写的正是双重中介，所有人的痛苦，原因盖出于此。这些自由的搭档，同时又是场上的对手，他们永远摆脱不了那种毫无结果的冲突。阿勒提西多拉的故事显然影射堂吉诃德，因为这番话是对堂吉诃德讲的。也正因为如此，这一节书才大有奥妙，和《没事找事的人》一样，这个故事在《堂吉诃德》中似乎不伦不类，高尚的骑士狂和打球的魔鬼的无聊热情之间有什么关系，人们不得要领。而欲望的形而上理论和外中介向内中介的过渡正说明了这种关系。塞万提斯在这个故事里以反讽的方式阐释了三角欲望的统一。由他者产生的欲望，开始时显得再高尚、再无邪，最终也必然会把人一步一步领向地狱。堂吉诃德孤独而遥远的中介被双重中介所代替。打球的人，不能少于两个，多则可至无数，阿勒提西多拉含糊地说看见了“十一二个”魔鬼。相互中介可以是双重的，也可以是三重、四重、更多重的，最终影响到整体。“火焰腾腾”的球拍飞快地挥舞，象征着人们走到地狱“大门口”，即到达中介最后阶段时，形而上欲望过程飞快地加速。

随着传播范围的扩大和受感染的人数增多，幻觉的强制力也不断增强。萌芽状态的疯狂、生长、成熟、开花，最后在所有人的眼睛里都映射出来。人人乐此不疲。结果如此壮观，噩梦的萌芽状态便被永远埋葬了。所有的价值都被这阵旋风卷走。模式和复制品围绕着资产阶级飞快地花样翻新，然而资产阶级依然心安理得地生活在永恒之中，依然为最新款式、最新偶像、最新口号而永恒地陶醉。观念和人、体系和理论，走马灯似的你方唱罢我登场，愈来愈空洞无聊。阿勒提西多拉说魔鬼的球只有空气和碎毛，便是写照。按照塞万提斯惯用的手法，他特别强调了暗示与文学的关系。每打一球，“就要搬许多新书旧书”。我们逐渐从骑士小说过渡到连载小说和愈来愈多、愈来愈叫人忧虑的集体暗示的现代形式……所以，最聪明的广告不对我们说某某产品质量精良，而是告诉我们*他者*都跃跃欲试。三角欲望的结构无孔不入地渗透进了日常生活。当我们逐渐走向相互中介的地狱时，塞万提斯描写的过程不断变得更普遍、更可悲，前景也更堪忧。

* * *

可以说，任何欲望追根溯源，都有另一个真实的抑或虚构的欲望。这条规律似乎有许多例外。点燃于连欲望的难道不正是玛蒂尔德突然的冷漠吗？不久以后，激发玛蒂尔德欲望的，与其说是德·费瓦克夫人的竞争欲望，是否不如说是于连大胆伪装的冷漠态度？冷漠在这些欲望生成之际所起的作用，似乎和我们的结论相抵触。

回答这个问题之前，有必要先作一个简短补充。我们把爱欲也视为三角欲望，但并不一定非有竞争者不可。在情人眼里，意中人一分为二，既是客体，又是主体。萨特注意到了这个现象，并且以此为根据，在《存在与虚无》中分析了爱情、性施虐癖和性受虐癖。因为一分为二，就出现三角，三个角上分别是情人（l'amant）、意中人（l'aimée）和意中人的身体。爱欲同其他欲望一样，永远具有传播性。说传播，就必然意味着第二个欲望同原欲望涉及相同（même）的客体。摹仿情人的欲望，就是因情人的欲望而对自己（soi-même）怀有欲望。双重欲望的这种特殊形式叫作卖弄风情[1]（coquetterie）。

卖弄风情的女人不愿意将她千金之躯交付给她挑起的欲望，但是，倘若她不挑起这些欲望，她的身价也就不那么宝贵了。卖弄风情的女人，她的选择完全根据他者为她做的选择，所以她必须不遗余力地为这种选择寻找证据。她让情人保持对她的感情，不断挑逗这种感情，目的不是委身，而是更易于拒绝。

卖弄风情的女人对情人的痛苦表现出的冷漠，固然不是装出来的，但是毕竟和一般的冷漠不同。这种冷漠并不是缺乏欲望，而是反映了对自身欲望的另一面。情人在这一点上是不会搞错的。他甚至认为情妇的冷漠是自己所缺少的一种高贵的独立精神，他渴望获得这种精神。卖弄风情刺激情人

[1] 卖弄风情是一种很不稳定、很肤浅的中介，这种中介需要不断更新欲望。它属于内中介的高级部分。当介体靠近欲望主体时，便没有什么卖弄风情了。被爱的女人不会受到情人欲望的感染，她心里对自己的藐视太强烈了，情人的欲望不可能与之平衡。情人的欲望在女人看来，不能抬高她自己，但是它贬低情人。情人是平庸、平淡、贫乏之类的人，可以被占有的客体都在此列。——作者注

欲望的道理就在于此。而这种欲望反过来，又使女人卖弄风情得到新的动力。这就构成了一个怪圈，这个怪圈就是双重中介。

情人的“绝望”与女人的卖弄风情同步扩展，因为这两种感情互相抄袭，彼此传递同一种欲望，而且日见炽烈。情人间之所以永远不能达成一致，并非常识以为或者如感伤小说描写的那样是因为他们“有区别”，而是因为他们是彼此的复制品。越是如此，他们就越希望彼此相异，困扰他们的同一（Même），被当作了绝对的他者。双重中介造成的对立，既极端，又虚幻，这是两个反向对称体之间线与线、点与点的对立。

像在其他情况下一样，这里也是类同造成冲突。这是一条基本规律，既制约“轻率”爱情的动机，又制约社会的变化。这种类同虽然一直没有被认识，却一直被感觉到，情人的绝望便由此而生。情人若藐视意中人，便非同时藐视自己不可。他有如阿尔塞斯特[1]，成为愤世者……

补充到此为止，现在可以来回答刚才提出的问题了。在内中介范围里，冷漠从来不是简单的中性情感，从来不是完全缺少欲望。在观察者看来，它是对自我的欲望的外在形式。引诱人摹仿的，正是这种可以设想的欲望。冷漠的这种两面性与形而上欲望的规律非但不抵触，而且证实了这个规律。

冷漠的人似乎具备了人人都想探究其奥秘的那种闪光的

---

〔1〕莫里哀喜剧《愤世者》的主人公。——译者注

控制力。他仿佛处于一个封闭的天地中，满足于自身的存在，优哉游哉不受任何干扰。他就是上帝。于连对玛蒂尔德摆出冷漠的面孔，对德·费瓦克夫人则极尽挑逗欲望之能事，这样他就显示了两个而不是一个欲望供玛蒂尔德摹仿。他意在增加欲望传播的机会。这是花花公子科拉索夫的“俄国策略”。不过，科拉索夫的策略并没有什么创造。索莱尔老爹和德·雷纳尔先生谈判时已经知道二者兼用。他在德·雷纳尔先生面前摆出冷面孔，并且闪烁其词用暗示更加优惠的条件来加强效果。弗朗什－孔泰的农民的诡计和浮华爱情的技巧在结构上并无差别。

* * *

在内中介范围里，任何欲望都可能产生与之竞争的欲望。倘若主体任感情把自己拖向客体，倘若他把自己的欲望向他人大肆张扬，他就在巩固已有障碍的同时，一步步为自己设下了新的障碍。谈情说爱如同做生意，成功的秘诀是善于伪装。感觉到的欲望要掩饰其有，没有感觉到的欲望要掩饰其无。必须撒谎。斯丹达尔的人物全靠谎言成功，除非他们面对的是有激情的人。但是，有激情的人在大革命后的世界实属罕见。

斯丹达尔经常说，向一位虚荣的女人表示对她怀有欲念，这是表示自己甘拜下风，这是准备永远欲求，而又永远激不起欲望。双重中介一旦进入爱情领域，相互性的可能便消失了。福楼拜在笔记中写下了这样一条绝对的规律："两个人绝不会同时爱对方。"[1]以心灵沟通为特征的情感偏偏缺乏心灵的沟通。话语比事物留存得长，而话语之所指与其初衷正相反。偏斜超验始终以语言巧妙而又生硬的转向为特征。玛蒂尔德和雷纳尔夫人的爱情如水火不相容，但是对这两种不同的感情，使用的语言却相同。

所以，何为浪漫主义爱情，实际情况与它对自己的看法正好相反。浪漫主义爱情不是对他者的献身，而是两颗对立的虚荣心之间展开的无情战争。最早的浪漫主义人物特里斯坦和伊索尔德的爱情就已经预示了不和谐的未来。鲁日蒙鞭辟入里地分析了特里斯坦和伊索尔德的传说，发现了诗人秘而不宣的事实，亦即小说家的事实。特里斯坦和伊索尔德"相互爱慕，但是他们的爱**不是从他人出发，而是从自我出发**。他们的痛苦来源于掩藏着两颗自恋心的一种虚假的相互性。这种相互性虚假到这种程度，以至于我们有时可以透过他们过分强烈的感情，感觉到对情人的仇恨"。

在托马和贝鲁尔[2]的人物身上隐晦不彰的东西，到斯丹达尔的作品里就变得清晰分明了。情人有相同的欲望机制，所以他们遵守对称原则，好比两个舞蹈家跟着一根看不见的指挥棒翩翩起舞。于连摆出一副冷面孔，这就在玛蒂尔德身

---

〔1〕见玛丽－让娜·迪里《福楼拜及其未刊稿》，第25页。——作者注

〔2〕托马（Thomas）和贝鲁尔（Beroul），中世纪诗人，今天流行的《特里斯坦与伊索尔德》的本子是根据他们两人的作品改编的。——译者注

上拧紧了他自己身上也有的那根发条，而发条的钥匙攥在玛蒂尔德手里。双重中介把爱情关系变成一种按恒定规律进行的斗争。两个情人，谁撒谎撒得煞有介事，谁就稳操胜券。暴露自己的欲望，是不可原谅的错误，特别是因为只要一旦对方暴露了自己的欲望，此方就不会再有犯这种错误的可能。

刚与玛蒂尔德相爱时，于连就犯了这样的错误，一时放松了警觉。玛蒂尔德成了他的人，但是他不懂得掩饰快乐，这快乐尽管温吞吞的，却已经足以叫这个虚荣的女人离开他。他得以收拾残局，全凭着颇具英雄气概的伪装。他一时吐露了几句实话，后来不得不用成堆的谎话来弥补。他向玛蒂尔德撒谎，向德·费瓦克夫人撒谎，向拉莫尔家的每个人撒谎。谎言日积月累，其分量终于使天平向有利于他的一侧倾斜，摹仿调转了方向，玛蒂尔德又扑向他的怀抱。

玛蒂尔德自称奴隶（esclave），这个词并不过分，它说明了这场斗争的性质。在双重中介里，每个人都拿自己的自由来反对他人的自由。只要有一方承认自己的欲望，变自负为自谦，斗争立刻中止。摹仿从而不可能再调转方向，因为奴隶宣布的欲望破坏了主人（maître）的欲望，使主人果真变得冷若冰霜。主人的冷漠使奴隶感到绝望，并且把他的欲望煽得愈发强烈。这两种感情本是一回事，因为它们相互抄袭。二者相遇只能相互强化，其力方向相同，保证了结构的稳定。

“主人和奴隶”这个辩证法，和黑格尔的辩证法既有惊人的相似之处，又有很大的区别。黑格尔辩证法的时代，是过去的暴力时代，到拿破仑上台，这个辩证法的作用就穷尽了。小说的辩证法正好相反，产生于后拿破仑时代。无论对黑格尔来说，还是对斯丹达尔来说，个人暴力的统治已经结束，应该让位于其他事物了。黑格尔看待其他事物依靠的是逻辑和历史思考。在人类关系上，暴力和专制的统治结束后，代之而起的应该是 Befriedigung，即和解。精神的统治应该开始了。当代的黑格尔主义者（尤其是马克思主义者），至今没有抛弃这个希望，只不过是推迟了精神统治的时间。他们说，黑格尔把时间弄错了一点，因为，他的计算没有把经济因素考虑在内。

小说家不屑于逻辑推理。他观察四方，观察自身。关于那著名的"和解"，他连任何蛛丝马迹也未发现。斯丹达尔的虚荣，普鲁斯特的攀附，陀思妥耶夫斯基的地下室，都是非身体暴力乃至非经济暴力世界上不同思想之间斗争的新形式。暴力不过是相互对立，被自身的虚无所腐蚀的意识所使用的最粗笨的武器。斯丹达尔对我们说，叫这些意识放下这个武器，它们就会制造出过去时代从来不曾见过的新式武器。它们会选择新的角斗场，它们犹如不知悔改的赌徒，家规式的立法不足以把他们从自己手里救下来，他们会不断发明新的赌法，把钱掷付流水。不管为人类构想什么政治制度和社会制度，人类都实现不了革命者向往的幸福和平，也实现不了反革命者害怕的摇摇晃晃的和谐。人类的相互理解，结果永远是同床异梦。他们能够适应看起来最不适合冲突的环境，但是他们又能够不知疲倦地发明新的冲突形式。

现代小说家研究的是思想斗争的“地下”形式。倘若说小说包含19世纪最重大的生活与社会真理，那是因为只有小说把眼光投向隐藏精神力量的生活领域。三角欲望只有天才的通俗剧作家和小说家才加以关注。瓦雷里把通俗剧作家和小说家相提并论，这是不错的，但是，他从这个在他看来很丑陋的现象找到了批评小说的论据，他的论据没有什么道理，资产阶级味道十足，学院气十足。说到底，瓦雷里尽管机敏，在小说的真实这个问题上，他的批评却和笨拙的实证主义同样盲目。这没有什么奇怪的，因为无论瓦雷里和实证主义，都维护自主性的神话。唯心主义的唯我论和实证主义都绝对只乐意认识孤独的自我和集体。这两个抽象物，对于幻想君临一切的自我是很称心如意的，然而都空洞得很。唯有小说家，恰恰因为他们发现了自己的奴性，他们才能摸索着走向具体，也就是说，走向**自我**和**他者**之间对立的对话，这种对话滑稽地模拟黑格尔的斗争，其实彼此心照不宣。

《精神现象学》里对当代读者吸引力最大的两个论点是“苦恼意识”和“主人与奴隶的辩证法”[1]。我们都隐约感觉到，只有把这两个诱人的论点结合起来，才能解决我们的问题。小说的辩证法向我们展示的，正是黑格尔没有做到的这个富于特点的综合。内中介的主人公就是一个苦恼意识，他

---

〔1〕参见《精神现象学》上卷第122—153页，贺麟、王玖兴译，商务印书馆，1979年。——译者注

脱离具体的威胁来重温最主要的斗争，哪怕是最微小的欲望，他也要拿自由来下赌。

黑格尔辩证法，核心是人的勇气。胆大当主人，胆小成奴隶。小说辩证法，核心是虚伪。对使用暴力的人来说，暴力非但无益，而且暴露了他有强烈的欲望。因此，暴力乃是奴隶地位的标志。当于连从书房的墙上摘剑的时候，玛蒂尔德兴奋得眼睛都亮了。于连发现了她的情绪，谨慎地把剑搁回去。这把剑的装饰作用是有象征意义的。

在内中介里，至少在其高级层次，暴力已经无影响可言。个人的基本权利受到尊重，但是，如果一个人缺乏自由生活的力量，就会被虚荣的竞争用魔法征服。“黑”对于“红”的胜利就象征着暴力的失败。拿破仑帝国的崩溃和反动的、教权主义制度的建立，标志着一场精神和社会的革命，其意义是无可估量的。当时的人们没有懂得，斯丹达尔从《红与黑》起便超越于党争之上了。这一点，我们现在是否懂了？

第五章　红与黑

文学史家说，斯丹达尔的思想大多来自哲学家或观念学家[1]。

如此说来，这位公认的优秀小说家原来是没有自己的思想的，直到去世，始终忠实于他人的思想……此说日子很不好过，因为喜欢讲小说没有思想的人听了不舒服，希望发现现成的斯丹达尔思想体系，而且认为已经从斯丹达尔年轻时代的论文，即斯丹达尔不多的议论文里找到了这个体系的人听了也不高兴。

人们梦想有一把巨大的钥匙，把斯丹达尔作品的大门统统开启。人们从幼稚的《致波利纳的信札》(*Lettres à Pauline*)、《日记》(*Journal*)和《新哲学》[2]等作品里轻而易举地找到一大把钥匙。这些铁家伙叮当作响，可惜大门

---

〔1〕观念学家主要指18世纪末、19世纪初继承唯物主义思想家（例如孔蒂亚克）理论的哲学家。——译者注

〔2〕拉丁文 *Pilosofia nova*。以上三本书都是斯丹达尔的作品。——译者注

依旧紧闭，用卡巴尼或者德斯图·德·特拉西[1]的思想，连《红与黑》的一页一行都解释不了。除却从气质论套用来的个别经不起推敲的论点之外，斯丹达尔青年时代喜爱的理论，在他成熟期的作品里都荡然无存。斯丹达尔属于他那个时代少数几个思想家的行列，这些思想家不受前一时代巨人的束缚。所以，对于年轻时代心中的神明，斯丹达尔能够从平等的地位上向他们致敬，而同时代的浪漫主义作家大多做不到这一点。诚然，浪漫主义作家藐视理性主义神殿的态度彰明昭著，但是他们也常爱说理，这就使人感到似乎回到了启蒙时代。他们的道理和启蒙时代不同，甚至对立，然而智性的环境没有变化。

斯丹达尔决定不再抄袭他人思想，但是他并没有抛弃思想，而是决定用自己的头脑来思想。倘说斯丹达尔在重大政治和社会问题上从来没有改变看法，那他为什么在《昂利·布吕拉尔传》(*La vie de Henri Brulard*)的开头说到，他关于贵族的观点最终固定下来了？贵族在斯丹达尔的思想中占有至关重要的地位，但是他从来没有系统阐述过这方面的观点。真正的斯丹达尔厌恶说教。他个人的思想存在于小说之中，而且仅仅存在于小说之中，他一离开他的人物，他者的幽灵便立刻来缠绕他。所以一切都应该从他的小说里探

[1] 卡巴尼（Pierre Jean Georges Cabanis，1757—1808），法国医生，观念学派哲学家；德斯图·德·特拉西（Destutt de Tracy，1754—1836），法国观念学派领袖。——译者注

究。小说以外的文字固然有时可以提供准确的思想，然而利用这些文字必须慎之又慎。

斯丹达尔并不盲从古人，相反，他从《情爱论》开始，就提出了孟德斯鸠以及18世纪其他思想家的谬误（l'erreur）这个问题。这位18世纪思想所谓的信徒发问到，18世纪的哲学家作为敏锐的观察家，为什么在世界的前途这个问题上误入迷途？在《旅行者回忆录》（*Mémoires d'un touriste*）的结尾，哲学家的谬误问题再次提出并且得到深化。斯丹达尔在孟德斯鸠的著作里找不到任何可以用来批判路易－菲力普的理论。这个资产阶级的国王给法国人带来了自由，带来了前所未有的繁荣，进步是实实在在的，但是并没有给人民带来18世纪理论家们预言的幸福。

18世纪哲学家的谬误给斯丹达尔指出了他的任务。必须通过经验来纠正纯智性的判断。完好无缺的巴士底狱限制了革命前的思想家的视野。现在，巴士底狱已经倒塌，世界以令人目眩的速度变化。斯丹达尔发现自己处于好几个世界的交汇点。他注视着君主立宪政体，又没有忘记旧制度；他为拿破仑工作过，在德国和意大利生活过，他访问过英国，他关注美国的出版物。

斯丹达尔关心的国家都走上了同一条道路，但是速度有快有慢。他生活在一个名副其实的历史和社会实验室里。从某种意义上讲，斯丹达尔的小说不是别的，就是这个实验室的缩影。他让即使在现代社会也是彼此孤立的不同因素在实验室里汇合，叫巴黎和外省，贵族和资产阶级，法国和意大利，甚至现在和过去相互撞击。他描写了不同的生活经历，目的却是一个，都是为了回答这样一个问题："现代社会的人为什么不幸福？"

这个问题没有什么特别的，他那个时代，人人或者几乎人人都提出过相同的问题。但是，真诚地提出这个问题，而且不是以要求再来一次革命或者要求少一次革命来预先解决问题的人并不多。在小说以外的文字中，斯丹达尔似乎经常同时提出上述两种要求，然而对这些次要的文字，不必过多注意。斯丹达尔对这些问题的真正答案在他的小说中。答案散见于各部小说，凌乱，迟疑，重复；答案很谨慎，而他在其他问题上，发表"个人"意见是很干脆利落的。

* * *

现代社会的人为什么不幸福？斯丹达尔的答案无法用政党的语言或者形形色色的"社会科学"来表达。对于资产阶级的良知或者浪漫主义的"唯心论"，他的答案是没有意义的。斯丹达尔说，我们不幸福，原因是我们虚荣。

这个答案不仅仅属于道德范畴和心理分析范畴。斯丹达尔说的虚荣包含历史的方面，这是本质的方面。我们现在就来阐明这个问题。为此必须首先论述一下贵族[1]这个概念，

---

[1] 原文 noblesse（noble），有"高贵"和"贵族"两层含义，译文根据语境或译"贵族"，或译"高贵"。——译者注

斯丹达尔在《昂利·布吕拉尔传》里告诉我们，这个概念在他的思想中最终固定下来。

斯丹达尔认为，欲望出于自身而且竭尽全力满足欲望的人便是高贵的人。因此，从精神意义上讲，高贵和激情完全同义。高贵的人以其欲望的力量而超越一般人。在本源上，必定是先有了精神意义的高贵，才有社会意义的贵族。在一定历史阶段，这个词的两个意义是重合的，至少在理论上是如此。《意大利轶事》表现的正是这种重合。14 世纪和 15 世纪的意大利，最伟大的激情都产生于社会精英，发展于社会精英。

社会组织和人的自然等级之间的这种相对的契合不可能长久。从某种意义上讲，只要高贵者意识到自己的高贵，契合便立刻解体。人要意识到自己高于其他人，必须进行比较。而要比较，就必须在同样的层次上，在某一个范围内进行对照，亦即在被比较事物之间采用相同的分析方法。不首先提出人与人之间的平等——哪怕短暂提出，就无法否认这种平等。肩负和羞耻之间那种决定形而上欲望的摆动，在这第一个比较中已经存在。进行比较的贵族，从社会意义上说，多了几分高贵，从精神意义上说，少了几分高贵。思考于是开始，贵族与自身的高贵品质逐渐分离，这种品质变成纯粹的所有物，在非贵族的眼里被媒介化。贵族作为个人，成为最富于激情的人，而作为阶级的贵族则成为虚荣的阶级。贵族愈是成为一个族，愈是成为世袭的等级，就愈要对可能来自平民阶级的富于激情的人关上大门，它的本体危机就愈严重。从此，贵族就不断把摹仿它的阶级引向虚荣，领着它们走向形而上欲望的不祥之路。

因此，贵族阶层是首先衰落的阶层。贵族衰落的历史和形而上欲望不可避免地扩展交织在一起。当贵族被无谓的奖赏所吸引麇集到凡尔赛宫的时候，就已经被虚荣腐蚀了，路易十四既不是保王党吹捧的神，也不是雅各宾派咒骂的东方暴君。他是一个聪明的政治家，信不过大贵族，拿大贵族的虚荣作为统治手段，因此加快了贵族灵魂的瓦解。贵族被路易十四拖进了毫无结果的竞争，裁判权却一直握在路易十四手中。圣西门公爵[1]是个头脑清醒的人，却对国王五体投地，他目睹贵族阶层的衰败，心中愤愤然，不得平息。他为“软弱的仇恨”作史，成为斯丹达尔和普鲁斯特伟大的先行者。

专制政体是走向革命和走向虚荣的现代形式发展的一个阶段，但是，也仅仅是一个阶段而已。宫廷的虚荣与真正的高贵固然格格不入，和资产阶级的虚荣却也格格不入。在凡尔赛宫，再轻微的欲望也必须得到任性的国王首肯和恩准。生活就是不断摹仿路易十四。太阳王成为周围每一个人的介体，这个介体和他的信徒之间相隔着无限远的精神距离。国王不可能成为臣子的竞争对手。德·蒙泰斯庞如果看到妻子[2]和一个普通人偷情，会痛苦得多。“君权神授”的理论

〔1〕圣西门（Saint-Simon，1675—1755），法国贵族、作家，著有《回忆录》。——译者注

〔2〕德·蒙泰斯庞夫人（Marquise de Montespan，1641—1707），路易十四的情妇。——译者注

充分说明了曾风行凡尔赛宫以及君主制最后两个世纪的法国的外中介的特殊类型。

这个旧制度的廷臣心态如何？或者说，斯丹达尔对此心态有何见解？他的小说中若干次要人物，以及散见于二十余部作品、简洁却发人深省的议论，对这个问题做了明确的回答。在18世纪，虚荣的痛苦固然强烈，却并非不可忍受。在君王的荫庇下，人们还能得到类似儿童盘绕双亲膝下的那种欢乐。人们在优游之余，甚至还能以嘲骂严格而无聊的生活准则而获得一种微妙的享受。大贵族轻松自得、风流倜傥，他们觉得自己离太阳更近，故而比其他人更文明，他们沐浴在神的光芒之中。该说什么，不该说什么，该做什么，不该做什么，他们了然于心。他们不担心自己被人取笑，却痛快淋漓地取笑别人，在他们看来，哪怕稍稍违背宫廷时尚，就是荒唐可笑。所以，除了凡尔赛和巴黎，滑稽事物摭拾皆是。要想繁荣喜剧，很难想象有比这个廷臣的世界更合适的地方了。这些奇迹般统一的观众，什么影射的话都不会从他们耳边溜走。倘若狄德罗得知，没了“暴君”，剧院里也就没了笑声，他一定万分惊奇。

革命只摧毁了一样东西，一样很重要的东西，尽管在头脑空空的人看来这东西好像很空，这就是国王的神授君权。复辟之后，夏尔和菲力普这两个“路易”[1]又登上王位，他

---

〔1〕指法王查理十世（1824年至1830年在位）和法王路易-菲力普（1830年至1848年在位）。——译者注

们竭力苟延残喘，结果垮得还是很快，只有白痴才留意他们无聊的挣扎。君主政体已然不存在。在《吕西安·娄万》的最后一章，斯丹达尔反复强调了这个事实。豪华的城堡已经不能叫一个思想实际的银行家晕头转向，真正的权力不在城堡里。路易-菲力普这个徒有其名的国王大搞交易所投机，他这样做，便成了臣民的竞争者。王权式微到极点！

这一点给了我们理解问题的钥匙。廷臣的外中介被徒具名义的国王也参与其中的内中介体系所替代。革命者以为，摧毁贵族特权，就摧毁了全部虚荣。但是，虚荣犹如晚期癌症，我们以为用手术摘除了，实际上癌细胞转移到整个机体，病情加剧。既然已经没有"暴君"可以摹仿，那能摹仿谁呢？从这时起，人们开始相互摹仿。对一个人的偶像崇拜被对十万对手的仇恨所代替。巴尔扎克说过，现代人的贪婪失去了王权的限制和控制，便没有合理的界限可言，唯一的上帝就是欲望。人将互为上帝（Les hommes seront des dieux les uns pour les autres）。贵族青年和资产阶级青年像过去廷臣到凡尔赛求发达一样，到巴黎来碰运气。拉丁区的亭子间和城堡的顶楼人满为患。民主是资产阶级的大宫廷，到处可以见到廷臣，哪儿都没有君主。在诸多问题上与斯丹达尔见解相同的巴尔扎克曾经描写过这个现象："在君主政体下，只有廷臣和奴仆，而在宪章下，供你驱使，奉承你，抚慰你的是一些自由人。"托克维尔在谈论美国的时候，也提到"宫廷精神"在民主政体中占优势。这位社会学家的见解清楚地说明了从外中介向内中介的过渡：

> 当出身优势和财产优势彻底铲除之后，当一切职业向一切人开放之后，当人可以靠自己的力量爬上每一种职业的顶峰之后，广阔而舒适的前景似乎展现在胸怀大志的人面前，他情不自禁地认为，天将降大任于他。可惜，这是妄想，生活经验每时每刻在纠正这种妄想。每个公民都可以为自己设想美好的前程，这种平等使每个公民作为个人都变得很软弱。平等从各个方面限制公民的力量，同时又听任公民的欲望不断扩张。
>
> ……他们摧毁了束缚人的少数人特权，却碰到了全体人的竞争。限制改变的是形式，而不是位置。
>
> ……平等产生的欲望与平等所能提供的满足欲望的手段之间的对立，使人们感到痛苦和疲惫……不论社会体制和国家政治结构如何民主，我们都可以……发现，每一个公民都永远只看到自己身边的几个与自己密切相关的问题，我们可以预见，他将执著地把目光投向这里。

托克维尔认为是民主制度特征的这种“不安”，在斯丹达尔的作品里也有反映。旧制度时期的虚荣、快乐、无忧无虑、浮华，19世纪的虚荣、愁眉苦脸、疑虑重重、害怕被人取笑怕得要命。内中介的产生，带来了“羡慕、嫉妒和软弱的仇恨”。斯丹达尔认为，在一个国家，当作为这个国家最稳定因素的弄臣都改变了，那么一切就都改变了。1780年的弄臣是精神型的，逗乐是他唯一的抱负。1825年的弄臣是严肃的、刻板的，他想摆出深沉的模样。斯丹达尔又说，弄臣轻而易举就做到了这一点，因为他确实不幸。斯丹达尔不厌其烦地描写“苦闷虚荣”对法国人的风俗乃至心理产生的影响。受影响最深的是贵族。

> 倘若姑且不论大革命的严重后果，那么首先震动我们思想的景象是法国目前的社会状况。我的童年是在一些显赫的贵族身边度过的，当初他们非常和蔼可亲，现在却都变成了尖刻的老“极端派”。我起初以为他们脾气坏是年龄的阴影造成的，后来我接触到他们的子女，这些人将要继承巨大的财产，继承贵族头衔，总之是组成社会的人们能够向少数人提供的特权中的绝大部分，而我发现他们心里的苦闷比他们的父辈还要沉重得多。

由外中介向内中介的过渡，构成了贵族衰落的最后阶段。大革命和流亡生涯结束了他们的思考。贵族和他们的特权实际脱离之后，便不得不从特权的本性，即特权的专断性（arbitraire）中去感觉特权。斯丹达尔很清楚，大革命虽然剥夺了贵族的特权，却并不能因此而摧毁贵族阶层。但是贵族阶层追求资产阶级不让它占有的东西，倾倒于内中介的卑鄙情感，这就自我毁灭了。认识到特权是专断的，唯其是专断而追求它，这显然便达到了虚荣的顶峰。贵族以为和国家的其他阶级争夺特权，便是捍卫他的高贵品格，其实恰恰因此而毁灭了自己的高贵品格。贵族希冀像资产者“收回”财产那样“收回”他的财产，而资产阶级羡慕他，又刺激起了他的欲望，赋予了他那些徒有虚名的东西以巨大价值。这两个阶级彼此成为介体，以同样的方式追求同样的事物。复辟时期的公爵，依靠对流亡贵族的十亿赔款重新获得头衔和财富，充其量是一个中了彩票的资产者而已。贵族尽管仇恨资产阶级，却不断接近资产阶级。斯丹达尔在致巴尔扎克的信里有力地指出，这两个阶级都很猥琐，因为他们都标榜高贵（parce qu'ils prisent la noblesse）。

贵族阶层显得和资产阶级略有区别的地方是它高雅的风度和彬彬有礼的举止，这是旧教育的成果。不过，最后这一点差别也快要消失了。双重中介好比一个坩埚，不同阶层、不同个人间的差别在里面慢慢熔化。从表面上看，双重中介不影响多样性，唯其如此，运作就更顺利。它甚至能够赋予多样性新的光彩，然而这光彩是虚幻的。相同事物间无所不在的对立长期隐藏在传统对立的背后，因而传统对立便强烈地再现，并且维持着旧事物完整无缺这样一种信念。

在复辟时期，人们可能认为贵族阶层比以往任何时期都有生气，因为特权比以往任何时期都更为人羡慕，因为旧世家比以往任何时期都更固执地强调贵族与平民的界线。但是人们没有发觉内中介的作用。唯一被他们觉察的一致是机械的一致，即同一口袋里的珠子或者同一片草地上的羊只的一致。他们没有认识到，在牵动感情的那些区分上，在他们自身的区分上，正出现趋向同一的现代潮流。形状大小愈吻合的钹，击出的声音愈响。

贵族由于失去了特殊性而千方百计要显得特殊。他们做到了这一点，然而他们并没有因此而更高贵。比如说，在君主立宪制下，贵族的确成了国家最有尊严、最讲德操的阶层。取代路易十五时代轻浮而招人喜爱的公侯的是复辟时代眉头紧蹙、面色阴沉的乡绅。这些看了叫人难受的乡绅在自己的领地上生活，挣钱，每天早早就寝，最了不起的是，还能有节余。如此严格的道德意味着什么？真的意味着回归“祖先的德行”么？有正统思想的报纸对此津津乐道，然而他们的话不可信。这样一种消极、阴郁的安身立命的态度与资产阶级的态度何其相似乃尔。贵族有意向他者证明他“有资格”得到特权，所以他借用怀疑他应该拥有特权的那个阶层的道德，贵族阶层在资产阶级的眼里成了介体，同时它又在不自觉的情况下摹仿资产阶级。斯丹达尔在《旅行者回忆录》中挖苦说，大革命把民主的、新教的日内瓦的风俗赋予了法国贵族阶层。

贵族就是这样因为仇恨资产阶级而资产阶级化了。由于中介是相互的，所以有资产者－乡绅，便有乡绅－资产阶级与之对应；有贵族的喜剧，便有资产阶级的喜剧与之对称并对立。宫里的人为了引诱资产阶级舆论而摹仿萨瓦的司铎[1]，而资产阶级也装作权贵的模样炫惑贵族。资产阶级摹仿贵族达到最佳喜剧效果的典型是《拉米埃尔》中的奈温德男爵。奈温德是帝国将军的儿子，他艰巨地、兢兢

[1] 卢梭教育小说《爱弥尔》中的人物，在乡野独居，冥思人与自然，为人纯真。见该书《萨瓦司铎的忏悔》。——译者注

业业地摹仿旧制度下的浪荡子和英国花花公子各占一半的一种综合模式。他的生活无聊而艰难，他混乱的生活是按部就班安排好的。他计划得非常周密，有意识地毁掉自己。这一切都是为了让别人忘掉，也让自己忘掉他是佩里格市一个制帽工的孙子。

双重中介到处可见，斯丹达尔社会芭蕾舞的所有方式都是对换舞步。事物的每一种状态都是前一种状态的倒置。他的思想，我们觉得很幽默，却又觉得过分几何化，反而不真实。但是我们应该注意到，并不幽默的观察家托克维尔的著作不乏同样的见解。例如，《旧制度与大革命》讨论了贵族阶层为反对资产阶级而资产阶级化，并且接受中产阶级正在摆脱的情操这样一个矛盾现象。这位社会学家指出："整个国家最反民主的阶级，在昭示民主制理应产生的道德类型方面也最突出。"

正是在贵族阶层显得特别有生气的这一点上，暴露出这个阶层实际上已经奄奄一息。奈温德在初稿里名多比涅，这个花花公子不是出身于资产阶级暴发户，而是出身于真正的贵族家庭：他是德·曼德侬夫人[1]的后裔。至于他的行迹，则和后来的稿子一样。斯丹达尔最后把他改为资产阶级暴发户，让一个平民演贵族阶层的喜剧，原因想必是他认为这样更容易收到喜剧效果，而且更可靠，但是初稿并没有错，它

---

〔1〕德·曼德侬（de Maintenon）夫人，原名多比涅，路易十四的情妇，后与路易十四秘密结婚。——译者注

证实了斯丹达尔真实的本质方面。在初稿里，演出贵族阶层喜剧的是地道的贵族。不论有没有贵族区，在路易－菲力普时代，“羡慕”贵族只能像茹尔丹先生那样做，只能如同莫里哀的这个人物一样热烈而又不像他那么天真地摹仿贵族阶层。[1]斯丹达尔向我们揭示的，正是这种摹仿以及种种其他同类摹仿。这个任务很复杂，加之戏剧观众五花八门（归根结底，这两点是同一个现象），使得戏剧无法完成这个文学功能。随着王权和“快乐虚荣”的消失，喜剧已经死亡。必须有一种更加灵活的形式来描绘“愁苦虚荣”的种种形态，揭示“愁苦虚荣”造成的对立的虚妄。这个形式便是小说。斯丹达尔终于醒悟到这一点。多年的努力和失败改变了他的心灵，他不再写剧本。但是他从未放弃当一名伟大喜剧作家的心愿。大凡小说都有喜剧倾向，斯丹达尔的小说也不例外。福楼拜在《布瓦尔和佩库谢》（*Bouvard et Pécuchet*）里超越了自我，普鲁斯特在德·夏吕斯男爵身上实现了自我，斯丹达尔在《拉米埃尔》伟大的喜剧场面中对自我作了总结并完成了自我。

* * *

贵族阶层因为仇恨民主制而自我民主化，这个矛盾现象

[1] 见莫里哀的《贵人迷》。主人公茹尔丹先生是个一心想进入贵族社会的富裕市民。——译者注

在政治生活中表现得比其他任何地方都明显。贵族阶层对极端保王党的青睐凸现了贵族的资产阶级化。极端保王党唯一做的事是捍卫特权，它与路易十八的摩擦清楚地说明，王权已经不是贵族阶层的启明星，而是贵族政党手中的政治工具。这个党的眼光不是朝向国王，而是朝向资产阶级。保王意识不过是把革命意识翻转过来罢了，所有的观点都是逆革命意识之道而行，暴露了内中介里否定性的奴隶性。政党的存在，是内中介在政治上的天然反映。不是不同的政治纲领造就了政治对立，而是政治对立造就了不同的政治纲领。

为了理解极端保王主义堕落到何等地步，有必要将它同革命前的一种思想形式相对照，这种思想形式当时曾吸引了部分贵族，这就是启蒙哲学。斯丹达尔相信，贵族若希望在思想活动中保持高贵品质，唯一可以接受的思想就是启蒙哲学。真正的贵族——在王权的最后百年，还有少数真正的贵族——进入思想领域后，不会舍弃原有的品质。无妨说，即便是思考吧，对贵族来说也是自发的。他不像极端保王党那样，接受某种思想是要利用这种思想为阶级利益服务，这就好比在真正的英雄时代，他不会要求向他提出决斗的人说明自己居住的贵族区。如果接受挑战的人尊重自己，那么挑战本身就足以证明挑战者是贵族。在思想领域里，代替挑战的是理智的确然性。贵族接受了挑战，并且根据普遍规律判断一切。他直接寻求最普遍的真实，运用于一切人。他拒绝承认例外，尤其不承认自己或许可以利用的例外。在孟德斯鸠的身上，以及在18世纪最杰出的大贵族身上，贵族精神和自由精神没有区别。

18 世纪的理性主义，即使就它的幻想而言，也是高贵的。它相信“人性”，不重视人与人关系中的非理性因素。它没有觉察到将会破坏健康思维活动的形而上摹仿。倘若孟德斯鸠预见到 19 世纪的“愁苦虚荣”，那他将会丢掉许多可爱之处。

再说，理性主义是特权的地狱，这一点不久就昭然若揭了。真正高贵的思想接受了特权的死亡，好比真正的骑士在战场上慷慨赴死。然而贵族作为一个阶层，不可能既思考，又保持高贵的品质，又不自我毁灭。由于大革命迫使贵族阶层思考，所以这个阶层唯一的选择就是死亡。贵族阶层通过完成一个无愧于自己的政治行动，可以高贵地死去，这个行动结束了贵族阶层享有特权的生活，即 8 月 4 日之夜[1]。贵族也可以卑鄙地死去，像资产阶级一样地死去，死在贵族院的席位上，死在大小瓦勒诺面前，他由于不断与这些人争夺猎物而与这些人相差无几。这是极端保王党（ultra）的解决办法。

首先有了高贵品质，然后出现贵族阶层，到头来剩下的却是一个党。精神的高贵和社会的高贵在契合一段时间之后，出现相互排斥的倾向。特权和心灵的高尚，二者水火不相容，以至于愈掩盖对抗，对抗愈要爆发。我们来听听南锡

---

〔1〕指 1789 年 8 月 4 日，在这一天晚上的制宪议会上，贵族与教士们纷纷表示放弃特权。——译者注

的贵族、样样会干的知识分子迪佩里埃医生[1]是如何为特权辩解的：

> 一个人生来就是公爵、百万富翁、贵族院议员，研究他的地位是不是与道德、公众幸福以及其他种种美好事物相适应，这不是他的事，他的地位很好，那么他就应该想方设法保护他的地位，改善他的地位，否则，舆论将把他看做懦夫或者白痴。

迪佩里埃首先企图要我们相信，19世纪，贵族仍在盛世，他者的目光还没有产生作用，贵族享受特权仍没有顾虑。这个谎撒得太大，所以迪佩里埃没有直说，而是绕着弯子用了一个否定式，不肯定而暗示："研究……不是他的事"云云。但是，话尽管说得小心翼翼，他者的目光毕竟干扰太大，迪佩里埃不得不在下面的句子里提到。然而他假设了一个玩世不恭的荣誉问题，认为他者的目光将迫使贵族思考这个问题，就是说，如果享受特权的人不抓牢自己的特权，那么"舆论将把他看做懦夫或者白痴"。迪佩里埃又在撒谎。贵族固然不是清白的，却也不是玩世不恭的。贵族不过是虚荣而已。他们对特权的欲求和一般暴发户的欲求没什么两样。这是一个可怕的真相，所以必须不惜一切代价加以掩盖。他们卑鄙，因为他们标榜高贵（parce qu'ils prisent la noblesse）。

---

〔1〕斯丹达尔小说《吕西安·娄万》中的人物。——译者注

大革命之后，不再允许享有特权而不自知享有特权。按照斯丹达尔的思想，英雄在法国已经不可能出现，他宁愿相信在意大利多少还有一点可能。意大利很幸运，大革命擦边而过，对他者的思考和忧虑，还没有完全破坏人们对世界和对自身的享受。真正的英雄，他的心灵与特权环境还能够并立，并且从特权环境得到自由活动的可能。法布里斯·德·唐戈在享受不公正特权时还能做一个自发而慷慨的人。

我们首先看到法布里斯跑去支持象征大革命精神的皇帝，不久这个高傲、虔诚、出身贵族的主人公又回到度过童年的意大利。他不认为和皇帝光荣的军队的小兵决斗“有辱贵族身份”，但是同忠心耿耿的仆人讲话却盛气凌人。后来，虽然他很虔诚，却毫不犹豫地参与了推他为巴马主教的这起渎神的阴谋。他不是伪君子，不缺乏智慧，他唯一缺少的是某种思考的历史根据。法国特权青年不得不进行的比较与他的思想压根儿不沾边。

法国人永远不会明白法布里斯是清白的，因为人无法进行感情的追溯。历史和精神的变化不可逆转。斯丹达尔不满复辟王朝，不是因为他觉得所谓复辟，便是“旧制度卷土重来”。所谓卷土重来，纯属无稽之谈。路易十八的宪章是“1792 年以来”的第一部宪章，是朝向民主的进步。所以，对《红与黑》流行的诠释，我们不敢苟同。文学教科书上描写的那部有雅各宾思想、提出社会要求的《红与黑》根本不存在。假如斯丹达尔是为所有那些因为专制和封建气焰卷土重来而暂时失去赚钱机会的资产者写作的话，他的小说会大为逊色。历来的诠释者全都不注意小说的基本内容，尤其是不注意于连的飞黄腾达。他们说，于连的前程被权力炙手可热的圣会断送了。没错，可还是这个圣会，后来又竭力想拯救德·拉莫尔侯爵的这个门生。于连既不是**极端保王党**的牺牲品，也不是将在7月获胜的、变阔了的、嫉妒的资产者的牺牲品……根本就不应该在斯丹达尔的主要作品中寻找政治派别的教训。为了理解这位经常谈论政治的小说家，必须首先摆脱政治思维的模式。

于连平步青云，仰仗德·拉莫尔先生。斯丹达尔这样描写德·拉莫尔："他那种大贵族的性格不是1794年革命造成的。"换句话说，德·拉莫尔先生还保留着真正的贵族气质。他没有因为仇恨资产阶级而资产阶级化。他的自由思想没有使他成为民主派，但是也使他没有成为最糟糕的意义上的反革命。他不是一心只想排斥异己、否定一切的人。极端保王思想和贵族的反动立场没有扼杀他身上的其他感情。他妻子和朋友看人只看出身、财产和政治上是不是正统派。换瓦勒诺这种人，也会这样做，但是德·拉莫尔先生却能够提拔出身寒门的杰出人才。他起用于连·索莱尔证明了这一点。斯丹达尔只有一次写了他的"俗"，那就是他想到女儿嫁给于连便永远做不了公爵夫人，心中十分恼火。

于连之所以成功，是因为在新制度下，还留存着真正"旧制度"的东西。要说斯丹达尔是用这样的描写来反对倒退，那未免有点稀奇。退一步说，即使斯丹达尔写了众多无缘遇到德·拉莫尔先生的青年中某一个人的失败，他的小说也和反对“旧制度”不相干。事实上，是大革命使平民的野心成倍膨胀，也是大革命使野心的障碍成倍增加，因为多数当权者的“大贵族性格”即坚定的极端保王思想，是来自大革命。

难道能给横亘在于连这样的青年面前的障碍冠以“民主”二字？这么说是不是巧舌如簧，甚至是信口雌黄？既然资产阶级是“国家最有生气，最活跃的阶级”，那么它夺过权力的杠杆不是顺理成章的么？稍微多一点“民主”，野心家的道路就畅通无阻，这难道不是实情？

是实情，而且极端保王党的愚蠢使自己必定垮台。但是，斯丹达尔看得更远。把贵族党从政治上清除，并不能满足人们的欲望，也不能重现和谐。君主立宪王朝狂热的政治冲突，有人认为是一场历史大悲剧的后遗症，是正在消逝的暴风雨最后几声雷鸣。革命者认为必须把场地清扫干净，从新的基础开始。斯丹达尔对他们说，你们已经开始了，陈旧的历史表象重新出现在人与人关系的新结构上。派别斗争的根源不是昔日的不平等，而是今日的平等——尽管这种平等还很不完善。

用历史的观点解释内战，不过是一种遁词。摒弃这种遁词，真实原因便显现出来。极端保王主义也罢，自由主义也罢，都是昙花一现，而内中介却不会消失。内中介要维持敌对阵营的分裂，永远不愁没有借口。世俗社会继宗教社会之后，变得党派林立。以乐观态度看待民主的前途，理由是极端保王党或者他们的继承者注定要从政治舞台上消失，这又是重视客体而忽视介体，重视欲望而忽视嫉妒。这样做好比患嫉妒顽症的人总是混淆自己的嫉妒心和眼前的对手。

法国近百年的历史证明斯丹达尔是对的。当代社会很不稳定，唯一恒定的因素是宗派之争。引起纷争的不再是不同的原则，倒是形而上的纷争渗透进了对立的原则，好像大自然没有赐予硬壳的软体动物，一碰到硬壳，不问其种类便钻到里边安家落户。

雷纳尔和瓦勒诺这两个人印证了这个事实。德·雷纳尔先生在1827年选举前放弃了极端保王立场，他的名字出现在自由派的竞选名单上。让·普雷渥认为，雷纳尔突然转变，证明在斯丹达尔的作品里，连次要人物也能够叫读者“大吃一惊”。让·普雷渥看问题一向尖锐，这一次却也被小说的自由这个骗人的神话蒙蔽了。

于连听说昔日的主人在政治上来了个一百八十度的大转弯，微微一笑。他心如明镜，知道其实一切照旧，此举还是为了同瓦勒诺较量。瓦勒诺获得了圣会的好感，成了保王党的候选人。德·雷纳尔先生只能转向自由派，而几年前，自由派在他眼里还面目可憎。小说末尾，维里埃市的市长再次出现，他炫耀地自我介绍说自己是“反戈一击的自由派”，但是没说两句，便把瓦勒诺挂在嘴上，追随他者在这里虽然采取否定形式，但是并不影响其亦步亦趋的程度。牵动木偶的线交错时，木偶还是木偶。在对立的作用问题上，斯丹达尔不赞成黑格尔以及法国存在主义哲学家的乐观主义。

只要维里埃市的两个生意人同属一个政党，他们组成的格式就不完整。雷纳尔先生转向自由派是双重欲望的结果。这里有一个对称需要必须满足。雷纳尔－瓦勒诺双人舞若想体面地结束，必须有这最后一个交叉舞步，《红与黑》从头到尾，都有雷纳尔－瓦勒诺双人舞在舞台的一角表演。

犹如一个音乐爱好者感觉到旋律主题透过新的织体重新出现，于连品味着雷纳尔先生的“转变”。大多数人都会被假象蒙蔽。斯丹达尔正是为了叫他的读者不要受骗，才叫于连的嘴角挂上一丝微笑。他希望我们也不要上当。他想把我们的注意力从客体转移到介体上来，他想揭示欲望的根源，教我们区分真正的自由和丑化自由的否定性的奴隶地位。把雷纳尔的自由主义当真，就否定了《红与黑》的精华，就把天才的创造混同于维克多·库赞或者圣马克·吉拉丹[1]之流的作品。

雷纳尔先生的转变，是整个19世纪叫有闲人喝彩的政治悲喜剧的第一幕。演员先是相互威胁，然后交换角色。他们下台，然后换了服装又上台。在这出总是不变又总是在变的剧中，始终存在着相同的、愈来愈没有意义、也愈来愈激烈的对立，内中介一直在暗中发挥作用。

* * *

今天的政治思想家，始终想在斯丹达尔的作品里寻觅他

〔1〕库赞（Victor Cousin，1792—1867），法国哲学家；吉拉丹（Saint-Marc Girardin，1801—1873），法国政治家、文学批评家。——译者注

们自己思想的回声。他们按照自己的感情，塑造了革命的斯丹达尔或者反动的斯丹达尔。但是，裹尸布总是不够长，裹不住这具尸体。莫里斯·巴莱斯或者夏尔·莫拉的斯丹达尔不能令人满意，阿拉贡[1]的斯丹达尔也不见得高明。斯丹达尔的一句话，足以叫脆弱的意识形态脚手架崩塌，化为乌有。《吕西安·娄万》的序言说道："说到极端政党，好像总是最极端的党是最可笑的。"

斯丹达尔年轻时无疑倾向共和派，成年后仍旧同情廉洁的、不理会路易-菲力普的威胁、拒绝发财、暗地酝酿新的革命的共和派。但是，不应把细腻的感情和政治上的归属相混淆。《吕西安·娄万》对这个问题讨论得很透彻，最后的斯丹达尔，亦即最值得注意的斯丹达尔的立场，在这部作品里表现得毫不含糊。

政治角斗场上倘有高贵品质残存，那只能到清峻的共和派那里去找，只有共和派才抱着摧毁一切形式虚荣的希望，因此也就抱着18世纪关于人性善的幻想。他们对大革命和"愁苦虚荣"一窍不通。他们不懂得，意识形态的思考结出的上等果实，早晚会被非理性的蛀虫咬坏。这些完美的人，不像启蒙哲学家那样可以用生活在大革命前为自己开脱。所以，他们远不如孟德斯鸠聪明，也远不如孟德斯鸠有趣。倘

---

〔1〕巴莱斯（Maurice Barrès，1862—1923），法国小说家；莫拉（Charles Maurras，1868—1952），法国政治家、作家；阿拉贡（Louis Aragon，1897—1982），法国诗人、小说家。——译者注

若他们没有约束，他们会建立仿佛信奉新教的共和派清教徒在纽约州建立的那种制度，个人权利会受到尊重，繁荣会得到保证，但是贵族生活最后的精华将会消失。虚荣的形式会比在君主立宪制下更低级。斯丹达尔的结论是："奉承塔列朗，甚至奉承路易－菲力普的大臣，比讨好鞋商都要容易。"

斯丹达尔是政治上的无神论者，这件事当时乃至现在都几乎无人相信。他的无神论思想，尽管在表达上漫不经心，却绝非轻浮的怀疑论，而是一种深刻的信仰。斯丹达尔从不回避问题，他的见解，是他毕生的思考对他的回报，不过抱成见的人，以及许多不自觉受到党派思想影响的人，对他的见解熟视无睹。对斯丹达尔的思想，许多人含糊地表达敬意，闪烁其词地否定他的思想的整体性，说他的思想"缺乏深思熟虑""令人费解"，说"意气用事""自相矛盾"的地方摭拾皆是。不重提什么"贵族和平民的双重遗传"这种话来车裂可怜的小说家，已经是不幸中的万幸了！让我们把这样一个所谓充满矛盾思想的斯丹达尔的形象还给梅里美[1]，或许我们就能够懂得，正是我们自己和我们的时代，被斯丹达尔指责为自相矛盾。

为了理解斯丹达尔的思想，必须采用我们一贯的办法，拿他的思想与晚于他、能够充分解释他的思想发展前景的作品相比较，由于这些作品揭示的是形而上欲望发展的新阶

---

〔1〕梅里美对斯丹达尔的这个评价，出处未详。——译者注

段，仅此一点就甚至能使斯丹达尔惊俗骇世的思想变得很平常。对于斯丹达尔，这种揭示作用应该向福楼拜的作品寻找。诚然，爱玛·包法利的欲望还属于外中介，但是，扩大来说，福楼拜的世界，尤其是《情感教育》里的城市世界，是属于内中介的，而且较之斯丹达尔的内中介更极端。福楼拜的内中介放大了斯丹达尔内中介的特点，给我们把斯丹达尔的内中介夸大了，分析起来就更便利些。

《情感教育》的环境与《红与黑》相同，外省和巴黎还是成对峙之势。不过在《情感教育》里，重心明显转向巴黎这个欲望之都，国内各种活跃的力量逐渐往巴黎集中。两部小说中人际关系相同，故而可以度量内中介的发展。德·拉莫尔先生由丹布勒兹先生取代，这是个“自由派”、大银行家，贪婪的性格是1794年和1830年结出的果实。代替玛蒂尔德的是利欲熏心的丹布勒兹夫人。大批青年仿效于连·索莱尔，像他一样跑来“征服”京城。他们才智不足，贪婪有余。出路并不少，可是人人都渴望“显赫的”位置。上层不可能无限扩展，因为既称为上层，就须有芸芸众生翘首仰望（当然是有限的人）。跃跃欲试的人愈来愈多，但不可能都跻身上层。《情感教育》里的野心家始终没有达到欲望目标，他始终不知道什么是真正的贫穷，什么是真正的绝望，即占有和幻灭带来的绝望。他的视野始终没有打开。他生性刻薄、狭隘，爱做鸡毛蒜皮之争。福楼拜的小说证实了斯丹达尔对于人类前途所做的悲观预言。

虽然已经没有极端保王党，野心勃勃的青年和身居高位的显贵之间的对立仍旧愈来愈尖锐。在福楼拜的作品里，这种对立的思想内涵，较之在斯丹达尔的作品中更加微不足道，更加不稳定。如果说在《情感教育》描写的资产阶级的cursus honorum[1]中有一个征服者的话，那就是马提农，全部人物中就数他平庸，也就数他狡猾，他很像《红与黑》里的唐波，甚至更令人厌恶。取代君主宫廷的民主宫廷，变得愈来愈大，愈来愈无声无息，愈来愈缺乏正义。福楼拜的人物既与真正的自由无缘，便始终被吸引同类人的东西所吸引。他们始终只能垂涎于他者的欲望。竞争胜过欲望，这自然而然加深了虚荣的痛苦。

福楼拜在政治上也是无神论者。撇开时代和性格的差异不论，他的政治态度与斯丹达尔如出一辙。读一下托克维尔的著作，我们对二者的接近，感觉更鲜明。这位社会学家也有抗偏见毒素的免疫力，他最精彩的篇章，大致上已对两位小说家重要作品里隐蔽的历史和政治真实作了系统表述。

平等之发展——我们更愿意说介体的接近——不能带来和谐，只会使竞争愈发激烈。竞争固然是可观的物质利益的源泉，却也是更为可观的精神痛苦的源泉，任凭什么物质利益都不能缓解这种痛苦。平等减轻贫困，故而就其自身而言，是好事，但是平等非但不能让最渴望平等的人得到满足，反而只会刺激他们的欲望。托克维尔指出禁锢平等欲望的怪圈，这就揭示了三角欲望的一个本质方面。众所周知，

---

〔1〕拉丁文“荣誉课”。——译者注

本体病一向引导患者去寻找加重病情的“治疗办法”。平等激情是一种疯狂，什么都无法超越，除非是与之对称的、相反的不平等激情，而不平等激情比平等激情更抽象，更直接地附着于自由在所有不能坚韧不拔地承担自由的人身上引起的痛苦。对立的意识形态不过是反映着这种痛苦以及这种无能罢了。所以，对立的意识形态属于内中介；它们之所以有吸引力，仅仅因为相反事物暗相支持。它们作为本体分裂的结果（它们的二元性反映了本体分裂不人道的几何结构），反过来为相互吞并的竞争提供了动力。

斯丹达尔、福楼拜、托克维尔称为“共和的”或者“民主的”过程，我们今天大概要称为“专制的”。介体愈靠近，人与人之间的具体差异愈缩小，卷入对立的个体生活和集体生活的部分就愈多。生活的全部力量逐渐组织到具有愈益严格的可对立性的双重结构中来。所以，人类的全部力量都靠一种既无情又无意义的斗争支撑，所以无意义，是因为这种斗争不包括任何具体分歧、任何实际价值。这才是真正的专制。这个可怕现象的政治、社会方面与个体、私人方面是密不可分的。当人们通过一个个欲望，把生命全面持久地调动起来为虚无服务，便有了专制。

巴尔扎克始终很重视四周发生的对立，斯丹达尔和福楼拜则始终向我们显示这些对立是没有意义的。双重结构在他们的作品里，在“一时冲动的爱情”、政治斗争、生意人或者外省名流之间锱铢必较的争斗中，都有所表现。从这些个别的领域出发，他们揭示的是浪漫的现代社会党派林立的趋势。斯丹达尔和福楼拜没有也不可能预见到这种趋势会把人类引向何方。双重中介侵入集体生活的范围愈来愈广泛，潜入人心也愈来愈向隐秘的深度发展，这样最后就超出民族范围，把国家种族、五洲四海都纳入一个统一的世界，在这个世界里，技术的进步将使人与人之间的差异逐一消失。斯丹达尔和福楼拜小看了三角欲望的扩张能力，可能是因为他们生的过早，也可能是因为他们还没有看清三角欲望的形而上的性质。无论如何，他们没有预见到 20 世纪灾难性的而又毫无意义的冲突。他们预见到了未来时代的丑恶面孔，但是没有料到这个时代会有大悲剧。

第六章 斯丹达尔、塞万提斯和福楼拜作品中的技巧问题

双重中介逐渐吞噬并消化思想、信仰、价值，同时很客气地留下一些东西，这些东西就是生活表象。价值悄无声息地解体，带来了作为价值反映的语言的解体。斯丹达尔、福楼拜、普鲁斯特、陀思妥耶夫斯基的小说处在同一条道路的不同阶段上，连续描绘不断扩大、愈益严重的混乱呈现的状态。由于小说家只有一种已经被本质虚弱的形而上欲望侵蚀的语言来表现真实，因此揭示混乱就提出了若干复杂问题。

在斯丹达尔的作品里，语言的变质才初见端倪。第一阶段的特点是语义简单的颠倒。比如说，上文讲到，“高贵的”这个词的两个含义，精神含义和社会含义，在古代是重合的，后来却相抵牾了。虚荣人从来不承认二者相抵牾，好像名与实之间的和谐永远完好，好像由语言折射出的传统等级差异亘古真实。虚荣人始终没有发现，真正的高贵品质，平民多于贵族；精神的升华，启蒙哲学多于丑陋的极端保王主义。斯丹达尔笔下的虚荣人死抱着过时的范畴和隔世的语言，他可以对人与人的现实差异熟视无睹，对抽象的差异却

务求其繁多。

激情人无视世俗用虚荣设下的幻觉之墙，径直穿行，他不留意外表，直抵实质。他丢开*他者*，直向欲望的客体走去。谎言充斥世界，唯有他是现实的，这就是为什么他类乎癫狂。他选择雷纳尔夫人，抛弃玛蒂尔德；选择牢房，抛弃巴黎、巴马、维里埃。他如果是德·拉莫尔先生，他会喜欢于连，而不喜欢自己的儿子，姓氏和族徽的继承人诺贝尔。激情人叫虚荣人不知所措，晕头转向，因为激情人径直走向真实。他是对斯丹达尔的虚荣这种否定的不自觉的否定。

小说的肯定便由双重否定产生。到处有人说什么高贵、利他、自发、独特。激情人一出现，我们立刻明白，这些词应该理解为奴隶性、抄袭、对*他者*的摹仿。于连的暗笑，暴露了雷纳尔先生依附自由党是何等虚伪。反之，维里埃城资产阶级女人的流言蜚语反衬出雷纳尔夫人的孤傲超群。激情人是颠倒的世界里的一支响箭。激情人是例外，虚荣人是一般。斯丹达尔对形而上欲望的揭示就建立在例外与一般的对比之上。

方法并不新鲜，塞万提斯已经采用。《堂吉诃德》就有一般与例外的对比，不过角色不同。堂吉诃德是例外，目瞪口呆的旁观者是一般。换一个小说家，这个基本方法会倒过来。在塞万提斯的作品里，例外的欲望是形而上的，多数人的欲望是自发的，在斯丹达尔的作品里，例外的欲望是自发的，多数人的欲望是形而上的。塞万提斯是从世界的正面表现人物的反面，斯丹达尔是从世界的反面表现人物的正面。

再说，不可赋予这种方法一种绝对价值。一般与例外的对比并没有在《堂吉诃德》的人物之间掘一道鸿沟。我们只能说，三角欲望在小说里贯穿始终，背景是健康的本体，不过背景并非始终清晰，其构成会有变化。堂吉诃德总体说是理性背景衬托出的例外，但是在两次骑士病发作间隙的清醒时刻，他自己也变成旁观者，于是也融进理性的背景。塞万提斯不能忽略这个背景，但是背景的构成对他来说不重要，重要的是揭示形而上欲望。

桑丘和堂吉诃德待在一起的时候，他便单独构成了不可或缺的理性背景。浪漫主义者那么瞧不起他，原因就在于此。但是他一进入前景，就变成例外，也从集体理性的背景上凸现出来。于是，揭示形而上欲望的对象就成了桑丘。小说家有点像剧团的舞台监督，主角换场时，把群众角色改妆后送上台。但是他要着重表现的，是形而上欲望无孔不入的能力：谁也没有护身法宝，然而谁也不会万劫不复。

从《红与黑》开始，我们就从斯丹达尔的作品里看到了小说对比的这种相对性。虚荣和激情的差异，固然是根本性的，但是这并不足以壁垒分明地把人分开。和塞万提斯的作品一样，同一个人物或代表本体病，或代表本体的健康，这取决于在虚荣上他是大巫见小巫，还是小巫见大巫。所以，在母亲的客厅里，玛蒂尔德·德·拉莫尔代表激情，当她与于连在一起时，她的角色就换了，她又成了一般，于连才代表例外。至于于连，他也不是自在的例外，在与雷纳尔夫人的关系上（当然不包括最后几个场面），他代表一般，而雷纳尔夫人代表例外。

虚荣和激情是一个阶梯上理想的两端，斯丹达尔的人物都集中在这两端。人物在虚荣中陷得愈深，介体就愈接近主体。怀念先祖波尼法斯的玛蒂尔德·德·拉莫尔与怀念拿破仑的于连，他们与介体的距离，大于周围的人与介体的距离，周围的人因此比他们更具奴隶性。两个人物之间最细小的“水平”差异都能形成有意义的对比。斯丹达尔小说的场景大都构建在这种对比之上，他为了加强效果，每一次都强调，突出对立，然而对立并不因此具有绝对价值，它们很快就被凸现斯丹达尔中介中新内容的新对立所取代。

浪漫主义批评孤零零抽出一种对比，便一叶障目不见林。它偏好机械的对比，人物要么受无限的崇敬，要么遭无尽的仇恨。它把堂吉诃德和于连变成绝对的例外，变成“理想”的骑士、他者的殉难者，同时自然不忘告诉我们，他者统统是不可容忍之辈。

浪漫主义批评对一般与例外之间的小说辩证法一窍不通，因此它就阉割了斯丹达尔小说天才的实质。它把斯丹达尔费尽气力才摒弃的关于自我和他者的善恶二元划分又引入了小说。

这种错误的批评观不足为怪，不惜一切代价企图在优秀小说里寻找绝对的对立，是典型的浪漫主义。凡是内中介盛行的地方都有善恶二元的思想存在。浪漫主义认为，例外是善（Bien），一般是恶（Mal）。因此，对立不是功能性的，而是实质性的。在不同的浪漫主义者眼里，对立的内容可能不同，但是基本意义绝对不变。查铁敦高于多数英国人，散－马尔斯高于黎世留，莫尔索高于审判他的法官，罗甘丁高于布维尔市的资产阶级[1]，缘由不尽相同，可是都有绝对的优越地位，只有这一点至关重要。这种优越地位正说明了浪漫主义和个人主义表现的实质。

浪漫主义作品是打击**他者**的武器。永远是**他者**在扮演英国人、黎世留、法官、布维尔市的资产阶级等角色。作者有一种极为迫切的抗辩需要，因此他始终在寻找例外，他需要与例外密切认同，以**对抗**（contre）所有他人，仿佛堂吉诃德在路上每逢一个女子，就想象她遭了难，便扑向与女人同行的兄弟、情人、丈夫、忠实的仆人。浪漫主义批评家亦然。从19世纪以来，浪漫主义诠释家对堂吉诃德实行的正是这种堂吉诃德式的“保护”。这些批评家认为堂吉诃德是典型的例外，于是便盲目赞扬他的行为，为了堂吉诃德，他们对小说中的其他人物大加挞伐，倘有必要，甚至讨伐到作者头上，而不问在塞万提斯的作品里，例外的意义究竟何在。他们自称是塞万提斯作品的捍卫者，实际上他们严重地损害了作品。

堂吉诃德所有弄巧成拙的侠肝义胆到头来都伤害了他的

---

〔1〕查铁敦，法国作家维尼（Vigny）剧本《查铁敦》（*Chatterton*）主角，是一穷厄潦倒但人格坚定的诗人；散－马尔斯是维尼小说《散－马尔斯》（*Cinq-Mars*）主人公，为反对以黎世留为代表的极权政治而献身的贵族；莫尔索（Meursault）是法国作家加缪小说《局外人》主人公，罗甘丁（Roquentin）是法国作家萨特小说《恶心》主人公，都对个人存在与世界存在之荒诞有所领悟。——译者注

保护对象。同样，浪漫主义每发一次善心，结果都是一次灾难。对此无须大惊小怪。堂吉诃德要杀美女的全家，说到底，这些女人对他来说有什么重要！同样，那些文学游侠客信口开河加以鼓吹的小说，对他们来说又有什么重要！所谓救护“遇难者”，从来就是自我确认以抗拒整个世界的借口。不是我们牵强附会，是浪漫主义者自己拉了堂吉诃德作大旗，而且连他们自己也没想到，这对他们倒蛮合适。没有什么比浪漫主义对堂吉诃德的诠释更堂吉诃德的了。应该奖励游侠骑士的这些现代仿效者，应该承认，比起他们的仿效对象，他们有过之而无不及。堂吉诃德盲目砍杀，毕竟还是为有血有肉的妇女而战，而浪漫主义批评却是为了虚构的小说人物而劈杀假想的敌人。所以，他们给堂吉诃德惯有的怪诞行径乘了二次方。幸好塞万提斯已经预见到什么是“理想主义”的顶峰，常叫堂吉诃德爬向顶峰。所以，可以拿来同这些捍卫一个并不存在的文学业绩的批评家相比的，不是那个在西班牙大路上笨拙地舞刀弄枪的堂吉诃德，而是那个砍碎了皮埃罗师傅的木偶的堂吉诃德，那个不懂得看戏必须保持一定审美距离，因此冲了人家戏场子的堂吉诃德。塞万提斯取之不尽的智慧把幻觉系数提到了最高值。这样我们所需要的比喻才得以信手拈来。

对于斯丹达尔，浪漫主义的误解不那么一目了然，然而严重程度不减。对斯丹达尔的作品，误解更难避免，因为斯丹达尔的作品和浪漫主义作品一样，例外比一般叫人多几分爱戴。但是，这种爱戴与浪漫主义小说并不相同，至少在他的优秀小说里是这样。在他的优秀小说里，谈不上人物、作家和读者间的认同。斯丹达尔不可能是法布里斯，因为他比法布里斯更理解法布里斯，而倘若读者理解斯丹达尔，他也就不可能认同法布里斯。

读者若理解维尼，就会与查铁敦认同；若理解萨特，就会与罗甘丁认同。这就是浪漫主义的例外与斯丹达尔的例外的区别。

浪漫主义批评把斯丹达尔小说迎合当代人感情的场面孤立地抽出来。19 世纪，浪漫主义批评把于连当作流氓，今天又把于连当作英雄和圣人。倘若我们择其典型的对比一一胪举，我们就能证实浪漫主义批评提出的诠释言过其实，苍白无力，我们就能重新发现具有嘲讽意味的平衡力，而我们总是喜欢用雷鸣般单调的利己主义咒骂来取代平衡力。使对立僵化，赋予对立单一的意义，那是破坏小说家最伟大的成就即完全平等地对待自我与他者，这种平等在塞万提斯和斯丹达尔的小说里非但没有被一般与例外之间灵活的辩证关系破坏，相反却因这种辩证关系得到保证。

有人会说，这里涉及的是道德的、形而上的区别。是的，但是审美在天才的小说里并不是独立王国，它同伦理与形而上学相联系。小说家不断增加对比，有如雕塑家，通过不断增加不同部位的面，使塑品获得立体感。浪漫主义者被关于自我与他者善恶二元论的观点所束缚，始终在一个层次上操作。对立的一方是称为“我”的、无头无面、徒有躯壳的主人公，另一方是他者滑稽丑陋的面具。一方是纯粹的内在，另一方是绝对的外在。

浪漫主义者和现代画家一样画二维画。他达不到小说的深度，因为他不能与他人联系。真正的小说家超越了浪漫主义的认识。他或公开或隐蔽地突破了自我与他者的界线。我们将在本书最后一章讨论这种突破。在小说里，这种突破的表现形式往往是主人公弥留之际与世界的和解。在生命的最后时刻，也只有在生命的最后时刻，主人公才以小说家的名义讲话，临终前的主人公总是否定自己过去的一生。

小说中的这种和解具有审美和道德的双重意义。主人公-小说家赢得了小说的第三维，因为他超越了形而上的欲望，因为他发现曾经诱惑他的介体和他类同。这种和解使得他者与自我、观察与回顾获得综合，浪漫主义的反抗是不可能获得这种综合的。和解使得小说家能够环绕他的人物，随着第三维的出现，赋予人物以真正的自由和动感。

* * *

总体说，斯丹达尔的例外都是在最不利于其生长的土地上开花，不在巴黎而在外省，不在男人身上而在女人身上，不在贵族家而在寻常百姓家。在加里翁老爹家，真正的高贵品质比德·波里涅克先生[1]主管的部里要多。所以在小说世

〔1〕加里翁老爹，谓普通老百姓。波里涅克（Polignac，1780—1847），法国贵族，曾任外交大臣、内阁总理。——译者注

界中，社会等级并非没有意义。社会等级不直接反映斯丹达尔描写的力量和自发等品质，而是间接反映这些品质，仿佛一面魔镜，我们映在里面的身影是倒转的。

斯丹达尔的最后一个女主人公拉米埃尔，是个楚楚动人的姑娘，命运的特殊安排，在她身上应有尽有，在虚荣人看来都是不幸：女人、孤儿、贫穷、无知、外省人、平民。然而拉米埃尔比男人更有力，比贵族更高贵，比巴黎人更文明，比自诩的智者更具自发的情感。

斯丹达尔的小说世界尽管混乱，毕竟反映着传统的社会秩序，还没有出现一切秩序统统断失，成为绝对混乱的情况。斯丹达尔描写的世界是一个倒置的金字塔，而这个金字塔奇迹般的平衡是难以持久的。这是革命时代刚结束的历史阶段的特点。旧社会的金字塔很快就会坍塌，破裂成无数不规则的碎片。自斯丹达尔以降，小说里便再也不能从混乱中发现秩序了。及至福楼拜，事物便失去了与原有之义相对立之义，几乎没有、甚至完全没有意义了。论真实，女人和男人相差无多，论虚荣，巴黎人和外省人相差无多，论力量，资产阶级和贵族阶级相差无多。

福楼拜的世界，自发欲望没有消失——自发欲望永远不会完全消失，但是例外的数量减少了，意义降低了。更重要的是，例外在变化时，不再有斯丹达尔人物的那般轻松自如。但凡与社会冲突，处于劣势的总是例外，它仿佛铺路石块的缝隙里生长的小草。

福楼拜小说自发欲望作用的收缩，并非福楼拜别出心裁，也不是因为他性情特别抑郁：收缩说明了本体病的发展。

上文已经言明，自发欲望在塞万提斯的作品里还属于一般，到斯丹达尔的作品里就成了例外。塞万提斯在理性的背景上凸现形而上欲望，斯丹达尔则在形而上欲望的背景上凸现自发欲望。三角欲望变成最普遍的欲望。当然，从技巧的颠倒，不一定就能得出什么严格的结论，别指望从小说里面发现欲望在统计学上的真实形态。方法的选择取决于无数的因素，其中对有效性的合理考虑不是无足轻重的。大凡技巧都包含某种夸大，其效果不应同准确意义上的小说揭示相混淆。

话虽如此，塞万提斯和斯丹达尔的作品对相反技巧的选择还是很有意义的。形而上欲望的加剧和蔓延，允许甚至要求这种技巧的颠倒。形而上欲望变得日益普遍，塞万提斯的小说，揭示集中于个体，斯丹达尔和其他内中介小说家的作品则把重点转移到集体。

自福楼拜以降，除若干特殊作品外——例如陀思妥耶夫斯基的《白痴》，自发欲望的作用变得极其微弱，以至于不能作为小说的启示因素。福搂拜作品中的例外尚保留着某种社会的、间接的、否定的意义。在《包法利夫人》里，属于例外的只有农业促进会上的老农妇和那个杰出的大夫[1]，前者不受资产阶级欲望侵蚀是因为穷，后者不受侵蚀是因为博

〔1〕指卡尼外大夫。——译者注

学。这些例外所起的作用与斯丹达尔小说大致相同。老农妇同主席台上趾高气扬的资产阶级构成启示性对比，大夫反衬出查理和郝麦（Homais）的渺小。可是大夫过于沉默，出场太少，因而承担不起主要的启示任务。例外仅仅出现在小说世界的边缘地带。

雷纳尔夫人与丈夫的对立，她与维里埃市资产阶级的对立，始终是本质上的；爱玛与查理的对立，她与永镇资产阶级的对立，若说也是本质上的，那仅仅是爱玛的想象。只要对立继续存在，其启示价值便是很微弱的。多数情况下，一切都消融在灰蒙蒙的一致性中。形而上欲望的发展徒然增加空洞的对立，而具体的对立，则或被削弱，或被抛到小说世界的边缘。

形而上欲望在两个不同的方面发展。本体病在已经被浸染的区域日益加剧，同时，它开始向尚未受到浸染的区域扩张。正是这种扩张构成了《包法利夫人》的真正主题。为了在形而上欲望的历史流变中为女主人公定位，有必要重温一位福楼拜专家的精辟定义："包法利夫人是二十五年后的德·雷纳尔夫人。"这个定义过于概括，但是揭示了福楼拜作品中欲望的一个本质方面。包法利夫人属于三角欲望的"上"层，一贯从外中介开始的病痛一上来就感染到她。尽管福楼拜的小说时间上晚于斯丹达尔，但是在我们这篇关于形而上欲望的论文中却应该先行加以讨论。

形而上欲望的嬗变解释了斯丹达尔和福楼拜的众多差别。这两个作家都面临着形而上欲望结构的一个特定时期，所以技巧问题的提出，两次绝不会用相同的语言。

斯丹达尔的简练和犀利的反讽，以例外构成的网络为基础，这个网络从各方面深入小说的内容。读者一旦抓住了对立的奥秘，两个人物之间再小的误会也可以显示激情－虚荣这个基本架构，揭示形而上欲望。一切都构筑在一般和例外的对比之上。从肯定过渡到否定，就像按动开关立刻从光明陷入黑暗一样迅疾。他的小说从头至尾都有激情的闪电照亮幽暗的虚荣。

福楼拜不再有斯丹达尔的闪电。正负极的距离拉开了，电流不能通过。福楼拜作品的对立几乎全都属于雷纳尔－瓦勒诺型，而且更空洞，更僵化。在斯丹达尔的作品里，两个对手跳舞时有第三者在场，他给我们讲解这场舞蹈。斯丹达尔只消让我们看到于连“内心的微笑”，便使我们认清了雷纳尔先生依附自由派的原因。在福楼拜的作品里，不再有光芒，不再有俯瞰平原的高山，必须一步一步地穿越这个辽阔的资产阶级平原。

* * *

不靠外部条件来揭示对立的空洞，这是福楼拜面临的问题。这个问题和福楼拜创作生涯中着重思考的有关“愚蠢”的问题往往交织在一起。为了解决这个问题，福楼拜发明了假列举和假对比的笔法。在福楼拜的小说世界中，不同因素之间没有什么真正的行动。各因素既不相累加，也不具体对立。它们几何式地对峙，到头来仍是一片空。一丝不苟地列举暴露了对立的荒诞，清单愈开愈长，数目却永远是零。始终是一模一样空洞的对立，诸如贵族和资产阶级之间，信徒和无神论者之间，保王党与共和派之间，情人和情妇之间，父母和亲子之间，穷人和富人之间，等等。小说世界仿佛有许多怪诞装饰和假窗户的殿堂，装饰和假窗子纯“为对称”而存在。

福楼拜作品的滑稽对比，嘲笑了雨果作品的崇高对比，也嘲笑了实证主义学者自认为一劳永逸建立起来的分类法。资产阶级因这些虚幻的财富欢欣鼓舞。其实作为内中介的产物，诸如此类的对立概念之于真实价值，有如《布瓦尔和佩库谢》（*Bouvard et Pécuchet*）的神奇花园之于自由的天性。福楼拜的作品是“关于无真实之话语”，其大胆远非安德烈·布勒东[1]的话语所能比，因为福楼拜抨击的是科学和意识形态，即当时全能的资产阶级所谓的真实。福楼拜人物的“观念”，其空泛比斯丹达尔虚荣人的“观念”有过之而无不及。他们的观念好比动物常有的某些无用的器官，好比说不上何以此物种有而它物种无的那种巨大赘物。我们还想到某些食草类动物硕大的角，唯一的作用是在无谓的搏斗中无休止地相互撞击。

维持对立，靠双方的无价值，靠双方在精神上同样贫

〔1〕布勒东（Andre Breton，1891—1966），法国作家，超现实主义运动的领袖。——译者注

乏。郝麦和布尔尼贤（Bournisien）[1]象征着法国小资产阶级对立而相关的两部分。在福楼拜笔下，两个人只有组成奇怪的一对才能够“思想”，就像两个醉汉，他们之所以能保持平衡，是因为都想叫对方失去平衡。郝麦与布尔尼贤相辅相成，最后各人手里抓着半杯酒，并排酣睡在爱玛·包法利的尸体旁。随着福楼拜小说天才渐趋成熟，对立变得愈来愈空洞，对立双方的同一得到愈来愈有力的肯定。最终是布瓦尔和佩库谢，他们有如资产阶级家庭壁炉上的两个小摆设，相互对立，又相互补充。

在《布瓦尔和佩库谢》里，现代思想既然失去了延续性和稳定性，也就断送了剩余的尊严和力量。中介的节奏加快了。思想和体系、理论和原则两两对立，每一组都从反面得到确定。对立被对称吞噬了，只能起装饰作用。小资产阶级个人主义的结局是同一性和互换性达到荒唐的极致。

---

〔1〕药剂师郝麦和本堂神甫布尔尼贤两个人物经常在宗教和哲学问题上做无谓的争论。——译者注

第七章　主人公的苦修

不论何种欲望，但凡表现出来，便会刺激或加强竞争者的欲望。所以，要想获得客体，非掩饰自己的欲望不可。这种掩饰，斯丹达尔谓之虚伪（hypocrisie）。虚伪的人将其欲望中一切可能暴露（peut être vu）的东西，亦即对客体产生的任何冲动，都抑制下去。不过，欲望是很活跃的，它与由它刺激起来的冲动也很难分清楚。因此，黑色世界流行的虚伪与欲望中一切真实的东西格格不入。只有掩饰欲望并且是为了欲望而掩饰欲望，才能建立“主人和奴隶的辩证法”。一般的虚伪、关于事实和信仰的虚伪不在讨论范围之内，此类虚伪不足以把人区别开，因为此类虚伪人人皆可有之。

与中介相关的双方抄袭的是同一个欲望，这个欲望既然给一方暗示，必然也会给另一方同样的暗示。掩饰务求彻底，因为介体洞悉一切。虚伪的人必须抵制所有的诱惑，因为所有的诱惑均为他上帝的慧眼所觉察。弟子－模式稍有动静，模式－弟子便了然于心。介体和《圣经》中的上帝一样，“既窥测心灵，又窥测情感”。为了欲望而做出来的虚伪对意志的要求，不亚于宗教的苦修。无论前者和后者，抗拒的是同样的力量。

于连在**黑色**世界的生涯，与**红色**世界的戎马生涯同样艰难，不过奋斗方向已经变了。在欲望始终由他者产生的世界里，真正有效的行为始终关涉自我。这种行为完全是内在的。在这种情况下，小说家不能满足于只描写人物的行动，重复他们的话语，他必须深入人物的意识，因为行动和话语都是谎言。

维里埃市和其他地方的白痴们认为，小神甫能够飞黄腾达，不是靠运气，就是靠马基雅维利式的谋算。但是读者只要跟随斯丹达尔深入于连的意识，便准会放弃这种简单的见解。于连的成功，靠的是在向往神秘的感情中培育起来的一种独特的心灵力量。这力量为自我所用，一如真的神秘为上帝所用。

在其少年时代，于连便曾为了欲望而实行苦修。为了惩罚自己暴露了关于拿破仑的真实思想，整整一个月[1]他吊着一只胳膊。批评家们虽然发现了这个行动的苦修意义，却仅仅看做一种“性格特点”，他们不懂得，黑色世界已然完整地存在于这个幼稚的行为中。吊起胳膊，这是对一时吐露真情表示懊悔，即对一时的软弱表示懊悔。小说后半部，于连勇敢地对玛蒂尔德表示冷漠，这是对再次吐露真情表示懊

〔1〕应为两个月，见《红与黑》上卷第五章。——译者注

悔。于连让玛蒂尔德窥伺到他对她的欲望，错误相同，自我惩罚也相同。每违反一次虚伪法典，结果必是加倍苦修，以图掩饰。

这两个行为的同一性，不易觉察，因为吊胳膊没有任何具体结果，而勇敢地对玛蒂尔德表示冷漠，却使于连的二次征服有了保障。吊胳膊在我们看来未免“不合理性”，而假装冷漠则俨然是一种“爱情策略”。第二个苦修属于小说“心理分析”实际而可靠的范畴。于连的成功使我们相信了行为的肯定意义，我们很容易觉得，少年的行为晦暗难明，而成年的行为则包含一种清醒的谋算。但是，斯丹达尔并没有这样来表现，少年行为和成年行为都处于意识的晦暗状态。于连听从的本能，那种虚伪的本能，从来是不合乎理性的，然而却能稳操胜券。于连的成功全靠这种本能。

吊胳膊是“地下”苦修的第一阶段，即绝对无理由阶段。无理由和苦修概念本不可分。再次征服玛蒂尔德是第二阶段，即得到回报阶段。发现两个行为的同一性，就是原原本本地提出为欲望而苦修的问题。再次征服玛蒂尔德，证明了苦修并不是在形而上欲望初始的、基本的虚妄上再加一层虚妄。为欲望而克己，在这里得到了充分解释。在内中介里，将主体和客体分开的是介体——竞争者的欲望，然而介体的欲望又是从主体抄袭来的。为欲望而苦修可以令摹仿者望而却步，所以只有苦修可以开辟通往客体的道路。

神秘主义者远离尘嚣，为的是得到上帝垂顾，赐予他圣宠，同样，于连疏远玛蒂尔德，为的是玛蒂尔德能够转向他，把他当作欲望客体。三角关系中的为欲望而苦修，与宗教幻觉中的“垂直”苦修，同样合理，同样有效。偏斜超验与垂直超验之相似，超出我们的想象。

陀思妥耶夫斯基一如斯丹达尔，不断强调两种超验的类同。《少年》的主人公多尔戈鲁基的苦修，和于连很相像。他和于连一样，有自己的“观念”，就是说，有虔诚仿效的模式。他的模式不是征服者拿破仑，而是百万富翁罗斯柴尔德[1]。他指望靠省吃俭用来攒钱，然后他又放弃财产，以便向他者表示他视财产如粪土。他把老女仆端来的饭菜扔到窗外，准备禁欲苦修。一个多月里，只吃面包，喝白水，把“为他好”的老女仆骂个狗血喷头。

这里，他与吊胳膊的于连近在咫尺。当流浪四方的马卡尔讲述圣隐士们在沙漠里艰苦度日时，多尔戈鲁基——他自己曾把晚饭扔到窗外——大骂“对社会无益”的生活。他看不到宗教苦修与他自己的行为之间令人不安的类同，他以专断的口吻，以**清醒的现代人**的名义，以知道“二加二等于四”[2]的人的身份，快刀斩乱麻地解决了善恶二元论的问题。理性主义者不愿意认识欲望的形而上结构，他满足于做一些

〔1〕罗斯柴尔德（Rothschild），原籍德国的犹太家族，多银行家。——译者注

〔2〕《地下室手记》中，地下人对“二加二等于四”成为人人迷信的定律表示疑惑。——译者注

枝节的解释，他的武器是“良知”和“心理分析”。他的信心在各方面都不会动摇，原因是他自己也在不同程度上自觉地实行为欲望的苦修。由于他缺乏自我分析的能力，又被自负所蒙蔽，所以他本能地实践与基督教神秘原则既相反又类同的“地下人”的神秘观点：**不要求，人家就会给你；不去找，你就能找到；不敲门，人家就会给你开门。**陀思妥耶夫斯基说，随着人逐渐疏远上帝，人先以理性的名义，然后以自己的名义，逐渐接近非理性。

斯丹达尔的小说里，教士的暧昧态度和他可能在两个方面克制欲望有关。隐藏最深的虚伪与道德的区别仅仅在于虚伪的果实是有毒的。好教士与坏教士的区别，固然有如天壤，却也很微妙。于连在很长时间里就以为彼拉神父和自己身边的小人是一丘之貉。

尼采称，他在心理分析方面从斯丹达尔获益匪浅。他认为，士兵记仇最少，教士记仇最多。在暴力合法的红色世界，强烈的感情可以自由宣泄。在黑色世界，恰恰相反，激情深藏不露。在这个世界里，教士的优势不容置疑，因为控制欲望乃是教士的本职。具备自控能力，在逆境中可能有害，在顺境中也可能大有益处。斯丹达尔因为觉察到了内中介的苦修要求，所以他认为复辟时代教会的作用是值得重视的。圣会的地下活动就与内中介有关。于连的“宗教”生涯不能完全用投机来解释。他的这段生活已经属于在黑色世界扎根的这个倒置的宗教。

斯丹达尔的反教会思想并不妨碍我们将他与陀思妥耶夫

斯基相比，而且他的思想以特有的方式表达了陀思妥耶夫斯基的一个重要观点：两种超验的类同。斯丹达尔反教会，与拉伯雷抑或伏尔泰反教会毫无共同之处。小说家所要谴责的，不是中世纪教士纵情声色，而恰好是其反面。宗教的虚伪掩盖了双重中介，斯丹达尔时常想要揭疮疤，但是他从来不曾真把教会、基督教同复辟时代反动阶层自鸣得意的丑事相提并论。不要忘了，斯丹达尔所处的社会，教会正“时髦”；而到陀思妥耶夫斯基的那个社会，教会已经不再“时髦”了。

在陀思妥耶夫斯基的世界里，偏斜超验不再藏在宗教后面。但是不要认为，《群魔》中的人物成为无神论者就是露出真面目。中魔人的无神论思想，并不见得比斯丹达尔笔下信徒的信仰更实在。形而上欲望的牺牲品，永远是从仇恨出发来选择其政治、哲学、宗教观的。思想仅仅是不同意识之间的斗争武器。表面上看，思想从来没有这样举足轻重，实际上思想无足轻重，它完全服从形而上竞争的需要。

为欲望苦修是三角欲望不可避免的结果，故而所有写三角欲望的小说家的作品都有所表现。塞万提斯的作品已经有这类情节。堂吉诃德仿照阿马迪斯在爱情上赎罪，尽管杜尔西内亚无可指责，他却还是在山里剥光衣服，蹦到岩石尖上。[1]这里，滑稽场面照例蕴含深刻的思想。《追忆似水年

---

〔1〕事见《堂吉诃德》第一部第二十五章和第二十六章。阿马迪斯苦修赎罪是因为受情人冷遇，堂吉诃德的情人杜尔西内亚本是幻想中人，所以说堂吉诃德对她“无可指责”。——译者注

华》的叙事人在同吉尔贝特的关系上同样实行为欲望的苦修。他抗拒给吉尔贝特写信的诱惑，竭尽全力控制自己的感情。

黑格尔的苦恼意识和萨特的成为上帝的愿望，是顽固向往彼岸世界的结果，是当欲望的宗教模式被历史超越时无力抛弃这些模式的结果。小说意识也是苦恼意识，因为它的超验需要代替了基督教信仰。但是二者的相似仅此而已。在小说家看来，现代人没有痛苦，因为现代人拒绝充分意识他的自主；现代人又有痛苦，因为自主意识，不论真实和虚妄，对他来说都不可忍受。超验需要在此岸世界寻求满足，并且诱使人物做出种种疯狂的举动。斯丹达尔和普鲁斯特尽管都不是信徒，却在这一点上与黑格尔、萨特分道扬镳，而与塞万提斯和陀思妥耶夫斯基志同道合。普罗米修斯式的哲学家仅仅把基督教看成一种人道主义，一种过于温和所以还不能充分肯定其自身的人道主义。小说家，不论他是不是基督徒，都把所谓现代人道主义看做一种形而上学，一种隐蔽的、无力认识自身性质的形而上学。

* * *

内中介特有的掩饰需要，在情爱领域产生的结果最为可悲。主体欲望寄生于介体的身体，因此介体是客体的绝对主人，介体可以同意主体占有客体，也可以拒绝，全凭心血来潮。倘若介体也不能自发产生欲望，那么心血来潮之义，则不难想见。主体一流露占有欲，介体即刻便抄袭主体的欲望，因此介体的欲求，在他自己的身体，换言之，他赋予自己的身体重要价值，失去身体，对他来说是很可怕的。即使介体不抄袭主体的欲望，也不会对主体的欲望做出反应，事实上，本体病的牺牲品太蔑视自己了，他不可能不蔑视对之抱有欲望的人。在情爱领域和其他领域一样，双重中介排除自我和他者间的任何相互性。

听凭爱欲膨胀，对于情人来说，后果是严重的。他若想吸引女人对他的欲望，唯一的办法是假装冷漠。但是他若想掩饰欲望，就必须克制对女人身体的冲动，也就是说，克制爱情欲望中一切真实具体的东西。

因此，性爱也有为欲望的苦修。然而意志介入爱情生活并非没有危险。对于连·索莱尔，为欲望的苦修起于自由选择。然而随着介体不断靠近，情况逐渐发生变化。对意识的控制逐渐失灵；对欲望的抗拒愈益痛苦，而抗拒已经不再取决于意志。主体受到诱惑，被两个相反的力撕裂。起初，主体出于策略的考虑，拒绝向欲望屈服，现在他发现想屈服而不得。现代唐璜引以为荣的超凡的自控力直接走向斯丹达尔所谓的“彻底失败”。全部当代文学都程度不等地自觉表现了主体与介体令人不安的相接。安德烈·马尔罗笔下的征服者全都受到性无能的困扰。欧内斯特·海明威的小说《太阳照样升起》里的杰克，假如不是被写成因战争致残[1]，而是仅仅构成其他小说里经常出现的那种出奇地冷静、阳刚之气十足的人物的**另一面**的话，那么小说就会更真实。

工于心计的于连·索莱尔和《阿尔芒斯》(*Armance*)[2]软弱无能的主人公奥克塔夫·德·马利维，很可能是同一类人。对欲望的禁令不可能撤销，除非女人因为某个缘由，不能看自己的情人，不能感觉他的爱抚，那时情人便无须害怕女人看到他的欲望的可怜表现了。当玛蒂尔德扑到于连怀里时，于连真想消解玛蒂尔德的意识："啊！在如此苍白的脸颊上印满亲吻，但你却感觉不到，那就好了。"后来的小说家有同样的描写。普鲁斯特作品的叙事人非要在阿尔贝蒂娜睡着之后，才能感觉片刻的欢愉。对陀思妥耶夫斯基笔下的情人而言，心爱的女人受到伤害，失去视觉，虽然还有遮挡，却已经意识不清，在这种情况下得到她，是永恒的诱惑。欲望主体，通过一种意味深长的矛盾行为，最终摧毁这个他无法同化的精神(esprit)。

所谓现代性爱的许多特征，一旦抹去蒙在上面的浪漫主义脂粉，无须费力便可以把它们与欲望的三角结构联系起来。从本质上说是形而上的、观照型的性爱，在18世纪的言情文学和当代电影中甚为流行。它不断增加暗示手段，一

[1] 杰克·巴恩斯是美国记者，在战争中因下半身受伤而性无能。——译者注

[2] 斯丹达尔的小说。——译者注

点点沉入纯粹的想象。起先它把自己定义为意志的扬厉，后来却走向性官能享受。这一点，从当今新浪漫主义某些作品中看得日益清楚。

性爱是人全部生活的镜子；诱惑无处不在，却从不袒露；或竭力扮作“超脱”，或又标榜为“介入”，好比瘫痪病人认为不能动是自己的选择。我们应该研究当代文学中的性焦虑，我们必定可以从中发现欲望主体在群居和孤独这两方面的无能，这是他在内中介阵痛阶段所有行为的标志。主人公被介体的目光所震慑，企图逃避这个目光。从此时起，他的全部野心便归结为在看的同时不被看见。这就是“窥探癖”主题，在普鲁斯特和陀思妥耶夫斯基的作品里，这已经是重要主题，到当代所谓“新小说”里，地位更为重要了。[1]

* * *

与为欲望苦修的大题目相联系的是纨绔风（dandysme）。所以，斯丹达尔理所当然地对纨绔风感兴趣。波德莱尔也有兴趣，不过他的解释与斯丹达尔迥然相异。这个浪漫主义诗人认为纨绔风是“贵族时代的残余”，而斯丹达尔正相反，认为纨绔风是现代产物。纨绔子弟[2]完全属于**黑色**世

〔1〕例如“新小说”作家罗布-葛利耶写有《窥探者》。——译者注

〔2〕原文dandysme，源自英文。这里的“纨绔子弟”“纨绔风”与汉语中的一般意义不同，其义见文中。——译者注

界。由于愁苦虚荣取代了快乐虚荣，纨绔子弟才在巴黎如鱼得水。纨绔子弟来自形而上欲望比法国发达的英伦岛。他们上下一身黑，无论哪方面都难以叫人联想到旧制度下那些敢于感叹，敢于赞美，敢于追求，敢于开怀大笑的翩翩少年。

纨绔子弟的特点是伪装冷漠。但是这不是禁欲主义者的冷漠，而是为了煽动欲望而精心设计的冷漠，是不断告诉他者“我自得其乐”的冷漠。纨绔子弟想让他者都来抄袭他假装感觉到的对自己的欲望。他在大庭广众之下显示他的冷漠，好比拿磁铁在铁屑里搅动。他把为欲望苦修普遍化、产品化。这样做最缺少贵族气，反映了纨绔子弟的资产阶级灵魂。这个戴大礼帽的梅菲斯特[1]立志做欲望资本家。

所以，每一个描写内中介的小说家，作品里都有纨绔子弟，只是外表略异而已。斯丹达尔、普鲁斯特、陀思妥耶夫斯基都塑造了纨绔子弟的形象。卡马基诺夫问谁是斯塔弗洛金，威尔科凡斯基回答：“一个唐璜式的人物。”斯塔弗洛金是小说里的纨绔风最可怕、最凶恶的化身。他是头等纨绔子弟，头等幸福，而他的不幸也莫大于此。他摆脱了一切欲望，说不清是因为他者对他怀有欲望，所以他停止欲求，还是因为他停止欲求，所以他者对他怀有欲望。

〔1〕依《浮士德》通译名，不取全译名“梅菲斯托费勒斯”。——译者注

这是一个怪圈，斯塔弗洛金跳不出去。他自己不再有介体，因而变成了欲望和仇恨的磁石。《群魔》中全体人物都是他的奴隶；这些人不知疲倦地簇拥着他，只为他而存在，只为他而思想。

但是，一如斯塔弗洛金这个名字所示〔1〕，正是他背负着最沉重的十字架。陀思妥耶夫斯基希望向读者展示，什么是形而上追求的“成功”。斯塔弗洛金年轻、英俊、强壮、富有、聪明，又是贵族。陀思妥耶夫斯基赋予这个人物如许的优点，并非像许多“新潮”批评家所说，是因为他对人物有潜在的同情。斯塔弗洛金印证着一个理论问题。他身上集中了形而上成就的全部条件，因此在“主人和奴隶的斗争”中他永远占优势。斯塔弗洛金不需要伸出手去接纳，而且恰恰因为他从不伸手，男人和女人才统统跪倒在他脚下，把自己交给他。他成了“慵懒”的牺牲品，不久变得异常怪僻，最后以自杀了却一生。

梅什金公爵处于陀思妥耶夫斯基阶梯的另一端，他在陀思妥耶夫斯基的小说世界中所起的作用，和斯塔弗洛金有点相似，不过原因正好相反。公爵并非没有欲望，但是他的梦想远远超越了《白痴》的其他人物。他是欲望最实际的世界里欲望最高远的人，在他周围的人看来，这似乎正好证明他没有欲望。他不让自己卷进他人的三角。羡慕、嫉妒、竞争

〔1〕斯塔弗洛金（Stavroguine）的前赘（stavro），在俄语中谓“十字”。——译者注

弥漫身边，然而他出污泥而不染。他并不冷漠，绝不冷漠，但是他的善良和同情心不像欲望那样把他与别人相连。他从来不向其他人物提供虚荣的支持，人们纷纷栽倒在他周围。所以，他对伊沃尔金将军的死多少负有责任，他不该听任将军编造谎言，作茧自缚。勒比德夫出于自尊，就可能会打断将军；梅什金也可以对将军的话表示怀疑，这样就给了将军一个发泄愤怒的机会。

梅什金既不给自负机会，也不给耻辱机会。他极度的冷漠只能刺激虚荣的欲望在他身边交织。他这种真正的克己和纨绔子弟虚假的克己殊途同归。和斯塔弗洛金一样，梅什金吸引着没有出路的欲望。他让小说的每一个人物对他倾倒。“正常的”年轻人在对于他的两个矛盾判断之间徘徊，他们思忖公爵究竟是傻瓜，还是老谋深算的战术家，抑或是顶尖的纨绔子弟。

陀思妥耶夫斯基的世界中，恶大获全胜，所以梅什金的谦恭，他以爱改变周围人的生活的令人钦佩的努力，结出了与冷酷的自负同样的毒果。由此我们就能够明白，为什么在作家的初稿里，公爵和斯塔弗洛金有相同的出发点。相同的出发点并不证明陀思妥耶夫斯基在魔鬼和上帝之间徘徊。倘若我们对此感到奇怪，那是因为我们在浪漫主义的影响下，过分关注单个的英雄。小说家关注的焦点不是塑造人物，而是揭示形而上欲望。

* * *

欲望主体攫获了客体，结果却是一场空。所以，说到底，主人和奴隶距离目标同样遥远。主人通过虚拟欲望和掩饰欲望，成功地按照自己的愿望引导他者的欲望。他占有了客体，但是客体却因为被占有而身价一落千丈。玛蒂尔德被于连征服后立刻使他兴味索然。《追忆似水年华》的叙事人一旦觉得阿尔贝蒂娜是贞节的，立刻想摆脱她。丽查维塔·尼科纳埃夫娜刚一委身于斯塔弗洛金，他便另找新欢。奴隶很快便附着于以主人为中心的平庸王国。主人每一次开始新的欲望，朝客体迈进时，奴隶都认为自己离开了这所牢房，但是牢房依旧跟着他，有如圣人头上的光环与圣人同在。主人对真实的渺茫探索因此无限期地继续下去，就像实证主义学者企图通过穷尽细节达到认识的极致一样。

主人必定陷入幻灭和厌倦。如听信其言，人们会认为，他已经认识到形而上欲望的荒诞。但是，他并没有放弃所有的欲望。他放弃的只是经验已经证明令他大失所望的欲望。他放弃了容易实现的欲望，抛弃了不经抵抗就委身于他的人。于是乎，只有将要对他进行有效抵抗之类的威胁或者毋宁说许诺，才对他有吸引力。鲁日蒙的《爱情与西方》发现了浪漫主义激情的不幸："为了重新激起欲望，并且把欲望颂扬成一种自觉的、强烈的、无限诱人的激情，就必须重新设置各种障碍。"

主人并没有病愈，他只是厌倦了。他的玩世不恭和真正的智慧南辕北辙。他要从厌倦中奋起，就必须不断接近奴隶地位。他仿佛一个赛车手，每跑一圈都给汽车加速，结果必定翻车。

托尔斯泰笔下的拿破仑，是通过最有力的自我控制走向奴隶地位的写照。拿破仑和所有资产阶级暴发户一样，靠内中介的苦修本能而成功。和所有的资产者一样，拿破仑也把这种苦修本能误当作绝对无私的道德发出的斩钉截铁的号令。但是，拿破仑发现，在凯歌声中，他自身没有发生任何变化。这个发现令他绝望。神性依然不可及，但是他却想从别人的眼睛里捕捉神性的反光。他希望成为“君权神授”的皇帝，到处显示他的意志，要求世界服从他。

主体寻找客体，而客体则要抗拒主体。斯塔弗洛金没有找到客体，拿破仑最终找到了。在内中介世界里，拿破仑式的人物反倒远不如斯塔弗洛金式的人物罕见。同野心家作对的，并不是盲目的命运；即使他攀上荣誉的顶峰，自负和耻辱之间的辩证法也继续无情地起作用。伟人的心灵里永远有虚无的黑洞。

主人和奴隶的小说辩证法，说明了托尔斯泰的历史观。在他的作品里，拿破仑责骂自己，因为在内中介世界，除了纨绔子弟毫无结果的自我控制和最卑劣的奴隶性，别无选择。以赛亚・伯林[1]在他杰出的论文《刺猬与狐狸》（*The*

〔1〕以赛亚・伯林（Isaiah Berlin，1909—1997），英国哲学家，《刺猬与狐狸》是他的一部文学批评著作。——译者注

Hedgehog and the Fox）中指出，托尔斯泰的作品里不存在通常意义的历史决定论。托氏的悲观主义既不依凭纷乱的因果链，也不依凭教条主义的“人性”观，更不依凭某种可以直接用于历史学和社会学研究的材料。历史和所有被人欲求的客体一样，是一种“逃逸的存在”。无论是科学家的推测，还是政治家的算计，历史都轻而易举地戳破它们，而这些人还以为已经驾驭了历史。在内中介的世界里，至高权力的欲望和至上科学的欲望，本身都孕育着失败的萌芽。欲望在似乎抓住客体的同时，失去了客体，因为欲望显露出来之后，便造成了成为其障碍的竞争欲望。他人（Autres）便会来阻挡个人的行为，个人行为越是醒豁，阻挡就越有效。主人从一个欲望到另一个欲望，始终被至高权力的最高境界所吸引，无法解脱，因而他始终向着自我毁灭迈进。

* * *

内中介世界的每一宗光辉业绩，都得之于真实或者伪装的冷漠（indifférence）。索莱尔老爹靠冷漠制服了雷纳尔先生；同样也是靠冷漠，拉桑塞维利纳在巴马宫廷获胜。娄万先生在众议院的获胜，奥秘全在于使冷漠变成一出戏，同时又不暴露这是一出戏。《吕西安·娄万》中银行家的策略，无妨定义为议会的纨绔风……《战争与和平》中库图佐夫的胜利，无妨定义为战略家的纨绔风。老将军面对拿破仑，面对那批急于求胜反而会使胜局毁于一旦的俄军年轻军官，与其说他代表军事智慧，毋宁说他代表一种超凡的自我控制力。

为欲望苦修在巴尔扎克的作品里也有反映，但是形而上的活动不像在斯丹达尔、普鲁斯特以及陀思妥耶夫斯基的作品里那样，以严密的几何形式展开。巴尔扎克的某些人物凭借天生的勇气和一种主要作用于外在世界的行为过关斩将，不是风车掀翻英雄，而是英雄掀翻风车。拿三角欲望的规律来解释巴尔扎克作品野心家的活动，有时行不通。

这些人物在攫取了欲望客体之后，沉浸在持久、实实在在的欢乐中。拉斯蒂涅（Rastignac）[1]坐在意大利剧院的包厢里，无限幸福。一楼大厅的观众投向他的目光与他反观自我的目光交融在一起。这是纨绔子弟和资产阶级生意人梦寐以求的幸福。在内中介世界里，人人都在转动欲望水车的同时，梦想将要到来的超脱。不是超然世外，而是进入最终被征服的世界，一个为自己所拥有而又依然令人欲求的世界。拉斯蒂涅的命运不属于形而上欲望，但是它反映形而上欲望。

巴尔扎克是资产阶级欲望的史诗作者，他的作品浸透了欲望。巴尔扎克对现代社会的猛烈抨击，具有当代某些社会批判模棱两可的性质，例如早期多斯·帕索斯[2]的批判。巴尔扎克的批判经常叫人如堕五里雾中，愤怒与赞美很难分清。

---

〔1〕巴尔扎克小说《高老头》《幻灭》《妇女研究》等作品中的人物。意大利剧院的情节见《高老头》。——译者注

〔2〕多斯·帕索斯（Dos Passos，1896—1970），美国小说家。——译者注

巴尔扎克具有与本文研究的小说家类似的直觉，但是三角欲望的规律在他的作品里表现得不充分，也没有一以贯之，禁闭欲望主体的罗网破洞百出，作者或者他的代言人经常从洞里溜掉。而我们这里研究的小说家群体，在他们的作品中，网编织得密密匝匝，网绳牢固，任何人都逃不脱欲望的复杂规律，除非他逃脱欲望本身。

* * *

上文说过，双重中介中，对立双方谁把欲望隐藏得深，谁就能从自我控制得到回报。在普鲁斯特的世界里，社交战略和爱情战略都完全符合这条规律。能给攀附者打开沙龙大门的唯有冷漠："社交场的人习惯于别人有求于他们，倘有什么人对他们高视不顾，他们就觉得这是一只金凤凰。"

为欲望苦修是内中介小说中的一种普遍要求。这条规律非但不会使小说人物成为一个模式，相反能够确定比如说于连和普鲁斯特作品叙事人之间的某些差异。马赛尔注定要当奴隶，因为他没有能力把为欲望克己这一条坚持到底：

> 构建心理和病理世界的灾难性方式决定了笨拙的行为，必须首先避免的行为，恰恰是那种具有宽慰作用的行为……当我们感到痛苦太强烈时，我们便会干出诸如写信、通过别人恳求、登门求见、证明自己爱的人对自己不可须臾缺少等等蠢事。

马赛尔抵挡不住的诱惑，于连统统抵挡住了。《红与黑》里有一个失败者，但不是于连，而是玛蒂尔德。《追忆似水年华》里，胜利者不少，但不是马赛尔、斯万，也不是夏吕斯，而是吉尔贝特、阿尔贝蒂娜、奥黛特、莫莱尔。倘在斯丹达尔的人物和普鲁斯特的人物之间进行机械的对比，那就既看不到形而上欲望的统一，也看不到两位作者之间密切的亲缘关系，因为他们作品的主要人物代表了同一辩证法的不同时刻。

欲望的规律是普遍的，但是并不造成小说的雷同，即使在运用这些规律的细微之处也是如此。造成多样化，并且使多样化难以理解的正是规律。于连・索莱尔是主人公-主人，马赛尔是主人公-奴隶。只有当我们不再把人物——神圣的个人——当作完全自主的实体的时候，当我们从所有人物的相互关系中寻找到规律的时候，小说的统一性才显露出来。

《红与黑》里，审视小说世界的几乎始终是主人的目光。我们能够潜入自由、冷漠、高傲的玛蒂尔德的意识，然而一旦她变成奴隶，我们就只能借成为她主人的于连的眼睛，从外部来观察她了。小说的光芒大都来自一个主导意识，当这一意识失去主导地位时，小说的光芒便游离而去，进入其征服者的意识。普鲁斯特的小说正好相反，透析小说的光芒，赋予光芒以普鲁斯特性质的意识几乎一律是奴隶意识。

从主人过渡到奴隶，这一点充分揭示了斯丹达尔与普鲁斯特、陀思妥耶夫斯基的差异。我们知道，奴隶由主人转变而来，这条原则不但在理论上是正确的，从作品的发展过程来说也是正确的。因为奴隶由主人转变而来，所以普鲁斯特和陀思妥耶夫斯基由斯丹达尔变化而来；他们的作品验证了斯丹达尔的作品。

向奴隶转变，这是小说结构的一条根本原则。小说任何真实的变迁，不论其规模如何，都可以视为从主人向奴隶的过渡。纵观整个小说文学，可知这条规律不谬。横观一个小说家的全部作品，或者看一部作品，甚至只看一部作品之一节，也可知这条规律不谬。

先看一个作家的全部作品。我们已经指出，斯丹达尔倘与后世作家相比，是一个表现主人地位的小说家。然而倘若单看他的作品，就可以从早期作品和后期作品的对比中发现主人和奴隶的关系。《阿尔芒斯》中还没有出现任何形式真正意义上的奴隶地位。痛苦本质上还是浪漫主义的，不危及人物的自主性。《红与黑》中出现奴隶地位，但是几乎始终游离于小说核心之外。到《吕西安·娄万》，与迪佩里耶医生这个人物相关联，奴隶地位变得重要了。《巴马修道院》里，聚光灯愈来愈有目的地停留在奴隶性的人物和情境上：莫斯卡和拉桑塞维利纳的嫉妒、巴马大公的阴险、财政官拉西的卑鄙。最后，在《拉米埃尔》中，斯丹达尔第一次塑造了一个奴隶人物桑凡，他是地下人的小资产阶级先驱。

在普鲁斯特的作品里也可以看到向奴隶的变化。让·桑特耶自始至终没有丧失自由，他不是攀附者，但是他周围的世界充塞着攀附者。《让·桑特耶》是写主人地位的小说，而《追忆似水年华》则是一部写奴隶地位的小说。

现在来看单部小说。我们说了，于连·索莱尔是主人公－主人。确实如此，然而愈往后，于连愈接近奴隶地位。危险的极限是玛蒂尔德的故事，也就是紧接解脱式尾声的那一部分（尾声把向奴隶地位的发展颠倒了过来，所以研究小说发展不必顾及尾声）。

在《追忆似水年华》里也可以看到向屈辱地位的转变，但是终点较之《红与黑》要低得多。恋爱初期，马赛尔还表现出一定的苦修意愿。当他知道吉尔贝特另有所爱时便不再去看她，他抵抗住了写信的诱惑。要想重新征服心上人，他缺乏意志和伪装能力，他不如于连刚强，但是他也不十分软弱，还能够逃脱奴隶地位。然而到《女囚徒》和《女逃亡者》里，他便在奴隶地位上忍辱负重了。“下地狱”的最低点，与斯丹达尔的作品一样，出现在解脱式结尾的前一部分。

次要人物的心理和精神演变，同样也是一个向奴隶地位转化的过程，而且在这个情况下，这个过程不会在小说结尾之前中断。比如说，夏吕斯不断下滑、堕落，这个过程从头至尾贯穿整部小说。

向屈辱地位的转变，与我们在第三章末分析的堕落（chute）十分相似。我们在这里不过是变换了观察现象的角度，以期更准确地阐述这个现象的某些形态，比如主人和奴隶的辩证法。这个辩证法只与内中介的最上层有关。当对立双方十分靠近时，双重中介最终变成一种双重诱惑。为欲望苦修变成无奈，使人物麻木不仁。双方都有现实而且相似的机会，但是由于彼此针锋相对，结果谁也接近不了客体。他们狭路相逢，相持不下。他们看对方，仿佛自己在镜中的影子活了，拦住了去路。主人地位成为次要格式，消失了。

卡拉马佐夫老头和他的儿子们是内中介的这个最后阶段的写照。《群魔》里的瓦尔瓦拉·彼得洛夫娜和斯特潘·特罗菲莫维奇也彼此相诱惑。安德烈·纪德受到这些人物的启发，写《伪币犯》时，力图通过拉佩鲁兹老夫妇来表现这个欲望格式。

* * *

我们已经勾勒了双重中介的理论发展，看到了在没有任何外在于两个重叠三角的因素干扰的情况下，欲望的扩张和加剧。双重中介是一个封闭格局，欲望循环其中，吸收自身的养分。因此，双重中介构成了一个最单纯的、名副其实的欲望“生成程序”。我们的理论阐述从这里入手，道理就在于此。从双重中介出发，人们完全可以设想一些更加复杂，而且同样自主的格局，由这些格局便产生了越来越广阔的小说世界。具体情境经常与这些更加复杂的格局相关。主体可以不以自己的奴隶作为介体，而去选择一个第三者，而这个第三者又可以选择第四者……圣卢是拉歇尔的奴隶，拉歇尔是“马球手”的奴隶，“马球手”又是安德烈的奴隶……三角形于是相接为一个“链条”。第一个三角的介体，在第二个三角里成为奴隶，依此类推。

拉辛[1]的《安德洛玛克》是“三角链条”极好的说明。俄瑞斯忒斯是赫耳弥俄涅的奴隶；赫耳弥俄涅是皮洛斯的奴隶；皮洛斯是安德洛玛克的奴隶；安德洛玛克则始终怀念着一个亡灵[2]。这些人物，个个将眼睛盯住自己的介体，对自己的奴隶全然漠不关心。就他们的性自负、不安的孤立和不自觉的残酷而言，他们彼此很相像。《安德洛玛克》是宫廷悲剧，但是从中介来说，颇具现代风格。

拉辛的悲剧反映了而不是揭示了形而上欲望。小说家或许会突出人物的类同，但是悲剧家必须尽量掩盖类同。批评家多次指出，人物过分相似，从悲剧角度说，是一个缺陷。

《克莱弗王妃》(*La Princesse de Clèves*)[3]的小说世界与拉辛的悲剧世界相当接近。在《克莱弗王妃》里，爱情始终是痛苦的。图依夫人和特米纳夫人忧伤的故事对克莱弗夫人来说不啻一个警诫，然而直到尾声之前，克莱弗夫人也没有从那两个不幸女人的遭遇中看到自己命运的影子。她从纳穆尔公爵的一表人才中看到的是爱情春光明媚的一面。她的自负使她相信虚情幻景，对爱情的另一面不屑一顾，认为另一面是为其他女人准备的。不过她最终摆脱了欲望，就是说，摆脱了自负，到小说结束时，她经历了与其他为爱情而毁灭

〔1〕拉辛（Jean Racine，1639—1699），法国戏剧作家。——译者注

〔2〕指安德洛玛克的丈夫，特洛伊的英雄赫克托尔。——译者注

〔3〕法国17世纪女作家拉法耶特夫人（Mme. de Lafayette，1634—1693）的小说。——译者注

的女人相认同的痛苦过程。《安德洛玛克》中没有一个人物经历这个过程。让我们来听听克莱弗夫人得知纳穆尔公爵泄露了她的秘密时说的一番话。公爵对朋友夸耀王妃有情于他，王妃痛苦地说："我错误地以为，世上总会有一个男人在荣誉感得到满足之后，能够守口如瓶……就因为我觉得这个男人和其他男人全然不同，我才像其他女人一样，自以为是女人中的翘楚。"王妃的一句话，概括了形而上欲望的整个运作过程。主体倾心于被其欲望变形的介体，他以为通过对介体抱有欲望，自己获得了个性，然而实际上他丧失了个性，因为每个人都是这种幻想的牺牲品。每个女人都有自己的纳穆尔。

应该将《克莱弗王妃》归入伟大小说的行列，因为这部作品揭示了形而上欲望的某些方面。拉辛的悲剧从爱情纠葛中看到的是不祥之兆，古典主义小说家拉法耶特夫人却探讨了欲望的意义，并且在尾声中接触到了感情误会滑稽而痛苦的机制。克莱弗夫人和纳穆尔公爵最后一次见面时说：

> 克莱弗先生也许是世上唯一能够在婚后维持爱情的人。我命不好，没享受到这福分。他的爱能够持久，也可能正是因为没有从我身上找到爱的缘故。我可没有同样的办法来维持你的爱情，我甚至想，你是因为遇到了障碍才有这份坚贞的感情的……

这部小说的"信息"绝不是资产阶级男权主义批评直到

最近还不厌其烦重复的那样，是因为怀念已故的丈夫而牺牲自己。小说的尾声也同高乃依悲剧不变的荣誉感风马牛不相及。克莱弗夫人最终看到了等待自己的命运，她拒绝参加这个可悲的游戏。她远离宫廷，从而就摆脱了小说世界和形而上的传染。

第八章　受虐癖和施虐癖

一个又一个经验告诉主人，任人占有的客体是没有价值的。因此，主人感兴趣的，唯有被无情的介体阻挡因而不能占有的客体。主人要寻找不可逾越的障碍，找不到的时候是极少的。

某人认为有宝物藏在石头下，他翻了一块石头又一块石头，一无所获。这样徒劳地翻找，他感到太累了，可是又舍不得放弃，因为宝物太珍贵。他于是决定找一块**重得抬不动的石头**，他把希望全押在这块石头上，他要在这块石头上耗尽最后的气力。

受虐狂——我们刚才说的就是这种人——起先不过是一个倦乏的主人，是不断成功亦即不断失望之后，反而企盼失败的人。只有失败能够使他发现真正的神灵，即在行动中立于不败之地的介体。我们已经知道，形而上欲望的结局永远是奴隶地位、失败和耻辱。假如结局叫人等待过久，依照主体奇怪的逻辑，他就会努力加速结局的到来。受虐狂催促命运的变化，将形而上过程迄今为止彼此分离的阶段汇集于同一个时间。在“一般”欲望中，是摹仿造成障碍，这里是障碍造成摹仿。

主人地位终结于受虐癖，然而更直接导向受虐癖的，是奴隶地位。再说一遍，内中介的牺牲品总是猜测，介体的欲望设下的具体障碍包含敌对意图。他大发雷霆，私下里却又觉得受这样的惩罚是罪有应得。介体的敌对态度似乎无可厚非，因为从道理上讲，人总是不如欲望的摹仿对象。障碍和蔑视只会使欲望倍增，因为障碍和蔑视证明了介体的高明。所以，选择介体，不是根据介体有什么优点，而是根据介体对我们设下的障碍（l’obstacle qu’il nous oppose）。二者之间仅一步之遥，而这一步很容易跨过去，因为主体对自己更蔑视。

在“一般”欲望中，主体行事，说到底，已经没有一件不反过来针对主体自身，然而主体无知，没看见不幸和欲望之间的关系。受虐狂虽然看到了不幸和欲望的必然联系，但是他并不因此放弃欲望。他的态度较之前者更有悖于情理，他从耻辱、失败、奴隶性中看到的，不是无目标信仰和荒诞行径不可避免的结果，而是神灵的信号和一切形而上成果的先决条件。于是乎，主体便把争取自主的努力建在失败之上，把变成上帝的意图建在万丈深渊之上。

在《爱情与西方》中，鲁日蒙精辟地指出，任何一种激情，都靠它所遭遇的障碍来维持，没有障碍便没有激情。这样，鲁日蒙实际上便将欲望定义为一种对障碍的欲望。《爱情与西方》的思想很有见地，但是，对这个阶段的综合阐释，我们觉得还不够充分。任何综合，倘归结为一个事物或者一个抽象概念，而不是两个个体之间的现实关系，都是不完全的。即使对于受虐癖，主体唯障碍是求，障碍也不是第一位的。对介体，固然不再直接寻觅，但无非是通过障碍来寻觅罢了。

在内中介的初级阶段，主体自轻自贱到这种程度，以致绝对信不过自己的判断。他认为自己距离孜孜以求的至善十分遥远，不相信至善能够影响到他自身。他因此没有把握能够将介体和一般人区别开。只有一个客体，受虐狂觉得能够判断其价值，这个客体就是他自身，其价值则等于零。受虐狂判断其他人，根据的是他感觉此人对他究竟洞察到几分。对他表示友善和温情者，他避之唯恐不及；对以蔑视或似乎以蔑视表示与他那个遭诅咒的族类无关者，他奉迎唯恐不周。一个人选择介体，倘若不是根据介体令他产生的钦佩之情，而是根据他令介体或者似乎令介体产生的厌恶之情，那么此人就是受虐狂。

从形而上痛苦的观点看，受虐狂的逻辑无可非议。他的逻辑是科学归纳的模式，甚至可以说是归纳推理的典范。

我们在第二章里已经列举了一些受虐癖的事例，在这些事例里，屈辱、无能、羞耻，也就是说障碍，决定着对介体的选择。马赛尔是因为盖尔芒特一家人的 noli me tangere[1]，才产生强烈的“要被接待”的欲望。这个过程和地下人以及

〔1〕拉丁文“不要碰我”。——译者注

兹维科夫一帮人的情况没有区别。在描写官吏那一段里，可以说有纯粹本义上的障碍，因为粗鲁的官吏把地下人推下了人行道。我们可以拿所有描写内中介的小说家的作品来印证鲁日蒙切中肯綮的论断："最严重的障碍……是……人最喜欢的障碍。这种障碍最有利于激情的扩张。"完全正确，不过还应该补充说明，最严重的障碍之所以具有这样的价值，仅仅是因为它标示着最神圣的介体的存在。马赛尔摹仿阿尔贝蒂娜的言谈举止，甚至顺从她的趣味；地下人滑稽地摹仿侮辱他的人的狂傲；假若伊索尔德不是进献给国王的女人，她就不会那么可爱，说到底，特里斯坦向往的，是绝对意义上的王国。特里斯坦的神话是最早的浪漫主义诗歌，介体是被遮掩着的。只有天才的小说家，才通过表现激情人全部的摹仿生活，揭示了西方人心灵的底层。

受虐狂既比形而上欲望的其他牺牲品更聪明，又比他们更盲目。更聪明（这种聪明现在日益普遍）是因为在所有欲望主体中，只有他认识到了内中介和障碍的联系。更盲目是因为他非但没有从自己的认识推衍出应有的结论，换句话说，非但不去摆脱偏斜超验，反而冲向障碍，自寻失败和痛苦，自相矛盾地企图以此来满足欲望。

作为本体病晚期特征的这种可悲的聪明，其根源不难发现。根源就是介体的接近。欲望永远以奴隶地位为其结束。然而起先这终结很遥远，欲望主体看不见。随着介体和主体之间距离不断缩小，形而上过程的各阶段进展加快，终结愈来愈清晰。一切形而上欲望都有受虐癖的倾向，因为介体不断靠近，而且单凭介体带来的认识，是无法治愈本体病的，这种认识只能向受害者提供加速悲剧转变的手段。一切形而上欲望都走向自身的真实，并通过欲望主体去意识真实；而当欲望主体意识到真实，并且积极参与揭示真实时，便出现受虐癖。

受虐癖的基础，是对于形而上欲望深刻却不够充分的直觉。这是一种偏斜的、变质的直觉，后果较之前几个阶段的天真幼稚更糟。欲望主体发觉了欲望在他脚下挖出的深渊，便纵身跃入深渊，他没有其他希望，只想发现形而上病痛尚未严重恶化的阶段他未曾得到的东西。

在实践中，有时很难区分本义上的受虐癖和渗透到各种形式形而上欲望中的、无意识的、衍射性的受虐癖。堂吉诃德和桑丘不挨棍子，就不安分守己。“唯心主义”的读者把主人公动不动就吃棍棒归罪于塞万提斯，而比早期浪漫主义者更加“明白”，更加“现实主义”的现代人，则宁可认为堂吉诃德是受虐狂。这两个对立的判断，是浪漫主义错误孪生的、相反的形式。从严格的意义上讲，堂吉诃德不是受虐狂，塞万提斯也不是施虐狂。堂吉诃德是在摹仿他的介体阿马迪斯·德·高拉。于连·索莱尔的情况就比较复杂了。他本可以和朋友富凯一起自在地生活，但是他找到德·拉莫尔府上，去领教价值不及他的那些贵族的白眼。而且，他那种产生于玛蒂尔德的高傲，和他随高傲消失的疯狂爱情，究竟说明了什么呢？

对于中介的种种难堪后果逆来顺受的欲望主体，与贪婪地追求这些后果（不是因为从中得到欢乐，而是因为对他具有神圣价值）的欲望主体之间，情况可能千差万别。在堂吉诃德的先受虐癖（pre-mosachisme）和马赛尔或者地下人典型的受虐癖之间，没有截然的分界，特别是谈不上所谓一边“正常”，另一边“病态”。是我们自己的欲望在健康和病痛之间人为地划出一道界线。天才小说家抹掉了这条界线，还拆除了一道屏障。谁也说不清丑恶的受虐癖从哪里开始，高尚的冒险趣味和“合法”的野心到哪里结束。

介体每接近一步，就是朝着受虐癖迈进一步。从外中介向内中介的过渡也含有受虐癖的意义。人们不满意他们无所作为的介体，就像寓言里的青蛙，挑选了能干的中介，却被介体大口地撕成碎片[1]。一切奴隶性都接近受虐癖，因为奴隶性把对方设置的障碍作为依靠，因为奴隶性仿佛附着在岩石上的软体动物，粘在障碍上。

受虐癖充分暴露了造成形而上欲望的矛盾。受虐狂想跨越无法跨越的障碍，穿越从根本上说不能穿越之物去寻求神圣。这个形而上意义，多数心理学家和精神病专家都忽视了。他们的分析停留在直觉的初级阶段，例如，有人断定，主体企望羞耻、侮辱、痛苦，如此而已。其实绝对没有人会追求这些东西。形而上欲望的所有牺牲品，包括受虐狂在内，都垂涎于介体的神性，他们是为了介体的神性，才在必

〔1〕当指拉·封丹《寓言集》里《青蛙求派国王》，青蛙嫌第一个国王无能，求神重派，结果来了鹤，青蛙全被撕咬、吞食。——译者注

要时（永远必要）接受乃至追求羞耻、侮辱、痛苦。生活的不幸会让这些牺牲品发现这样一个人，对这个人的摹仿，在他们看来最有可能让他们摆脱目前的悲惨境地。但是这些痛苦意识绝对不会简单地、直截了当地追求羞耻、侮辱、痛苦。我们理解不了受虐狂，除非我们能够洞察其欲望的三角性质。我们想象出一种直线欲望，从主体开始，画出永恒的直线，最后联结人所共知的各种痛楚，然后我们便以为抓住了欲望客体，断定这就是受虐狂欲求的客体。总而言之，断定他所希求的，我们绝无兴趣。

这个定义还有一个漏洞，它使一般的形而上欲望与真正的受虐癖，即便在理论上也无法区分了。结果是人们一发现欲望和恶果之间的关系，就大谈受虐癖，而且断定这个关系为主体所感知。事实上，在中介的高级阶段，这个关系完全不为人知。如果我们一定要从理论上赋予受虐癖这个词以明确的意义，那么只有在这个关系被认知时，才能加以讨论。

把痛苦（简单的后果，或者对受虐癖来说，欲望的先决条件）当作欲望客体，这是一个特别发人深省的错误。这个错误和其他类似的错误一样，并不是偶然的疏忽，也不是因为观察问题缺乏“科学的”谨慎态度。在欲望的真相这个问题上，观察者不愿意一直深入到这样一点，在这里，真相不但涉及他所观察的欲望主体，而且涉及他自身。人们把形而上欲望的可悲后果局限在受虐狂个人追求的客体上，这样，不幸的受虐狂就成了个别现象，成了同“正常”人的感情亦即我们自己的感情毫无共同之处的怪物。受虐狂企求的，和我们大家企求的**背道而驰**。本来应该看做内在于我们的欲望的矛盾，现在位移到外部，成了介于观察者和倘加以彻底理解便会带来危险的受虐狂之间的屏障。应该指出，作为我们精神生活基础的矛盾，一向被表现为他者和自我的“差异”这样一个形式。所以内中介建立起来的关系，使许多期望成为“科学”的理论归于失败。

不论什么欲望，但凡我们发现其后果堪忧，就一律远远抛诸脑后，以免从中看到自己欲望的形象或者对我们欲望的嘲讽。陀思妥耶夫斯基一针见血地指出，把邻居关进疯人院，就可以证明自己头脑健全。那些下流的受虐狂，他们欲求不可欲求的事物的本质，他们和我们怎么会有共同点呢？实际上受虐狂的欲求和我们的欲求完全一样，不过关于这一点，也许还是不知道的好。受虐狂企求自主和神圣的主人地位，企求自尊和他人的尊敬，但是，由于他对形而上欲望的直觉（尽管仍不全面）比所有为他诊病的医生都深刻，所以他只希望从他将成为其屈辱的奴隶的主人身上找到这些不可估量的财富。

* * *

除了我们刚才描绘的生存受虐癖，还有纯粹属于性问题的受虐癖和施虐癖，在普鲁斯特和陀思妥耶夫斯基的作品中，这种受虐癖和施虐癖占有重要地位。

性受虐狂在性生活里竭力复制最强烈的形而上欲望的条

件。他希望有一个残忍的性伙伴，因为他愿意受到折磨。从理想上说，性伙伴和介体最好是同一个人。但是这个理想从根本上说是无法实现的，因为假若可以实现，那么介体就失去了全部的神性力量，理想也就无须企求了。受虐狂于是不得不摹仿自己不可能实现的理想。在同性伙伴在一起时，他希望扮演在日常生活里在介体身边扮演的——或者自以为扮演的——角色。受虐狂央求得到的折磨，在他的头脑中，始终和真正的神性介体可能给予他的折磨相联系。

即使对于这种纯粹与性问题相关的受虐癖，也不能说主体“企求”痛苦。他所企求的，是介体的存在，是和神性的接触。他只有在制造一种真实或者虚设的与介体关系的氛围时，才能凸现介体的形象。对于受虐狂，痛苦若不能显现介体，便没有任何色情价值。

施虐癖是受虐癖的“辩证的”倒置。欲望主体倦于扮演殉难者，决定来扮演刽子手。迄今为止，尚没有一个关于施虐癖和受虐癖的理论指出这种颠倒的必然。用欲望的三角观来分析，一切困难就迎刃而解。

在色情活动这个生活舞台上，受虐狂扮演他自己，摹仿他自己的欲望，而施虐狂则扮演介体。对舞台上的这种变化，我们不应该吃惊，事实上我们当然知道，形而上欲望的所有牺牲品，都企图通过摹仿介体而同化介体的生命。施虐狂竭力在神的基本作用亦即迫害作用上摹仿神。他叫他的性伙伴扮演受迫害人。施虐狂企图给自己制造目的已经达到这样一个幻觉。他竭力顶替介体的位置，通过介体的眼睛来看世界，希望这场戏能够渐渐变成现实。施虐狂的暴力是达到神性的另一种努力。

施虐狂无法给自己制造他是介体这样一个幻觉，除非他将受害人转变成另一个自己。即使在他加倍施虐的时候，他也不能不从痛苦的他者身上看到自己。这便是经常有人注意到的受害者和刽子手之间那种奇怪的“沟通”所具有的深刻意义。

人们常说，施虐狂折磨人，是因为他自己受折磨。确实如此，但这并不是全部真相。要想折磨人，必须认为自己受到一个人的折磨，而这个人在施虐时达到了远高于我们的存在境界。只有当神奇花园的钥匙掌握在刽子手手中时，一个人才能成为施虐狂。

施虐癖再一次显示了介体的广泛影响。这里，人的面孔消失在地狱之神的面具后面。施虐狂的行为固然骇人听闻，可是性质和前面讲到的欲望并没有差别。施虐狂之所以采取绝望的手段，是因为绝望时刻的钟声已经敲响。

陀思妥耶夫斯基和普鲁斯特承认施虐狂的摹仿性质。地下人在宴席上自轻自贱，自认为受到了一群无聊的凶神恶煞的折磨，宴席后，他自己却真的折磨起一个落到他手里的可怜的妓女，他在摹仿他认为是兹维科夫一伙对他采取的行动。他向往这几个平庸人物的神性，而所谓神性不过是前几个场景中他的忧虑给他们披上的外衣。

《地下室手记》的情节安排是有深意的。先是宴席，然后是妓女这一场。受虐狂－施虐狂这个结构的生活层面先于它的性层面。小说家不像许多医生和精神分析学家那样注重性层面，而是把重点放在个人的基本意图上。不把性受虐癖和性施虐癖现象当成整个生活的一种反映，就不能解释性受虐癖和性施虐癖提出的问题。任何反映都必然晚于所反映的事物。性受虐癖是一般生活中的受虐癖的镜子，而不是相反。我们又一次看到，时髦的诠释总是将事物真实意义和次序搞颠倒。和人们把施虐癖放在受虐癖之前，不说受虐癖－施虐癖，却说施虐癖－受虐癖一样，人们系统地把性因素放在生活因素之上……这种颠倒司空见惯，所以，仅此颠倒，就足以使形而上性质的真实次序向“心理学”和“精神分析”一类的伪真实转变。

性受虐癖和性施虐癖是第二层摹仿，是对于形而上欲望中已经存在的主体生活这个摹仿的摹仿。普鲁斯特和陀思妥耶夫斯基都很清楚，施虐癖是一种复制，是出于一种奇特的目的，自己给自己演出的一场生动的喜剧。凡特耶小姐[1]竭力摹仿那些“恶人”：她亵渎对父亲的回忆，是一种既粗糙又天真的摹仿：

> 像她这样的施虐狂，是饰演恶的演员，彻头彻尾的恶人成不了这样的演员，因为恶对于恶人不是外在的，他会觉得恶是天生的，和他自己分不开……(这些演员)

〔1〕《追忆似水年华》的人物，曾和女友一起向已故父亲的相片上啐唾沫，事实上她对自己的父亲是有感情的。——译者注

> 竭力想钻到恶人的躯壳里，以至产生一时的幻觉，觉得自己离开拘谨温柔的心灵，进入了纵欲的非人世界。

施虐狂在施恶的时候，不断与牺牲品亦即受折磨者的清白无辜相认同。他代表善，而介体代表恶。浪漫主义和“善恶二元论”关于*自我*和*他者*的划分无时不在，在施虐癖－受虐癖中甚至起根本作用。

受虐狂从心底里厌恶他自认为命中注定要追求的善，崇拜折磨者的恶，因为恶就是介体。这个事实在普鲁斯特的作品里尤其显著。让·桑特耶念中学时专爱找那些野蛮的孩子，甘愿当他们的出气筒。《追忆似水年华》的叙事人认为自己追求的人，乃是“性情和我自己相反，我的懦弱、过分痛苦的敏感和过度的书卷气极端缺乏的那种近乎野蛮与残忍的活力所幻映出的、恶魔般的化身”。主体对恶的感情，多数时间里他自己也一无所知。真实只在性生活中、在生活的某些边缘地带时隐时现。温柔的圣卢除非对待仆人才残酷。清醒意识整个关注于捍卫善的问题。欲望的加剧在这个层次上经常反映为“道德意义”的夸张和大慈大悲的梦呓，反映为道貌岸然地跻身于善的义务捍卫者之列。

受虐狂认同于一切“被欺凌和被侮辱的”[1]，认同于他自己的命运向他隐隐约约提示的一切真实的和想象的不幸。受虐狂怨恨的是恶的精神本身。他一心要做的不是压倒恶人，

---

〔1〕借用陀思妥耶夫斯基小说的书名。——译者注

而是向恶人证明他们的恶和他自己的善。他要让他们蒙受羞耻，强迫他们注视他们卑鄙行为的牺牲品。

在欲望的这个阶段，“意识的呼唤”和介体激起的仇恨混为一体。受虐狂把仇恨作为责任，谁不同他一起仇恨，他就诅咒谁。靠着仇恨，欲望主体得以始终盯住介体。受虐狂越是觉得自己无力戳穿坚固的盔甲，无力达到神性，他就越是急于要摧毁甜蜜的恶。他激昂慷慨地抛弃了恶，他——比如地下人——第一个对在自己身上发现某些丑陋的现象感到震惊，这些现象似乎与他的道德生活格格不入。

受虐狂从根本上说是悲观主义者。他知道恶的胜利大势已定。他虽绝望，却依旧为正确的事业奋斗，而且认为唯其如此，才更“值得”奋斗。

对消极悲观的道德家来说，以及在稍有区别的另一层意义上对尼采来说，一切利他主义，一切对于弱小和无能的认同都属于受虐癖。然而对陀思妥耶夫斯基来说，正好相反，受虐狂的意识形态和形而上欲望的任何结果一样，是垂直超验倒置的像，这幅丑陋的漫画为垂直超验作了有利的反衬。

基督教道德的价值，条条都反映在受虐癖中，不过次序是颠倒的。怜悯从来就不是原则，而是结果。原则是仇恨那扬扬得意的恶人。我们热爱善，完全是为了更痛恨恶。我们捍卫受压迫者，完全是为了更好地打击压迫者。

受虐狂的想象从来不是独立的，始终和另一个将相同因素组织在反向对称结构中的、与它相竞争的受虐癖相对立。在反向对称的二者之间，在一边是善的，到另一边自动变成恶，反之亦然。

陀思妥耶夫斯基在《群魔》里暗示，各种现代意识全都浸染了受虐癖。可怜的夏托夫徒然地想摆脱革命思想，结果不过是经常跌到反革命思想一边。他摆脱恶的努力使恶越发张狂。可怜的人企求肯定，结果不过是得到了否定的否定。亲斯拉夫思想和其他思想一样，来自恶的精神。向夏托夫灌输新观念的是斯塔弗洛金。

夏托夫这个人物打破了关于陀思妥耶夫斯基是彻头彻尾反动分子的假说。陀思妥耶夫斯基的亲斯拉夫倾向和普鲁斯特的某些革命思想一样，都是没有被彻底超越的浪漫主义。夏托夫，就是思考自己思想变化过程的陀思妥耶夫斯基，思考自己无力摆脱消极的思想方法的陀思妥耶夫斯基。正是在进行这样的思考时，陀思妥耶夫斯基超越了亲斯拉夫意识。在《作家日记》中，政治意识还很浓，到《卡拉马佐夫兄弟》，政治意识就消散了。

我们以为，陀思妥耶夫斯基的天才在对亲斯拉夫意识的超越中达到了登峰造极的境界。

不要仇恨无神论者、恶的宣扬者、唯物主义者，包括他们中间的恶人，因为很多人是好人，尤其在我们这个时代。

* * *

陀思妥耶夫斯基在写《卡拉马佐夫兄弟》之前，普鲁斯特在其全部作品中，都间或受到一种常见的诱惑：他们赋予某些人物一种自在的恶，一种狠毒，这种狠毒最初不是对于另外一种狠毒或者想象的狠毒的反应。这些章节反映了施虐狂－受虐狂这个结构，但是没有加以揭示。

小说天才以一种超越为基础，这种超越使作家能够揭示形而上欲望，但是，仍旧会残留一些晦暗的角落，仍旧会有某些忧虑抵挡住小说的光芒。超越是内心斗争的结果，小说必然带有斗争的痕迹。小说天才好比潮水涨到高低起伏的岸边，很多地方淹没了，有的地方却露出小岛。形而上欲望被小说家探测的边缘地带，总是存在一个临界区。在普鲁斯特的作品里，临界区包括同性恋的某些方面，在这里，小说延宕很久才加以揭示，而且并不总是能够做得很彻底。

但是，小说家在创作的高峰——多半是最后时期，往往能够攻占最险峻的关隘，他终于认识到，诱惑人的恶并不比受虐狂自动认同的善更真实：

> 如果凡特耶小姐能够从自己以及所有人身上，辨识出那种看到有人制造痛苦时的冷漠——不管你叫它什么，这种冷漠反正是铁石心肠赤裸裸的、司空见惯的表现，那她可能就不会认为恶是一种很罕见、很特殊、很古怪的状态，躲进这种状态是很惬意的了。

想想这句话的后面展开了广阔的精神历程，这句话的美妙就更自不待言。施虐狂－受虐狂的噩梦，同堂吉诃德的梦想以及资产阶级平淡的幻想一样，是鄙陋的谎言。归根结底，这是同样的谎言。受尊敬的迫害者既不是上帝，也不是魔鬼，他不过是我们的同类，他忍受的痛苦和屈辱更加强烈，所以他更急不可耐地加以掩盖。阿尔贝蒂娜显得无足轻重，兹维科夫不过是无聊的白痴。如果中介的后果不是十分严重，施虐狂－受虐狂的错误就会像堂吉诃德的错误一样，令人哑然失笑。

在塞万提斯看来，堂吉诃德是不负责任的人。但是堂吉诃德的疯狂还没有使他完全站到基督教文明社会价值观的反面。他的幻想固然惊天动地，结果却平淡无奇。我们可以毫不矛盾地说，小说人物中属堂吉诃德最不疯狂。介体愈近，谎言就愈放肆，结果就愈严重。假如我们对此尚存疑惑，那是因为平淡、平庸，甚至肮脏和凶暴，从我们拿它们作为真实的标准这个意义上说，先入为主地得到我们的青睐。一种非理性然而很说明问题的偏爱（这种偏爱本身属于一种逐渐增强的中介）使我们不相信地下人比早期浪漫主义作品“美丽雅的”人物更“真实”，更“逼真”。鲁日蒙在《爱情与西方》中已经对这种古怪的成见提出批评：“最低级的东西，我们觉得最真实，这是时代的迷信。”说到底，做一个现实主义者，不过就是次次都让可能性的天平倾向最坏的。但是，现实主义者的错误比唯心主义者更严重。随着“水晶宫”变成地狱幻景，得到发展的不是真实，而是谎言。

小说天才凌驾于形而上欲望造成的对立之上。他力图向我们显示对立的虚幻性质。他超越了各个宗派提出的善与恶对立的夸张图画，他肯定内中介层次上相反物的同一性，但是他并不主张道德相对主义。恶确实存在。地下人对年轻妓女施加的暴行不是想象出来的。凡特耶小姐的痛苦也是实实在在的。恶存在着。形而上欲望，或者偏斜超验，把它希望统一的东西分开，把它希望分开的东西统一，从而从相反方向塑造人。恶是仇恨的否定性公约，许多人加入公约，纯粹是为了互相摧毁。

第九章　普鲁斯特的世界

贡布雷是个封闭的世界。孩子在家人和家庭偶像的荫庇下生活，亲切温柔的气氛很像中世纪教堂钟楼荫庇下的村庄。贡布雷的统一首先是精神上的，然后才是地理上的。贡布雷是全体家庭成员共同的幻景，有一种秩序被强加于现实，并且和现实难分彼此。贡布雷的第一个象征是那盏神灯[1]，灯上的图画无区别地映照在卧室的墙壁、灯罩和门把手上，并且和这些物体的形状合为一体。

从人种学的意义上说，贡布雷是个封闭的文化。小说家告诉我们，这是“一个封闭的小世界”，用德国人的说法，是一个 Welt[2]。贡布雷和外部世界的鸿沟，是感觉层次上的。贡布雷的感觉和“野蛮人”的感觉之间，存在一种特殊的差异，小说家的根本任务就是揭示这种差异。大门口的两

---

〔1〕一种可以映出幻灯片的灯，叙事人称之为“神灯”，见《在斯万家那边》。——译者注

〔2〕德语“世界”。——译者注

个小铃铛在我们看来，与其说是差异的说明，不如说是差异的第一个象征。“家里人不按铃就进门，撞得铃铛一片响”和“外人来访，镀金的椭圆形铃铛发出两下微弱的响声”，表明了两个无法共比的世界。

在某种层次上（当然总是在表面层次上），贡布雷能够辨别感觉差异。贡布雷感觉到两种铃声的不同。贡布雷也知道它的礼拜六有一种特殊的色彩、一种特殊的情调。这一天的午饭提前一小时。

> 这个不匀称[1]的礼拜六周而复始，成为家庭内的、地方的，甚至可以说是公共的一个小事件，这类事件在平静的生活和闭塞的社会里，建立起一种民族维系，被街谈巷议、玩笑戏谑、耸人听闻的传说拿来当作话题。倘若我们中间有谁具备史诗头脑的话，这类事件可以成为长篇传奇现成的素材。

贡布雷的人每次发现同外人在某个问题上有分歧，他们彼此间便产生一种亲切感。女佣人弗朗索瓦丝对这种统一感觉尤其强烈。有一些小故事，起因不是忘了这个不均衡的礼拜六，而是忘了外人根本不知道这个礼拜六，这些小故事比什么都叫她开心。时间的改变，“蛮子”事先一无所知，因

〔1〕言“不匀称”，大概是因为午饭提前到十一点，下午比上午长了一小时。——译者注

此他感到惊诧，这使他显得多少有点可笑。他还没有进入真实的贡布雷。

“同胞”礼仪产生于我们（nous）与他者的差别没有完全消除，还让人感觉到的中间地带。误会还是半有意半无意的。进入深层次，误会就完全不再是有意的了，只有作为叙事者的小说家能够跨越对同一件（même）物体的不同感觉之间的鸿沟。举例说，贡布雷不懂得，除了大家熟悉的资产阶级的、庸俗的斯万，还有另一个只有上层社会的人才认识的贵族的、高雅的斯万。

> 也许，我的家人在塑造斯万的形象时，由于不知情而丢掉了他社交生活的许多特点，正因为这些特点，其他人与他照面，才见他眉宇间透着风雅，而这风雅又像碰到天然界限似的，在他的鹰钩鼻上停住了；但是我的家人毕竟能够从这张空荡、开阔、威严已逝的脸上，从失去光彩的双眸深处，积累起……我们一起度过的闲暇时光的模糊而温柔的遗迹——一半记得，一半忘却了。

小说家试图让我们看到、触摸到、感觉到从根本上讲是看不到、触摸不到、感觉不到的东西：既不容置疑，又相互矛盾的两个感觉事实。在贡布雷和外面的世界之间，只剩下表面的交流。误会是全面的，但是结果与其说是悲剧的，毋宁说是喜剧的。还有一个例子，可以说明这种喜剧性的误会，就是家里收到斯万寄的礼物后，塞利娜和弗劳拉两个姨祖母以难以察觉的方式对斯万表示感谢。她们的暗示太含糊、太不着边际，没有引起任何人的注意，而两个老姑娘竟然压根儿不曾想到过，可能没有人理解她们。

为什么会发生交流障碍？对于“两个斯万”的情况，一切似乎都可以归于理智层次的原因，因为缺乏信息。小说家的某些描述似乎证实了这个假设。塑造贡布雷的斯万的是家人的无知（l'ignorance）。叙事人在这个熟悉的斯万形象上看到了青年时代迷人的错误（erreurs）。

错误一般是暂时的。一旦犯错误的人注意到了错误，找到了改正错误的方法，错误就会消失。但是，对于斯万，各种迹象纷至沓来，真相从各方面暴露，而家里的人，尤其是姨祖母，依然不改变看法。大家得知斯万出入贵族家，《费加罗报》列举了“夏尔·斯万藏画”的作品，姨祖母依旧不为所动。最后，大家听说斯万是德·维尔帕里基斯夫人的朋友，可是这个消息非但没有在姨祖母的头脑里提高斯万的身价，反而降低了德·维尔帕里基斯夫人在姨祖母眼里的地位。她对祖母说：“什么，她认识斯万？你还说她是德·麦克马洪元帅的亲戚呢！”真相仿佛一只讨厌的苍蝇，不停地落到姨祖母的鼻尖上，可是手轻轻一拂，它就飞走了。

所以，普鲁斯特作品中的错误不能归结为理智原因。务必当心，不要从单个概念来研究普鲁斯特，尤其不要从某些哲学家为这个概念限定的特殊含义上来研究普鲁斯特。要超越语词，把握小说的实质。斯万的真相不能进入贡布雷，原因是真相有悖于家庭的社会信仰，有悖于家庭关于资产阶级等级的观念。普鲁斯特告诉我们，凡是信仰统治的地方，便没有事实容身之地。造成信仰的不是事实，能够摧毁信仰的也不是事实。当个人世界的健康和完整岌岌可危的时候，人们总是闭目塞听。母亲看着父亲，但是不盯住看，生怕看破了“他自命不凡的秘密”。塞利娜和弗劳拉两个姨祖母在高层次上掌握了充耳不闻的宝贵才能，只要别人的谈话她们不感兴趣，她们立刻听不见了。

> 她们的听觉……于是让接收器官休息，任这些器官开始萎缩。如果祖父需要吸引他两个妹妹的注意，他就必须借助精神病大夫对某些精神涣散病人使用的物质警告手段：用小刀连续敲击玻璃杯，同时突然喊他，眼光也转过去。

这种防卫机制显而易见与中介有关。随着介体，即贡布雷的介体逐渐远去，这些机制同萨特的“恶的信心”关系渐远，同马克斯·舍勒在《仇恨的人》里讲的“有机谎言”关系渐密。歪曲经验并不像一般谎言那样，是有意识的行为，歪曲经验产生在有意识经验之前，在印象和价值感觉刚刚形成的时候。每当一个人只愿意看到（voir）对他的“利益”有好处，抑或对他本能兴趣的另外某种形态有好处的东西时，“有机谎言”便开始运作，兴趣的目标，直至他的记忆，因此改变。这样欺骗自己的人无须撒谎。

贡布雷调头不看危险的事实真相，犹如健康的机体拒绝吸收对其健康有害的物质。贡布雷像眼睛，容不下刺痛眼珠的沙粒。在贡布雷，每一个人都是他自己的审查官。这种自我审查，非但不叫人为难，反而和贡布雷的宁静，和属于贡布雷的幸福浑然一体。从本质上讲，这种自我审查和人们对雷奥妮姑妈的精心护理是一回事。每个人都很小心地把有可能干扰姑妈宁静的人赶走。马赛尔随便说了一句，散步时碰到了“一个不认识的人”，立刻受到训斥。

在儿童马赛尔的眼里，雷奥妮姑妈的房间是精神中心，堪称家里最圣洁的地方。床头桌上堆着药、维希矿泉水、宗教书籍，俨然一个祭坛，贡布雷的女祭司在弗朗索瓦丝的帮助下，在这里举行祭祀仪式。

姑妈表面上有气无力，然而正是她，改变着与贡布雷异质的现实，把这种现实改造成“贡布雷的材料”，烹制成丰盛、美味可口、可以吸收的食品。她辨认对大家来说都很陌生的过客和狗，把生人变成熟人。全部知识和全部真实，靠了她才为贡布雷所有。“由中世纪残留的城墙断断续续环绕着，城墙像古画中的小城一样画出一个完美的圈”的贡布雷是一个完美的圆，睡在床上不动的雷奥妮姑妈就是圆心。姑妈不参与家庭的活动，却能够使这些活动获得意义。她的不变之规（train-train）推动这个圆和谐地转动。全家人紧紧围绕着姑妈，好比村里的人家紧紧围绕着教堂。

* * *

社交沙龙的构造和贡布雷的有机构造，惊人地雷同。同样的圆形，同样地由礼仪化的行为与话语系统形成的内聚力。维迪兰的沙龙不是一个简单的聚会地，而是一种观察、感觉、判断的方式。沙龙也是一个“封闭的文化”，所以沙龙同样排斥一切危及其精神统一的东西。它具有与贡布雷相同的“清洗功能”。

贡布雷和维迪兰沙龙很相似，而且由于对二者而言，“异体”都是可怜的斯万，这种相似变得很明显。斯万登维迪兰家门，是因为爱上了奥黛特。斯万辱没门庭的行为，他的博爱思想，还有他与贵族的联系，对维迪兰比对贡布雷显得更危险，“清洗功能”运作起来也就更凶猛。作为对斯万带来的泛泛的不快的回应，姨祖母仅仅说一些不伤人的挖苦话，睦邻关系没有受到破坏。斯万还是一个“受欢迎的人”。在维迪兰客厅里，形势就变了。当“女主人”意识到斯万不能融入她的沙龙时，微笑变成了强压怒火的干笑，驱逐令下达了，沙龙的门“砰”地关上了，斯万被扔到屋外沉沉黑夜中。

沙龙的精神统一包含的紧张和严厉，是贡布雷所没有的。从表现这种统一的宗教形象来说，二者的区别尤其明显。贡布雷的形象大多取自原始宗教、《旧约》和中世纪基督教，那气氛是史诗繁荣、处于青年时代的社会所特有的，宗教信仰很强烈，也很幼稚，社会以外的人都属野蛮人之列，但并不遭到仇视。

维迪兰沙龙的形象全然不同。宗教裁判所和“追捕女巫”的主题统摄全局。女主人总是身先士卒，随时准备打退“非信徒”的进攻。她把分裂扼杀在萌芽状态。她不停地在朋友身边巡视。脱离她进行的活动一概被否定。她要求绝对忠诚。她连根铲除影响“小团体”正统地位的宗派观念和异端思想。

维迪兰的神性和贡布雷的神性为什么有这么大的区别？贡布雷的上帝在哪里？马赛尔的上帝，我们在上文已经说到，是他的家人和大作家贝戈特。这是一些“遥远的”上帝，不可能与马赛尔有任何形而上的竞争。看看叙事人的周围，到处可以发现这种外中介。弗朗索瓦丝的上帝是家里的亲戚，其中首推雷奥妮姑妈。母亲的上帝是大家不敢盯住看以免跨越了我们与他之间那道尊敬和崇拜之线的父亲。父亲的上帝是亲密而又威风凛凛的德·诺普瓦先生。这些上帝始终是可以接近的，他们始终时刻准备对信徒的呼唤做出反应，随时准备满足任何合理的要求。但是他们与凡人之间有不可逾越的精神距离，这就决定了与他们不可能有任何形而上的竞争。《让·桑特耶》里有一段可以看做贡布雷的初稿，内中有对这种集体外中介名副其实的寓意描写。写的是一只天鹅，象征着资产阶级少年生活那种几乎是封建的世界中的介体。在这个封闭的、受保护的世界里，主导感觉是欢乐：

> 天鹅没有离开欢乐……它从河上缓缓漂过，雪白的身体同样洋溢着光彩和欢乐……它一点也没有破坏

> 周围的欢乐，它幸福的神情表明它感觉到这种欢乐，但是它宁静悠闲的姿态毫无变化，犹如一个贵妇人，她欣喜地看着兴高采烈的仆人们，微笑着从他们身旁走过，对他们的欢乐不轻蔑，也不干扰，但是她并不与他们同享欢乐，仅仅在走过时留下一片平静的会意和令人倾倒的风韵。

那么，维迪兰沙龙的上帝在哪里呢？回答并不困难。首先是二流的神，即出入沙龙的画家、音乐家、诗人，他们是至高的神，即所谓"艺术"比较短暂的显现，哪怕显现稍纵即逝，维迪兰夫人也欣喜若狂。同时，官方信仰也安然无恙，没有被忽视，革除那些"俗人""讨厌鬼"，就是打着官方信仰的旗号。亵渎神明比在贡布雷受到的惩罚严厉得多，区区小事就能惹出丑闻。于是我们就倾向于得出结论说，维迪兰家的信仰比贡布雷更强烈。

两个"封闭世界"的区别，即沙龙封闭得更严密，似乎从外中介的强化得到解释。不管怎么说，这个结论从表面现象看好像是对的。但是，表面现象是虚假的，因此小说家抛弃了这个结论。在外中介的上帝背后——在维迪兰家外中介的上帝不再具有任何真实力量——隐藏着内中介真正的上帝，即恨的上帝，而不再是爱的上帝。驱逐斯万，打的是天上的上帝的旗帜，然而实际上，这个惩罚是针对无情的介体的，即针对给维迪兰夫人吃闭门羹的高傲的盖尔芒特家，以及斯万有一天突然暴露的他所属于的那个世界的。维迪兰沙龙女主人真正的上帝在盖尔芒特家的客厅里。然而，这个女人宁可死，也不愿公开地，甚至不愿悄悄地按盖尔芒特一家要求的那样向他们表示尊敬。所以她才以狂热而虚假之情，行伪美学宗教之礼。

从贡布雷到维迪兰的沙龙，表面上看，“封闭小世界”的结构没有变化，只不过结构最表层的特征更明显、更突出罢了。我们无妨这么说，结构表面变得比以往任何时候都更加表面了。沙龙将贡布雷有机的统一漫画化，好比木乃伊将活人的面孔漫画化，突出了活人面孔的特征。但倘若我们仔细观察，就可以发现，二者的结构成分虽然相同，但是排列次序不同。在贡布雷，对野蛮人的否定始终从属于对上帝的肯定。在维迪兰家，恰好相反，统一之礼实际上是乔装打扮的分裂之礼。人们遵循这些礼仪，不是为了与以同样态度对待这些礼仪的人交流，而是为了显示与不遵循礼仪的人有区别。对万能的介体的恨，超过了对信徒的爱。这种仇恨在维迪兰沙龙生活中占据过于重要的位置，构成了形而上真实唯一的然而也是不容置疑的标志：被仇恨的外人乃是真正的上帝。

表面的一致掩盖着两种完全不同的中介。我们现在已经不再是从个人层次，而是从“封闭的小世界”的层次上来观察外中介向内中介的过渡。贡布雷的童年之爱让位于成年人恨的竞赛，让位于攀附者和情人形而上的竞争。

集体内中介一丝不苟地再现了个人内中介的特征。“自我之间”的幸福和成为自我的幸福同样不真实。维迪兰沙龙对外显示咄咄逼人的统一，其实不过是外表。沙龙对自己也只有蔑视。对可怜的萨尼埃特的折磨暴露了这种态度。萨尼埃特是维迪兰沙龙最虔诚的信徒，沙龙里一颗纯净的灵魂。假如沙龙确实像他想象的那样，那么他能够也应该起雷奥妮姑妈在贡布雷所起的作用。但是他非但没有受到礼遇和敬重，反而备受侮辱。他是维迪兰一家人的出气筒。沙龙没有意识到，侮辱萨尼埃特实际上是自我蔑视。

贡布雷和沙龙生活之间的距离并不是“真”上帝和“假”上帝的距离。也不是一个善良而有用的谎言与冷酷的真实之间的距离。不要跟着马丁·海德格尔说什么上帝“走远了”。上帝比任何时候都近。新浪漫主义的观点和小说天才之间的差别在这里看得很清楚。新浪漫主义思想家大张旗鼓地谴责资产阶级世界崇拜官方价值和过时偶像的虚伪性，他们认为自己眼光敏锐，因而沾沾自喜，浅尝辄止。他们相信神圣的源泉已经枯竭，却从来不问一问资产阶级的虚伪（hypocrisie）究竟掩饰了什么。只有小说家揭开了官方崇拜骗人的面具，一直挖掘到了内中介隐藏着的上帝。普鲁斯特和陀思妥耶夫斯基没有俯拾哲学家的唾余，把我们的世界解释为缺少神圣的世界，而是认为神圣遭到歪曲和腐蚀，从而使生活的源泉被一点一点地毒化。

我们逐渐远离贡布雷，肯定的爱的统一便朝着否定的恨的统一转变，朝着掩盖着双重性和多样性的假统一转变。

贡布雷只需要一个，对立的沙龙却需要好几个，道理就在于此。首先有维迪兰的沙龙和盖尔芒特的沙龙。沙龙的存在全靠彼此的作用，在被双重中介又分又合的不同团体之间，我们再次发现了与决定个人间关系的主奴辩证法则相近似的法则。维迪兰的沙龙和盖尔芒特的沙龙暗地里进行着争夺社交界领导权的斗争。在小说大部分篇幅中，掌握领导权的是盖尔芒特公爵夫人。从侧面看这个生了一副鹰隼面孔的公爵夫人傲慢、冷漠、尖刻，她的影响极广，所以她就好像是所有沙龙的共同介体。然而她的影响与任何一种影响一样，是空洞而抽象的。盖尔芒特夫人当然不会用希图进入她的沙龙的那些人的眼光来看自己的沙龙。如果故作热爱艺术状的资产者维迪兰夫人梦想的不过是贵族地位，那么贵族盖尔芒特夫人梦想的则只是文学艺术的荣誉。

很长时间里，维迪兰夫人在和盖尔芒特沙龙的斗争中处于下风。但是她不甘心俯首称臣，而且执著地掩饰自己的欲望。在这里与在其他地方一样，“英雄的”谎言最终结出果实。内中介的运作要求维迪兰夫人最终进入盖尔芒特公爵的公馆，至于公爵夫人这个已经麻木的女主人（maîtresse），她滥用权力，挥霍自己的威信，最终失去了在社交界的地位。小说规律决定了这种双重的倒置。

* * *

贡布雷在书里一直被描写成一种家长制，说不清它是专制的还是自由主义的，因为它独立运作。相反，维迪兰沙龙却实行狂热的独裁制，女主人是极权国家的元首，她的统治手段是将花言巧语和冷酷无情巧妙结合。当普鲁斯特讲到贡布雷赋予一个人保王主义情感时，他谈的是爱国主义（patriotisme）；当他转向维迪兰沙龙时，他谈的是沙文主义（chauvinisme）。爱国主义和沙文主义的区别突出地反映了贡布雷和沙龙之间微妙而又深刻的差异。爱国主义属于外中介，而沙文主义属于内中介。爱国主义已经是自爱，但是它还是对英雄和圣徒真诚的崇拜。爱国热情不需要依靠与其他国家的竞争。沙文主义正好相反，它是与其他国家竞争的结果。这是一种否定的感情，这种感情的基础是恨，换句话说，是对他者隐蔽的崇拜。

普鲁斯特对世界大战的看法虽然很谨慎，毕竟还是流露出一种深刻的反感。法国的沙文主义属于一种和攀附相似的中介。沙文主义者仇恨强大、善战、纪律严明的德国，因为战争、强盛和纪律正是他们自己的梦想。满怀复仇心的民族主义者从巴莱斯（Barrès）的作品吸取营养，鼓吹“土地和死亡”[1]，然而土地和死亡对他们没有意义，他们自以为根扎得很深，实际上飘浮在抽象中。

在《追忆似水年华》的末尾，战争爆发了。维迪兰家的沙龙变成了极端顽固派的大本营。全体信徒都紧步女主人的后尘。布里肖在巴黎一家大报上发表火药味十足的专栏文章。甚至连小提琴家莫莱尔也表示要“尽他的责任”。社交场的沙文主义在平民的、民族的沙文主义中得到补充表现。所以，沙文主义形象远不只是个形象而已。在沙龙这个小世

[1]“扎根自己的土地”是巴莱斯小说的重要主题。——译者注

界和进行战争的国家这个大世界之间，有的只是大小之别，欲望是相同的。不停地使我们从一个规模级转向另一个规模级的各种隐喻把我们的注意力吸引到结构的同一性上来。

法国之于德国，好比维迪兰沙龙之于盖尔芒特沙龙。但是，维迪兰夫人作为“讨厌鬼”的死敌，最后嫁给了盖尔芒特公爵，携带辎重投到了敌军营垒。既然社交场的沙文主义和民族沙文主义精确对应，那么我们就要找一找，在大世界中有没有同小世界里发生的这出戏相对应的事。说维迪兰夫人这样做几近“背叛”，并不夸张。二十年后，爆发了第二次世界大战，普鲁斯特要是能够目睹这次战争中发生了什么事的话，保准可以对他的隐喻进行补充。1940 年，某种抽象的沙文主义，曾在长达四分之三个世纪里，咆哮如雷地反对那些羞答答提出与当时还待在自己国境线里的传统敌人达成某种妥协的人，现在却投入飞扬跋扈的德国人的事业。维迪兰夫人也一样。她一直在她的“小团体”里大搞恐怖统治，凡对“讨厌鬼”稍微心慈手软的“信徒”，都被扫地出门，直到这一天，她自己嫁给盖尔芒特公爵，她的沙龙把“信徒们”关在外面，却向圣日耳曼区最恶劣的攀附者敞开大门。

自然，有的批评家认为，维迪兰夫人在社交场的一百八十度大转弯，证明了她的“自由”。要不是这些批评家拿这个所谓的自由，来向时髦思想家要求给普鲁斯特“平反”，并且为普鲁斯特洗刷可怕的“心理主义”罪名的话，说他们有几分道理却也过得去。他们说：“瞧，维迪兰夫人能够把她的原则掷到九霄云外。这个人物完全有资格出现在一部存在主义小说里，普鲁斯特堪称描写**自由**的小说家！”

这些批评家重复了让·普雷渥的错误，普雷渥就认为雷纳尔先生政治立场的转变是一个自发的行动。如果维迪兰夫人是“自发的”，那么那些情绪激昂的“法奸”也是“自发的”了，因为就在头一天他们还是激烈的民族主义者呢。实际上，谁也不是自发的，在上述两个情况下，都是双重中介在起作用。对害人的神明吵吵嚷嚷的报复，在条件有利的情况下，一准儿会让位于对“联合”的尝试。所以地下人会停止他的复仇计划，给侮辱他的军官写了一封情绪狂乱的信。所有这些表面的“皈依”没有任何新东西。在这里，任何一种自由都没有表现出同过去的地位一刀两断的力量。皈依者甚至连介体都没更换。我们产生变更的幻觉，那是因为我们没有看到以“羡慕、嫉妒和无力的仇恨”为其唯一果实的那个中介。果实的苦味掩盖了上帝的存在。

* * *

两种沙文主义结构上的一致，从排斥夏吕斯男爵这件事上也看得很清楚。这件事鲜明地再现了斯万的不幸遭遇。夏吕斯是被莫莱尔吸引到维迪兰家的，斯万则是受到奥黛特的吸引。斯万是盖尔芒特公爵夫人的朋友，夏吕斯是公爵夫人的小叔子。所以男爵绝对是个“讨厌鬼”和颠覆性人物。沙龙的“清洗功能”对他发挥了作用，而且特别残酷。形而上欲望造成的对立和矛盾较之在《斯万的爱情》中更加明显、更加痛苦，因为介体在这里要近得多。

战争爆发了。维迪兰夫人“判决书”上的罪行说明也涂上了时代色彩。除却传统的“叫人讨厌”，又增加了“德国间谍”。“沙文主义”的小世界和大世界已经很难分辨，不久维迪兰夫人便索性把它们混为一谈了。她向全体客人宣布，两年来，夏吕斯对她的沙龙“没有停止过侦察”。

这句话再清楚不过地揭示了形而上欲望和仇恨对事实的系统歪曲。这种歪曲造成了感觉在主观上的统一。我们立刻会想到，这句话既然活现出女主人的嘴脸，那么它就不可能再对这句话抨击的对象夏吕斯男爵有什么揭示作用。假如个人的本质只能从不能再缩小的“差别”中寻找，那么这句话就不可能在揭示维迪兰夫人的本质的同时不歪曲夏吕斯男爵的本质。它不可能包容两个彼此不相容的本质。

然而，这句话恰恰完成这样一个奇迹。维迪兰夫人说两年里夏吕斯不停地侦察她的沙龙，这是在描绘她自己，也是在描绘男爵。夏吕斯当然不是间谍，女主人夸张得太过分了，但是她很清楚自己在做什么，一箭射中了夏吕斯身上最虚弱的地方。夏吕斯是极端失败主义者。对他来说，内心里藐视“蛊惑宣传”还不够，他口出狂言，到处煽动，在大庭广众之下也无所顾忌。他的亲日耳曼思想把他自己扼杀了。

普鲁斯特用大量篇幅分析了夏吕斯的失败主义。他分析了种种原因，最重要的原因是同性恋。漂亮士兵在巴黎到处可以看到，然而对夏吕斯来说却是水中望月。这些可望而不可即的军人，在他眼里简直是“甜蜜的刽子手”，他们理所当然和恶相连。战争把世界划分为两个敌对营垒，滋养了受虐狂本能的二元论。既然协约国的事业是可恶的迫害者的事业，那么德国当然就和被迫害者的善相联系。夏吕斯把自己的事业和敌对国家的事业相提并论，还因为德国人从外表说确确实实令他反感，而他又不能够把德国人的丑陋和他自己的丑陋分开，把德国人的失败和自己的失败分开，故而他认为替受攻击的德国辩护，就是为自己辩护。

他的这些情感本质上是否定的。他对德国的爱远不及他对协约国的恨强烈。他对沙文主义战战兢兢的关注，是主体对介体的关注。他的 Weltanschauung[1] 充分证明了上一章里讲的受虐癖公式。

如果我们研究一下夏吕斯男爵性生活和失败主义思想之间的连接部，亦即他的社交生活，他生活的统一便一清二楚了。

夏吕斯是盖尔芒特家的成员，在他嫂子盖尔芒特公爵夫人的沙龙里，他是偶像崇拜的目标。不论在什么场合，尤其当有平民朋友在场的时候，他总要夸耀高贵的出身。然而，圣日耳曼区对他的诱惑力，远不及对那些资产阶级攀附者。形而上欲望的性质决定了，人们绝对不以可接近的目标为对象。所以夏吕斯男爵的欲望不是朝着贵族区，而是朝着“肮脏的”下层。他对莫莱尔这个丑恶人物的感情，可以从这种“下行的”攀附中得到解释。夏吕斯套在音乐家头上的

〔1〕德语“世界观”。——译者注

不良名声，波及整个维迪兰沙龙，这位世家子弟很难分清什么是维迪兰沙龙的资产阶级色调，什么是通常构成他心底欲望背景的那些最鲜明的色彩。

沙文主义的、违反道德的、资产阶级的维迪兰沙龙，是沙文主义的、违反道德的、资产阶级的法国这个更广阔的恶环境里诱人的黑窝。维迪兰沙龙庇护着迷惑人的莫莱尔。战时的法国，有的是漂亮军官，男爵在维迪兰沙龙，“居家”的感觉，并不比在沙文主义的法国强烈，他生活的地方是法国，欲望吸引他去的地方是维迪兰沙龙。贵族的、刻板守德的盖尔芒特沙龙，在男爵社交观念中所起的作用，与可爱但遥远的德国在男爵政治观念中所起的作用相似。爱情、社交生活、战争，是男爵完全统一——或者毋宁说因为矛盾而具有完全的双重性——的生活的三个环节。各方面相互应合，证实了缠扰男爵的逻辑。

与维迪兰夫人“沙文主义”忧虑相对立的，是夏吕斯的“反沙文主义”忧虑。这两种忧虑并不像常识认为的那样会使两个忧虑者成为孤家寡人，并没有将他们封闭在两个不可共比的世界里，而是以相互沟通的仇恨使他们相互接近。

这两个人的生活，成分相同，然而成分的组合方式正好相反。维迪兰夫人自认为忠实于自己的沙龙，却对盖尔芒特家心向往之。夏吕斯自以为忠实于盖尔芒特的沙龙，却对维迪兰家心向往之。维迪兰夫人吹捧“小团体”，瞧不起“讨厌鬼”，夏吕斯吹捧盖尔芒特沙龙，瞧不起“卑贱的人”。只消颠倒一下次序，就能够从这一个世界转到另一个世界。这两个人物的分歧，乃是一种奇妙的否定和谐。

这种对称使维迪兰夫人能够在短短的一句话里，以古怪而鲜明的形式道出自己的真相和男爵的真相。指责夏吕斯是间谍，在维迪兰夫人，就是不露声色地对盖尔芒特家的倨傲态度提出抗议。持常识的人看不出“关于小团体组织的详细报告”对德国统帅部会有什么用处。他们看出维迪兰夫人是在说疯话，但是他们愈是看到维迪兰夫人说疯话，就愈是看不到夏吕斯同样也在发疯。从失去正常理智这一点来说，维迪兰夫人同男爵很相近。此疯狂能够转变成彼疯狂，常识在社交生活和战争之间划的界线根本不在话下。如果说维迪兰夫人的沙文主义是针对盖尔芒特沙龙的，那年夏吕斯的失败主义则是针对维迪兰沙龙的。一方只要向自己的疯狂让步，就能够对他者形成一种尖锐而有限的认识。说尖锐，是因为激情胜过了麻痹理智的对盲目的客体崇拜；说有限，是因为激情没有觉察欲望三角，没有看到他者自负的背后隐藏的忧虑，没有看到他者的主宰是表面的。

普鲁斯特仅用几句话，就让我们看到了仇恨在两个个体间可能建立的复杂联系。维迪兰夫人的话既是知，又是妄；既是纤毫毕现的真实，又是胡编乱造的谎言。她的话，在各种各样的组合和延伸上，其丰富足以同马拉美的诗句媲美，然而一切都并非小说家杜撰。小说家的妙思直接向一种主体间的真实汲取营养，这种真实，当代的心理分析理论和哲学理论都未触及。

维迪兰夫人这句话说明，在沙龙及内中介层次上建立的关系，与外中介阶段建立——或者毋宁说不能建立——的关系完全不同。我们已经看到，贡布雷是误会的王国。既然自主是真实的，那么与外界的关系就必然是表面的，不可能出现环环相扣的长故事，贡布雷的小场景，与堂吉诃德的不同经历一样，彼此独立。故事连接的顺序几乎无关紧要，因为每一个故事都构成一个有意义的整体，核心就是误会。

人们可能会认为，在内中介层次上，更不可能有交流，因为个人之间、沙龙之间，彼此的冲撞越来越强烈。人们可能会认为，分歧（différences）会日益扩大，在彼此日益封闭的小世界之间，任何一种关系都建立不起来。这正是每一个浪漫主义作家企图要我们相信的观点。浪漫主义从我们与他人对立最尖锐的地方寻找绝对属于我们的东西。它把人一分为二，第一是表层部分，在这个部分有可能与他者达成一致；第二是深层部分，在这个部分不可能与他人达成一致。这样的划分是欺人之谈，这一点，小说家已经说得很清楚。本体病不会将个人变成彼此咬合不住的坏齿轮。维迪兰夫人的沙文主义和夏吕斯的反沙文主义彼此咬合得天衣无缝，因为前者凹陷的地方，后者正好凸起。浪漫主义大肆宣扬的分歧，就是齿轮的齿；机器转动靠的是这些齿，以前不存在的小说世界（un monde romanesque）的出现，靠的也是这些齿。

贡布雷确实是自主的，然而沙龙不是。沙龙愈是酸溜溜地要求自主，自主性就愈差。在内中介层次上，集体与个人一样，已经不再是绝对的参照中心。人们必须将沙龙放在与竞争沙龙的对立态势中，放在每一个沙龙都不过是其中一个元素的整体中，才能理解沙龙。

在外中介层次上，有的只是一个个“封闭的小世界”。彼此的联系很松散，所以还没有真正意义上的小说世界，就像17世纪前没有“欧洲合作”一样。“欧洲合作”是民族竞争的结果。各民族彼此困扰。它们的关系日益密切，但是这种关系常常以否定的形式出现。个人对个人的吸引会造成个人主义，同样，集体对集体的吸引会造成“集体个人主义”，又叫民族主义、沙文主义、“自给自足”精神。

个人和集体的神话大同小异，因为它们都掩盖着同物对立。同样，成为自我的意愿，成为“自我间”的意愿，都包藏着成为他人的欲望。

“封闭的小世界”是中性粒子，彼此间不存在任何作用力。沙龙是正粒子或负粒子，彼此相吸或相斥。不再存在单子，只有假单子，这些假单子构成了一个广阔的封闭世界。这个世界的统一与贡布雷的统一同样无可挑剔，只不过建立在相反的原则上。在贡布雷，最强的是爱；而沙龙世界的产生，靠的是恨。

在《索多姆和戈莫尔》的地狱里，恨获得压倒优势。奴隶围绕主人，而主人自己同时也是奴隶。个人和集体既是不可分割的，又是完全孤立的。小说世界有如宇宙，卫星环绕行星，行星环绕恒星，这个形象在普鲁斯特的作品里反复出现。与此相关的另一个形象，则是计算行星轨迹、寻找行星运行规律的爱好天文的小说家。

给小说世界注入凝聚力的，是内中介的规律。只有认识这些规律，才能回答乌亚谢斯拉夫·伊万诺夫（Vyacheslav Ivanov）在评述陀思妥耶夫斯基的著作时提出的问题。这位俄国批评家问道："为什么分离会成为联合的关键？为什么恨偏偏能够把彼此仇恨的人牢牢钉在一起？"

* * *

通过连续的、无明显过渡的运动，能够从贡布雷转变到沙龙世界。不应该像施虐狂将善与恶对立起来那样，将**外**中介和**内**中介对立起来。倘若我们对贡布雷的考察再细一点，我们就能够从中发现沙龙所具有的种种弊端，只不过一切弊端都还在萌芽状态。

姨祖母对斯万的嘲弄，是维迪兰夫人和盖尔芒特夫人逼人气焰的第一张图画，色彩当然淡得多。天真的外祖母忍受的小折磨，预示了维迪兰家对萨尼埃特的冷酷心肠，以及盖尔芒特夫人对老朋友斯万粗暴的冷面孔。马赛尔的母亲市民气十足地拒绝接待斯万夫人。叙事人想方设法要解开弗朗索瓦丝的"秘密"，玷污了她身上神圣的东西。他一心一意要摧毁自己对雷奥妮姑妈的天真崇拜。雷奥妮姑妈本人则滥用她超常的威信，挑动弗朗索瓦丝和厄拉丽毫无意义地争斗，她变成了一个暴君。

否定因子在贡布雷已经存在，封闭小世界之所以能够闭关自守，就因为有这个因子。这个因子保证对危险的真相进行清理，它逐渐膨胀，最后在社交沙龙便吞没了一切。按照常规，这个否定因子植根于自负。不让姨祖母承认斯万社会地位的是自负，不让马赛尔的母亲接待斯万夫人的是自负。这时的自负尚处于萌芽状态，但是其实质在小说中一以贯之。破坏刚刚开始，但是决定性的选择已经做出。索多姆和戈莫尔在贡布雷已经初见端倪。只需要顺坡滑下去。只需要听任这个不断加速的运动挟带我们，离神秘的中心愈来愈远，我们就可以从一个世界转到另一个世界。在卧床的雷奥妮姑妈身上，这个运动简直觉察不出来。在那个过于目不转睛地望着贡布雷的诸神，随时准备拜倒在各种异国情调面前的孩子身上，这个运动却已然加速了。

这个永远不可企及而且逐渐远去的中心是什么？普鲁斯特没有直接回答，但是作品的象征手法替他回答了，有时还违拗了他的本意。贡布雷的中心就是那个“微缩了整个村镇，代表村镇，向远方谈论村镇，为村镇说话”的教堂。教堂的中心是圣伊莱尔钟楼，钟楼对于村庄的位置，就如雷奥妮的卧室对于整个家庭的位置。钟楼让“村里的各行各业、每时每刻、每种观点获得形式、意义和承认”。贡布雷全体神明都集中在钟楼脚下：

> 必须不断地返回钟楼，它总是君临一切，从意想不到的尖顶上对房舍发号施令，它仿佛上帝的手指立在我面前，上帝的身体可能隐迹于芸芸众生，不过我并不会因此而将上帝和众生混淆。

钟楼从四面八方都可以看见，但是教堂永远是空的。在外中介里，凡尘和世俗的上帝就已经是偶像，这些上帝不排列在钟楼的垂直线上，但是他们距离钟楼很近，这样一眼望去，能够同时看到贡布雷和教堂。随着介体逐渐接近欲望主体，超验逐渐偏离垂直线，起作用的成了偏斜超验，它把叙事人和他的小说世界带进几个同心圆，使叙事人和他的世界离钟楼越来越远。这几个同心圆是《在少女们身旁》《在盖尔芒特家那边》《索多姆和戈莫尔》《女囚徒》和《女逃亡者》。离神秘的中心愈远，动荡就愈痛苦、越激烈、越空洞，直到《重现的时光》将整个运动翻了个儿。圣伊莱尔钟楼的暮鸦就预演着这个远逝和复归的运动：

> 从钟楼的两个窗户，……（钟楼）有规律地每隔一阵放一群乌鸦飞下，它们聒噪着，盘旋飞翔，好像本来对它们降落栖息熟视无睹的古老塔石，突然变得难以安身，石头里释放出一种动荡不停的物质，干扰了它们，把它们从塔里轰出来。待乌鸦在紫色绒毛般的暮霭中上上下下飞了个够，它们又蓦地安静下来，重新落回塔楼，险情消失，恢复平安。

* * *

普鲁斯特的作品具有社会学意义么？耳熟能详的一种说法是，在社会学意义方面，《追忆似水年华》不及《人间喜剧》或者《卢贡－马卡尔家族》。人们说，普鲁斯特只对旧贵族感兴趣，所以他的作品缺乏“广阔的客观性”。在这种判断的背后，我们看到了小说艺术陈旧的现实主义观和实证主义观。按照这种观点，小说天才应该细致地描写一系列人和物，尽可能全面地描绘经济现实和社会现实的图画。

如果听信这个观点，那么普鲁斯特就是一个平庸的作家，比人们说的还要平庸。指责他“把他的研究局限于圣日耳曼区”，这对他还是过奖了。即使在人们给他保留的这个狭窄领域里，普鲁斯特也没有进行过系统研究。他说盖尔芒特家很阔，说谁谁破产了，都语焉不详。在自觉的小说家用一大堆旧文书、遗嘱、清单、账本、法庭传票、股票和债券把我们淹没的地方，普鲁斯特仅仅随便地描写几次饭后茶余的谈话。而且他从来不正面描写，总是在写其他事情时顺带提几笔。他的描写没有任何称得上研究的东西。他甚至不想用斩钉截铁的口气或者列举一大堆乱七八糟的事物来暗示自己已经“将材料挖掘罄尽”。

社会学家感兴趣的问题，似乎一个也没有引起普鲁斯特的注意。大家由此得出结论，普鲁斯特对社会问题无动于衷。不管人们是斥责这种冷漠态度，还是推崇这种态度，都是一种否定行为，是为特殊审美观服务的某种阉割行为，有点类似古典戏剧对民间词汇的排斥。

我们有足够的理由摒弃关于小说艺术的这种狭隘观点。普鲁斯特的真实是完全的真实。这种真实涵盖了个人和集体生活的所有方面。即使小说稍稍忽略了个人和集体生活的某个方面，它也肯定指出了一个观察角度。社会学家认为普鲁斯特的作品与他们的研究毫不相干，这是因为小说的社会学和社会学家的社会学根本对立。这种对立不仅涉及问题的解决和解决方法，而且涉及需要解决的问题的材料。

在社会学家看来，圣日耳曼区无疑是社会图景上一个细小但是十分真实的部分。这个地区的界线一清二楚，所以从来没有人怀疑界线的存在。但是，随着我们不断深入普鲁斯特的作品，界线变得模糊起来。当叙事人最终进入盖尔芒特家以后，他深感失望。他发现这里的人们所思所言，和别处完全相同。圣日耳曼区的本质似乎消失了，盖尔芒特的沙龙失去了特点，与已经见识过的社交界混合成一幅模糊单调的画面。

我们不能按传统来定义圣日耳曼区，因为传统已经不为像盖尔芒特公爵夫人这样一个既出色又平庸的人物所理解。我们也不能用世袭来定义圣日耳曼区，因为像勒鲁瓦夫人这样的资产阶级女人，社交界的地位比维尔帕里基斯夫人辉煌得多。自从19世纪末以来，尽管圣日耳曼区仍旧广有财富，尽管有权势的人仍旧在这里聚会，但是这里已经不再是政治权力和金融权力的中心，这里也没有一种与众不同的精神状态。这里的人政治上反动、艺术上倒退、文学上短见。这里没有任何东西可以使盖尔芒特的沙龙有别于20世纪初其他阔绰闲逸的沙龙。

对圣日耳曼区感兴趣的社会学家无须看《追忆似水年华》，这部小说对他们非但无用，而且有害。社会学家以为抓住了研究对象，可是对象眼见得从他手指缝里溜掉了。圣日耳曼区既不是阶级，也不是集团，也不是帮派，社会学家惯用的范畴，一个也用不上。圣日耳曼区仿佛某些微粒子，当科学家用仪器对准它们的时候，它们就不见了。这个对象无法单独抽出来。一百年来，圣日耳曼区已经不再存在，但是同时它又存在着，因为它刺激着那些最强烈的欲望。圣日耳曼区从哪里起，到哪里止？我们一无所知，但是攀附者却了然于心，绝不会有什么疑惑。攀附者大概具备第六感官，能够准确地衡量某个沙龙的社交价值。

圣日耳曼区对于攀附者是存在的，对于非攀附者则不存在。或者不如说，如果非攀附者不愿意为了解决问题而信赖攀附者的见闻的话，圣日耳曼区就不存在。它只对攀附者才完全存在。

人们责备普鲁斯特死死抓住一个狭隘的环境不放，然而对这种狭隘性，谁也没有普鲁斯特认识得深刻、揭露得有力。普鲁斯特向我们指出“上流社会”的空虚，这不但是从精神和人的角度出发，而且也是**从社会的角度**出发的：“上流社会的人自造幻觉，以为它们的姓氏有什么社会意义。”在还圣日耳曼区以真面目方面，普鲁斯特比他的民主派批评者更彻底。事实上，普鲁斯特的批评者相信那个魔幻般的客体客观上存在着，而普鲁斯特则反复申明，客体并不存在。“世界是虚无之王国”，对这句话要从本义上去理解。普鲁斯特反复强调了圣日耳曼区客观的虚无与它在攀附者眼里获得的魔幻的真实之间的反差。

普鲁斯特关注的，不是客体可怜的真实性，甚至也不是变形的客体，而是客体变形的过程。历代伟大的小说家都和他一样。塞万提斯关注的既不是洗脸盆，也不是曼布里诺头盔。他感兴趣的是堂吉诃德将一个普通的脸盆误当成曼布里诺头盔。普鲁斯特感兴趣的，是攀附者把圣日耳曼区当成人人梦想进入的神话王国。

社会学家和自然主义小说家只承认一种真实，他们将这种真实强加给每一个正在感觉的主体。他们所谓的**客体**（objet），是欲望的和非欲望的各种不可调和的感觉之间乏味的妥协。这个客体的可信，是因为它弱化矛盾的中介位置。天才小说家非但不磨平矛盾的棱角，而且尽量叫棱角更尖锐，突出欲望引起的变化。自然主义小说家看不见这种变化，因为他无力批评自己的欲望。小说家揭示欲望三角，他不可能是攀附者，但是他必定曾经是攀附者，他必须曾经欲求而现在不再欲求了。

圣日耳曼区对于攀附者是有魔力的头盔，对于非攀附者是脸盆。人们每天都在喋喋不休地说，世界受到“实际”欲望的驱使：财富、舒适、权力、石油，等等。小说家则提出了一个表面上看似不痛不痒的问题：“什么是攀附？”

小说家在质疑攀附的同时，就以自己的方式对社会机构的隐蔽机制提出了质疑。但是学者们耸耸肩，问题在他们看来太没意思了。要是硬要他们回答，他们就会顾左右而言他。他们认为小说家对攀附感兴趣，出于不纯的动机。小说家本人一定是攀附者。我们觉得事实上应该说他曾经是攀附着。然而问题依然存在。什么是攀附？

攀附者不求任何具体利益。他的快乐，尤其他的痛苦，纯粹是形而上的。现实主义者、唯心主义者、马克思主义者，都不能回答小说家的问题。攀附是一颗沙粒，它掉进科学的齿轮，硌坏了这部机器。

攀附者追求的是虚无。在社会的任何部分，当人与人之间的具体差异消失，或者降到次要地位之后，抽象的竞争便开始了，但是很长时间里，人们却把这种竞争和过去的冲突混为一谈，其实前者只是取了后者的形式。不应该混淆攀附者抽象的焦虑和阶级压迫。攀附并不像人们通常设想的那样属于等级森严的过去，它属于现在，更属于民主的未来。在普鲁斯特的时代，圣日耳曼区处于或快或慢改变着社会各等级的那个变化过程的前端。普鲁斯特把眼光投向攀附者，因为他们的欲望较之普通欲望，包含“更多的虚无”。攀附是普通欲望的漫画像，和所有的漫画一样，攀附将线条夸大，使我们看到了从原型看不到的东西。

圣日耳曼区这个伪客体，对于小说的揭示功能起了特殊作用。这个作用可以比作镭在现代物理学的作用。镭在自然界占据的位置极其有限，就像圣日耳曼区在法国社会占据的位置极其有限一样。然而镭这个稀有物质具备特殊的性质，旧物理学的某些理论因为镭的发现而成为谎言，渐渐地，科学的各个领域都受到了震动。同样，攀附使古典社会学的某些理论成为谎言，它给我们揭示了科学理论还从来不曾涉及的某些行为动机。

在普鲁斯特身上，小说天才是攀附的升华。小说家的攀附把他带向一个抽象社会最抽象的地方，带向惊人空虚的伪客体，也就是说，最适宜小说完成其揭示功能的地方。回过头看，攀附和天才的最初表现是相与混杂的，天才的准确判断和不可遏止的冲动，攀附也具有。只有当攀附者为巨大的希望所振奋，因巨大的失望而痛苦的时候，欲望客体和非欲望客体的差别才能吸引攀附者的关注，他的关注也才能克服每一个新欲望给他设置的障碍。

攀附的漫画夸张功能，先有利于小说家，后也可以有利于读者。阅读，就是重温精神经历，而小说采取的正是精神经历的形式。普鲁斯特在寻得真实之后，便能够从圣日耳曼区向下，进入不那么虚空的社会生活区域，一如物理学家把从“特殊”物质镭发现的规律推广到“普通”物质。普鲁斯特从资产阶级甚至民众的生活圈里同样发现了欲望三角、互为相反的两面无益的对立、对隐蔽上帝的恨、党派清洗，以及内中介各种削弱人的禁忌。

小说真实的不断扩大，将攀附这个概念引入了完全不同的行业和环境。《追忆似水年华》里有教师的攀附、医生的攀附、法官的攀附，甚至还有女仆人的攀附。普鲁斯特对攀附这个词的使用，确立了一种“抽象的”社会学，它是普遍适用的，但是它的理论对于最富裕、最清闲的社会阶层尤其有效。

所以，普鲁斯特远非不关心社会现实。从某种意义上说，他所写的，无非社会现实，因为对于一个写三角欲望的小说家，内心生活已经属于社会，而社会生活又始终是个人欲望的反映。但是，普鲁斯特坚决反对孔德实证主义。他也反对马克思主义。早期马克思主义中的异化（aliénation）与形而上欲望相类同，但是，它仅仅与外中介，以及内中介的高级阶段相对应。马克思对资产阶级社会的分析，比其他许多理论都深刻，但是这种分析被一种新的幻想从基础上破坏了。马克思主义者认为，消灭资产阶级社会，便可以消灭各种形式的异化。对于形而上欲望最尖锐的形式，亦即普鲁斯特和陀思妥耶夫斯基描写的形式，他们未予重视。马克思主义者被客体蒙住了眼睛，他们的唯物主义相对于资产阶级的唯心主义，进步是有限的。

当“需要”得到满足，具体的差别不再控制人与人之间的关系时，新的异化形式便代替了旧的异化形式，普鲁斯特的作品描写的就是这些新的异化形式。我们已经看到，攀附在收入相当、属于同一个社会阶级和同一个传统的人之间，树起了抽象的藩篱。美国社会学的某些直觉认识，可以使我们体会到普鲁斯特思想的深刻。瑟斯特恩·凡伯伦阐述的“挥霍性消费”概念已经是三角形的，对唯物主义理论是致命的打击。[1]消费品的价值完全取决于他者的目光。只有他者的欲望能够刺激欲望。大卫·利斯曼和万斯·帕克

〔1〕瑟斯特恩·凡伯伦（Thorstein Veblen，1857—1929），美国经济学家、社会学家，“挥霍性消费”（亦译作“炫耀性消费”）为其重要理论概念之一。

德[1]更接近我们，他们指出，与普鲁斯特描写的社会同样摆脱了生活需要的束缚，同时又更趋一致的美国广大中产阶级，也被抽象地隔断开。这个阶级一些彼此十分相似却又完全对立的团体之间，各种禁忌和排斥花样翻新。微不足道的差别变成骇人的对立，产生的后果无法估量。控制个人生活的依旧是他者，但是这个他者已经不再是马克思主义异化论中的阶级压迫者，而是同学、同行、同一楼层的邻居。他者离我越近，他的诱惑力就越强。

马克思主义者会说，这些都是社会的资产阶级结构“残留”的现象。要不是我们从苏联社会看到了同样的现象，马克思主义者的论调也许有一点说服力。而资产阶级社会学家看到苏联社会这些现象，便断言“苏联重组阶级”，他们所做的，不过是把水搅浑而已。阶级并没有重组：旧的异化消失了，新的异化又产生了。

社会学家的直觉哪怕再大胆，也从未摆脱客体的束缚。他们统统没有达到小说的思考水平。他们试图把古老的阶级差别，以及由外界造成的差别，与形而上欲望造成的内在差别相混淆。由于从一种异化过渡到另一种异化需要一个很长的过程，其间双重中介不露痕迹地发展，完全不触及外表，所以混淆很容易发生。社会学家发现不了形而上欲望的规律，

---

〔1〕大卫·利斯曼（David Riesman，1909—2002），美国社会学家；万斯·帕克德（Vance Parkard，1914—1996），美国社会学家，传播学家。——译者注

因为他们不懂得，物质价值本身最终会被双重中介吞没。

攀附者不追求任何具体的东西。小说家普鲁斯特觉察到这一点，在个人生活与集体生活的各个层次上，他都从攀附中发现了空洞、对称的对立。他向我们指出，在个人、行业、民族乃至国际的生活中都盛行抽象。他指出，世界大战不是最后一次民族冲突，而是20世纪抽象冲突的第一步。概括地说，斯丹达尔未写完的形而上欲望的历史，普鲁斯特接着写了下去。普鲁斯特指出，双重中介跨越了国界，正演变为我们今天看到的全球规模。

普鲁斯特在用军事行动的术语描写了社交场的竞争之后，又用社交竞争的术语来描写军事行动。先前的形象变成客体，客体变成了形象。这就仿佛当代诗歌里形象的两造是可以互换的。从小世界到大世界，同一个欲望在起作用。结构不变，变化的只有原因。普鲁斯特的隐喻把我们的目光从客体拉开，让我们关注介体，从直线欲望转向三角欲望。

夏吕斯和维迪兰夫人混淆了社交生活和世界大战。小说家超越了他们的疯狂，而他们的疯狂则超越了“良知”。小说家不是将二者混淆，而是有条不紊地将二者同一。因此，小说家在专家的眼里，有可能被认为肤浅，专家指责小说家解释重大事件，找到的原因都是“鸡毛蒜皮的小事”。历史学家希望大家严肃对待历史，他们不能原谅圣西门用几个风流女子争风吃醋来解释路易十四发动的几场战争。他们忘记了，在路易十四时代，只要触犯了王权，就不是“小事”。

纯粹的、完全的小事与可能带来大灾难的小事，二者的差别，很难辨析。圣西门对此很清楚，小说家也很清楚。何况本无所谓小原因、大原因，有的只是形而上欲望无限活跃的虚无。世界大战和沙龙之战，都是这个欲望的果实。如若不信，可以看看两个阵营，同样激昂慷慨，同样在做戏。讲演文章千篇一律，只要调换一下人名的顺序，听众读者就可以随意使其显得娓娓动听或者不堪入耳。德国人和法国人一丝不苟地互相抄袭。有些文字太相像了，使夏吕斯感到一种苦涩的滑稽。

几年前，人们还可以笑话这种普遍存在的攀附。被社交场的焦虑纠缠住的普鲁斯特，在我们看来，似乎与当代的恐怖和忧虑相距十万八千里。但是，我们应该参照近期的历史发展来重新阅读普鲁斯特的作品。到处都看到对称的集团相互冲撞。"歌革"和"玛各"[1]亢奋地相互摹仿又相互仇恨。在那些你死我活却又在暗地里相互调整的对立中，意识形态只不过是个借口。民族主义的国际组织和国际组织的民族主义犬牙交错，纠结成一团解不开的乱麻。

英国小说家乔治·奥威尔在他的小说《1984》里直接描写了这个历史结构的某些方面。奥威尔清楚地看到，极权体制都是双重的（double）。但是他没有看到个人欲望和极权体制之间的联系。读他的作品，我们总有一种感觉，似

[1] 见《旧约全书·以西结书》第三十八章。"歌革"（Gog）为玛各（Magog）地区的君主。上帝叫歌革率军攻打以色列，证明上帝是至高的主，并预言歌革将全军覆灭。——译者注

乎“制度”是从外界（extérieur）强加给无辜的民众的。鲁日蒙在《爱情与西方》里看得就比较远了，他认为集体权力意志和极权体制起源于个人的自负，是个人自负首先产生了神秘的狂热，这样他就更接近小说家的观点了。他说：“很显然，这些相互对立的权力意志——已经有好几个极权国家——只能激烈地相互冲突。他们彼此成为障碍（obstacle）。极权国家激昂的情绪隐含的真实的也是不幸的目的就是战争，而战争则意味着死亡（mort）。”

有人说，普鲁斯特忽略了现代社会生活几个最重要的方面。他只描写了旧时代几乎不值得描写的残余，一种即将消亡的遗迹。从某种意义上说，这样说有一定的道理。普鲁斯特的小世界很快就离我们远而又远。但是，我们生活的这个辽阔的世界却一天比一天更像他那个世界了。背景不同了，范围不同了，但是结构没有变。

这个暧昧的历史发展过程，在四分之一世纪里，将一部相对晦涩的著作，化作一部通透的书。批评家们注意到这部小说杰作越来越明晰，他们认为这是小说自身的光辉产生的结果。是小说自身培养了它的读者，理解之光照耀的范围日益扩展。这种乐观主义的见解和浪漫主义观点有着千丝万缕的联系，因为浪漫主义观点把艺术家当作新价值观的煅烧炉，当作从天界取火交给人类，令人类感激涕零的普罗米修斯。这种理论显然不适用于小说。小说并不带来新的价值观，小说艰难获得的只是过去的小说已经包含的价值观。

《追忆似水年华》的确不再晦涩难懂了，但是它是否得到了更准确的理解，却很难说。伟大的小说作品，其精神作用是微乎其微的，而且众所周知，它几乎从来不会按照作者的设想去发挥精神作用。读者把他已经投射于世界的意义，又投射到作品上。随着时间的流逝，这种投射行为变得越来越容易，因为作品相对社会是“超前的”，然后社会再逐渐去接近作品。这种超前没有任何神秘可言。小说家首先是一个具有最强欲望的人。他的欲望引导他走向最抽象的区域，走向最无意义的客体。这样他的欲望就几乎是自动地将他导向社会大厦的顶层。我们在讨论福楼拜时已经指出，在社会大厦的顶层，存在病总是最厉害的。小说家目睹的病兆后来逐渐向社会大厦下层蔓延，小说家作品里表现的形而上处境对大群读者便逐渐变得熟悉起来，小说中的对立于是从日常生活获得了准确的复制品。

揭示社会精华的欲望的小说家几乎全都具有预言（prophétique）的本领。他描写的主体间结构最后都逐渐变得司空见惯。普鲁斯特是这样，其他小说家也是这样。几乎所有伟大小说家都被贵族社会吸引。在斯丹达尔的每一部作品里都可以发现从外省到京城，从资产阶级生活到风雅生活这样两条线索。堂吉诃德的冒险将他一步步引导向贵族社会。《群魔》里的共同介体斯塔弗洛金是贵族，《白痴》《群魔》《小鬼》《卡拉马佐夫兄弟》都是“贵族”小说。陀思妥耶夫斯基多次解释过俄国贵族在他作品中的作用。俄国贵族的衰落，及其道德的沦丧，是俄国社会生活的一面放大镜——只有农民生活例外。即使考虑到语言和伦理观的差异，也可以说，俄国贵族在陀思妥耶夫斯基作品中的作用，就是贵族在塞万提斯、斯丹达尔、普鲁斯特作品中的作用。

上流社会空洞的抽象化，成就了伟大的小说作品，因为整个社会正一步步走向同样的抽象化。像保尔·瓦雷里和让-保尔·萨特这样思想完全不同的两个人，在遣责普鲁斯特作品肤浅方面，居然你应我和。人们喋喋不休地说，普鲁斯特不理解法国，他把法国混同于圣日耳曼区。批评家们有几分道理，但是必须看到，这个天才的混淆包含着普鲁斯特创作最重要的奥秘。描绘社会精英的画家，或肤浅或深刻，全看他是反映形而上欲望，还是相反，能够揭示这种欲望。

只有庸人或者天才敢于写这样的句子："侯爵夫人五点出门。"[1] 在这个使人难堪的平淡或者是绝顶的勇气面前，中等才智的人只能望而却步。

〔1〕瓦雷里以为小说中类似的话毫无意义。——译者注

第十章 普鲁斯特和陀思妥耶夫斯基作品的技巧问题

贡布雷不是客体，而是笼罩所有客体的光。无论“从外面”和“从里面”，这光都是看不见的，作者无法让我们也沐浴到光。况且，我们如果看不见贡布雷，就无从贴近贡布雷。所以小说家的创作，只能依赖贡布雷的感觉与“野蛮人”的感觉之间一系列富于暗示的对比。

普鲁斯特告诉我们，同一客体，对贡布雷和对外界，绝对不是一回事。在“显微镜”下面观察客体、分析客体，将客体“分解成最小的微粒”，这不是小说家的任务。相反，小说家把被我们的客体崇拜分解成客观（objectives）材料的主观（subjectives）感觉重新组合起来。所谓“把感觉分解成最小微粒”的普鲁斯特只存在于某些批评家的想象中。这样的谬误，委实令人吃惊，因为原子论和感觉论的观点，即认为可以将一种难以名状的感觉分解成客观粒子的观点，普鲁斯特在小说的头几页已经加以驳斥。

甚至像所谓“看望熟人”这样简单的行为，部分说

> 来也是一种心智行为。我们用关于我们看望的这个人的种种概念，来充实他的音容笑貌，他在我们心中的整个形象，与这些概念肯定有很大关系。久而久之，这些概念使他的面颊丰满起来，分毫不差地勾画他鼻子的轮廓，而且尽量仔细分辨他声音的高低粗细，仿佛声音只是透明的外衣，结果我们每次看到他的脸，听到他的声音，实际上看到、听到的都是这些概念。

今天，人们又向普鲁斯特展开了文字战。人们从他作品里找到一个废弃不久的词，便得意洋洋宣称整个作品都过时了。但是普鲁斯特这个天才小说家从他的天主教信仰出发，首先追求易懂。流行哲学轮流给法兰西语言的各个方面强加的种种限制，他统统嗤之以鼻。有些读者在《追忆似水年华》里碰到若干词语便摆出一脸苦相，尽管这些词汇并不比“习惯”“感觉”“观念”“感情”这些词刺眼。我奉劝他们把哲学上的装腔作势稍稍丢置脑后，专心致志寻找小说唯一的实质，那时他们就会发现，现象学的和存在主义的心理分析最丰富的直觉，在普鲁斯特的小说里已经出现。因此我们无妨说，普鲁斯特相对其时代是非常**超前**（en avance）的。另外，我们也不会可笑地认为，我们时代发现的人类真理，过去的人会一无所知。普鲁斯特的“现象学”不过是阐释并发展了所有伟大小说家都具备的直觉。在以往小说家的作品里，这些直觉没有得到理论的延伸，它们体现在小说情境中。最主要的情境是**误会**（quiproquo）。与通俗剧里偶然的误会不同，小说的误会是本质的。误会将两种感觉对立起来，从而揭示它们的特性。误会确定了两个势同水火的个人的或集体的世界，这两个感觉上的帝国主义是如此彻底，以至于它们完全意识不到它们之间的深渊。

堂吉诃德和理发师之间的误会就揭示了感觉上质的差异。堂吉诃德看着是一个神奇的头盔的东西，理发师看着却只是一个普通的脸盆。在上面那段引文中，普鲁斯特论述了势必造成误会的感觉结构，为本质误会奠定了理论基础。前一章已经指出，普鲁斯特在提出理论之后，用许多具体事例进行说明。归根结底，贡布雷的误会与堂吉诃德的误会并无二致。塞万提斯将对比格式化了、夸大了，目的是要获得夸张的喜剧效果。普鲁斯特作品的效果是中间色调的，然而小说揭示功能利用的材料与塞万提斯的小说相比变化不大。《在斯万家那边》里有一出 comedy of error[1]，基本构思和堂吉诃德的历险大同小异。与斯万一起度过的夜晚发生的一连串言语的误会，与堂吉诃德与桑丘在旅店过夜发生的一连串实际的奇遇颇为类同。

受到具有重塑功能的欲望即自负束缚的主观感觉，注定会产生误会，这种主观感觉缺乏“设身处地”的能力。小说家之所以能够揭示这一点，完全是因为他跨越了缺乏这种能力的阶段，战胜了感觉的帝国主义。误会叫两个人物跌进深渊，从而说明他们之间隔着深渊。小说家能够构造误会，就

〔1〕英文“误会喜剧”。——译者注

是因为他看到了深渊，而且脚踩深渊的两沿。

误会的两个牺牲品构成正题和反题，小说家的观点则构成正反题的综合。这三个时刻代表了小说家思想演变三个连续的台阶。对于塞万提斯，假如一件东西不曾先是头盔，然后是脸盆，那么他就不可能塑造堂吉诃德。小说家是这样一个人，他战胜了欲望，然后他在回忆时进行比较。《在斯万家那边》开头，叙事人讲述的就是这个比较过程：

> 我在记忆中，从日后了解得很准确的斯万，想到最初认识的斯万，这时我觉得像是离开了一个人，转向另一个完全不同的人——从最初的斯万身上，我发现了少年时代迷人的错误，最初的斯万与后来的斯万不相像，倒是更像当时我认识的其他人，叫我觉得人生好比博物馆，同时代的画像都像是一家人。

普鲁斯特的叙事人与其他小说家一样，徜徉于虚构的生活博物馆的大厅之间。小说家－叙事人不是别人，正是改正了全部错误，即克服了欲望并且焕发出小说精神的马赛尔。同样，天才的塞万提斯就是克服了欲望的堂吉诃德，是有能力看出脸盆就是脸盆，同时不忘自己曾经把脸盆当作曼布里诺头盔的堂吉诃德。聪明的堂吉诃德要在闪电划破天空时才出现，这就是小说尾声弥留之际的堂吉诃德。《重现的时光》里，普鲁斯特的叙事人也奄奄一息，而且也直到死亡时才被治愈。但是他再生为小说家，从小说的形体中再现为人。

小说家就是治愈了形而上欲望的主人公。普鲁斯特之前，小说的力量是无形的，到了普鲁斯特，小说的力量具形了。小说家是经过再塑的主人公，依照超越重现的时光的需要，他远离主人公原型；依照小说揭示作用的需要，他接近主人公原型。小说家出现在作品里，同时为我们一步一步评论作品。他随心所欲地干预，目的不是人们常说的那样为了多说一点“闲话”，而是为了以神奇的笔墨丰富小说描写，为了把描写推到——无妨这么说——次要地位。譬如，普鲁斯特不限于表现误会，他还阐述误会的理论。某些批评家想从普鲁斯特作品中删除的议论，恰恰构成了理解所有伟大小说作品的绝妙导言。

《追忆似水年华》是小说，同时又是小说的注释。小说素材被思考，通过思考，从历代小说流出的涓涓溪水变成了浩瀚大川。这种变化令人瞠目，所谓普鲁斯特“将感觉分解为最小粒子”，就是对这种变化笨拙的解释。应当对此谬误负责任的，还是现实主义陋习。倘若小说是对现实的摄影，那么我们从普鲁斯特的作品里看到的就是放大的底片，一张纤毫毕现的大相片而已。要搞清楚《追忆似水年华》究竟带给小说艺术哪些新东西，不能从现实主义或者自然主义的复制说出发，而应从塞万提斯和斯丹达尔出发。如果普鲁斯特是一个超级自然主义者，那么感觉在他的作品里就必然具有绝对价值，他就不可能知道，是形而上欲望导致欲望受害人的认识始终违背真实，他就不可能构造种种误会。他的作品就会与爱弥尔·左拉或者阿兰·罗伯－葛里耶的作品一样缺乏小说的幽默感。

* * *

由于小说家－叙事人的出现，普鲁斯特的作品得以充分融入一种思想，这种思想在历代优秀小说中无丝毫踪迹可循。小说家－叙事人的出现同时也适应了其他需要，这一次，这些需要与普鲁斯特小说所揭示的形而上欲望的类型密切相关。

写了贡布雷，再写巴黎，乡下的老房子被香榭丽舍大街和维迪兰的沙龙所代替。介体靠近了，欲望变化了。欲望的结构现在变得相当复杂，作者必须手牵手领着读者穿过迷宫。以往小说的技巧都派不上用场，因为无论哪里都没有真实直接存在，人物的意识和外在现象同样虚假。

譬如，维迪兰夫人自认为对盖尔芒特一伙厌恶至极，她的行为和意识也没有任何迹象说明她的厌恶是假的。她宁可死千遍，也不愿意向他人和**向自己承认**她想受到盖尔芒特家接待想得要发疯。我们到了这样一个阶段，在这个阶段上禁欲已经不再是自觉自愿的行为。于连·索莱尔精心策划的虚伪，被让－保尔·萨特称为“恶的信念”的那种几乎是本能的虚伪所代替。

因此，硬行进入人物的意识已经不够了。面对潜在的双重性，已有的小说技巧束手无策。索莱尔的欲望瞒着玛蒂尔德，但是不瞒他自己。斯丹达尔只需要深入人物的内心世界，就能够使他们真实的欲望昭然若揭。这个手法如今不够了。即便客观描写打破内心与外界的界线，即便小说家自由穿梭于人物意识之间，客观描写也还是抓不住真实。

现实是没有标记的广袤的荒漠，没有什么可以给予我们。要想了解维迪兰夫人的仇恨隐含着的羡慕，我们必须转向未来，必须拿未来的盖尔芒特夫人和现时“小团体”凶悍的女主人相比较。那些“讨厌鬼”，眼下她觉得忍无可忍，而未来的盖尔芒特夫人却对他们大献殷勤。必须将维迪兰夫人社交生涯的不同阶段联系起来，才能抓住这些阶段的真实意义。分析非跨越一个很长的时间段不可。

维迪兰夫人是如此，其他人物，首先是叙事人，也概莫能外。马赛尔头一次看见吉尔贝特，朝她显示了极蛮横的神情。只有时间的流逝，才向我们揭示了这个古怪行为包含的敬慕。少年马赛尔自己有时也弄不明白是什么在驱使他，在他那个幽暗的意识里是找不到真实的。

我们解决不了有关小说揭示作用的问题，除非我们在“现实主义”小说家的全知全能之外再加上一维：时间。“空间的”普遍存在是不够的，还应该加上时间的普遍存在。要添上时间维，不从非人称风格转变为人称风格是不行的。普鲁斯特形而上欲望的特殊方式要求在作品中出现小说－叙事人。

斯丹达尔和福楼拜从来没有真的需要过去和未来，因为他们的人物既没有违背自己而分裂，也没有分解成若干连续的自我。郝麦始终是郝麦，布尔尼贤始终是布尔尼贤。这两个小丑只要碰面一次，就可以一劳永逸地算清旧账。然后就分道扬镳，各自永远愚蠢下去。小说家捕捉到他们时，他们是什么样，便永远是什么样。大同小异的场景在整部小说重复出现。

作为小说直接揭示手段的时间维，福楼拜式的小说家用不上，普鲁斯特则相反，时间维对他不可或缺，因为他的人物既多变，又短视。只有把他们的变化一一写出，才能揭示他们真实的欲望，而能够一一加以描写的只有叙事人。

维迪兰夫人进入圣日耳曼区之后，“讨厌鬼”变得“有趣”了，而昔日的信徒变得叫人讨厌了。以往的见解统统抛弃，换上了相反的观点。这种突如其来的皈依，在普鲁斯特的作品里不是绝无仅有，而是一条规律。考塔尔有一天突然不再玩弄他那无聊的文字游戏，学会了伟大科学家的“冷静文体”。阿尔贝蒂娜自从与有教养的朋友交往之后，言谈举止换了个样。在叙事人的生活里，类似的变化比比皆是。吉尔贝特走了，另一个神明便来替换她。整个世界随着偶像的变化而不断重新组织，新的自我代替旧的自我。

这些自我持续的时间比较长，其间的过渡又是渐进的，所以首先主体本人就被迷惑了，他认为自己始终恪守原则，如磐石般坚定。由于保护机制完美无缺，所以他看不见自己的转变。维迪兰夫人竟不知道自己背叛了可怜的信徒。昔日的反德雷福斯分子，战争期间成了“极端顽固派”，他们不知道这是在打自己耳光。他们振振有词地历数“野蛮日耳曼人”的罪过，殊不知头一天他们还认为尚武精神、固守传统、藐视“女性化文化”都是德国人的优点，他们还在谴责德雷福斯之流的奸细企图叫法国丧失它那些充满阳刚之气的品质。如果你提醒这些人注意，他们改变了说法，他们会严肃地回答道：“这不是一回事。”

这确实绝对不是一回事。马赛尔比其他人物要清醒一点，他预感到会丧失当前的自我，对此很害怕，但是他最后还是完全遗忘了这个自我。不久他甚至怀疑这个自我是否真的存在过。

只有全知全能、无处不在的作者才能聚合时间的碎片，从比较中揭示连人物自己也没有意识到的矛盾。介体的增加，以及中介的特殊方式，都需要一种本质上具有历史性质的艺术。

普鲁斯特的小说刚开始进行揭示时，人物给我们的印象是恒定，恪守力图赋予自己的原则。这是纯粹表面的时期。然后是第二时期。多样取代统一，间断取代连续，变迁取代恪守。真正的神的侧影从背面映到了只有官方信仰才承认的神明的彩纸画像上。

然后是第三时期。从一定意义上说，多样和间断的印象，与初始的统一和恒定的印象一样，也是虚假的。维迪兰夫人进入圣日耳曼区，似乎天翻地覆，然而实际上什么也没变。女主人的思想过去受攀附欲的支配，现在依然如此。风把风向标吹得团团转，但是风向标并没有变，倘若风向标不转了，那它就不是风向标了。普鲁斯特的人物随欲望之风转动，但是莫把他们的转动当作真皈依。他们转过来转过去，原因是同一中介具体条件的变化，或者至多是变更了介体。

因此，跨越多样和间断，另一个恒定形式出现了。每个人只有一种方式追求女人，一种方式企求爱或成功，亦即寻求神。可是，这个恒定不再是资产阶级意识吹嘘的“在”的永恒，而是“无”的永恒。事实上，欲望绝不可能达到它真正的目标，欲望引向遗忘、失败和死亡。

读历代小说家的作品，我们从主观幻觉到客观真实，从“在”的幻想的永恒到“无”的实际的永恒，其间没有任何过渡。在《追忆似水年华》里，小说大部分揭示都包含一个过渡时间，即多样与间断的时间，异质与混沌的时间。这个补充时间揭示本体病正在加剧。这是十足的现代时间，也可以称之为存在主义时间，因为存在主义文学流派对这个时间特别关注。

我们描述的形而上欲望的这个阶段决定了普鲁斯特的小说技巧，因为这个阶段占据《追忆似水年华》的中心位置。再往下读，我们发现本体病继续加剧。中心阶段之前是贡布雷，中心阶段之后，在最后几卷里，我们看到一个更尖锐的阶段，在这个阶段，本体病的后果极其严重，以致小说揭示的条件再次受到干扰。

把夏吕斯男爵和维迪兰夫人两相比较，便可以清楚地显示普鲁斯特描写的欲望在这两个阶段上的差异。

维迪兰夫人不向介体作任何许诺，哪怕是间接的许诺。

她不写那种语无伦次的信。她连人带马转到“讨厌鬼”的营垒，我们并不能因此就说她投降了，相反，倒是敌人放下了武器，无条件举起了白旗。

维迪兰夫人抱住“尊严”不放，夏吕斯则把尊严付之东流。夏吕斯始终对迫害他的人奴颜婢膝，怎样的低三下四他都不在乎。正是因为他毫无体面可言，因为他不能掩饰欲望，所以他才一辈子当奴隶，才成了叫人怜悯的牺牲品，尽管表面上是大老爷，神气活现。

介体的诱惑太强烈了，男爵想要忠实于（哪怕在外表上）他家里的那些神，忠实于他的盖尔芒特“故国”，忠实于他自己希望摆给别人看的形象，统统办不到。夏吕斯的介体比维迪兰夫人的介体更近，这一点解释了男爵为什么无力回到他认为属于他的营垒，而长久地寄身于“敌人”的营垒，不论这营垒是沙文主义的法国还是维迪兰的沙龙。

相对于贡布雷的扎根，夏吕斯代表了比维迪兰的沙文主义更彻底的断根，代表了形而上欲望的第三阶段，这个阶段是对第二阶段的超越，就像第二阶段超越了第一阶段一样。男爵的社会立场，非但不是一种稳定因素，而且像无产阶级化一样使他失去了自己的社会地位。普鲁斯特首先把夏吕斯当作知识分子并没有错，因为正是断根现象造就了知识阶层。

与许多受形而上欲望折磨的知识分子一样，夏吕斯对自己**向下**（vers le bas）超越的那些中介类型洞若观火。比如，他分明觉察到，维迪兰之流的资产阶级之所以继续礼拜已经死亡的神，是因为他们有“恶的信念”。看到那些不再骗得住他的谎言，却依然能把这批平庸之辈哄得团团转，他备感悻然。虽然他头脑十分清醒，然而被形而上之恶控制的人，会受到比他们免疫力稍强的人的诱惑，这一点他照样未能幸免。而且，由于他已经洞悉其中可怜的奥秘，诱惑便越发强烈了。后来地下人面对兹维科夫所徒然具有的那种睿智，以及许多知识分子面对资产阶级（bourgeois）表现出的那种无力的愤怒，在这里已经可见一斑。

夏吕斯气骂可敬的迫害者一钱不值，而且他愈想说服自己，就愈振振有词。他拿聪明才智为武器，抵御介体，抵御他自己的欲望，从这一点说，不枉称他“知识分子”。他拿清醒的头脑做法宝，企图看透这厚重的狂妄的迟钝和难以忍受的惰性。他知道，必须不断重新证实介体看似有奇特的影响力，其实不过是滥造的幻觉。为了更有效地“说服自己不要上当”，夏吕斯花费大量时间“说服周围的人不要上当”。他想消除“成见”。成见的确存在，然而光凭话语伤不了成见一根毫毛。

夏吕斯对维迪兰夫人的了解，胜过维迪兰夫人对他的了解。他对女主人的描绘，他对资产阶级沙文主义的批判，凿凿有据，鞭辟入里。这种对于他者被诱惑的认识之所以是深刻的，是因为这种认识起于对自我的认识。这种认识是大智慧的一种变形。向下的超越摹仿向上的超越，偏离超越与垂直超越二者类同，这一点概无例外。

夏吕斯没有想到，他揭示资产阶级的真实，揭示虚伪掩饰下的欲望，同时也就揭示了自己的欲望。清醒照例是以双倍地昧于知己为代价的。心理圈现在变得如此之小，以至于夏吕斯既要谴责他者，就免不了在大庭广众之下暴露自己。

维迪兰阶段隐秘的矛盾，现在昭然若揭了。夏吕斯不再执著于表面现象。他匍匐在介体脚下，眼睛凝视介体，他举手投足，谈吐议论，摹拟效仿，莫不在宣示着真实……在资产阶级式的三缄其口之后，言语如同潮水，从夏吕斯长年绷紧的嘴巴滚滚涌出；有时是实话，更多的是假话，然而不论什么话都有无限的启示意义。

夏吕斯是个发光体，向四周放光。这光自然夹杂黑暗，但是有如一盏冒烟的油灯，虽然黑烟熏人，却也灿然地给我们光亮。因此，叙事人对于小说的揭示，不再是不可缺少的了。夏吕斯登上前台，马赛尔便悄然下台。男爵在《在少女们身旁》中刚一露面，一种纯描写的技法，一种客观的而且几乎是行为主义的技法便替代了普鲁斯特习惯的技法。夏吕斯是作者让他说话而不打断他的唯一人物。他的长篇独白在《追忆似水年华》里绝无仅有。这些独白是自足的。维迪兰夫人、勒格朗丹、布洛什的某些话，需要长篇注释，而对夏吕斯来说，稍稍提示一下，微微一笑，眨一下眼，便什么都有了。

我们在普鲁斯特的作品里看到形而上欲望的三个主要阶段：贡布雷阶段、维迪兰阶段、夏吕斯阶段。这三个阶段显然和叙事人的经历有关，确定了《重现的时光》之前（不包括这最后一卷）叙事人的精神历程。除外祖母和母亲，所有人物都参与了这个基本过程。所有人物都是主导欲望的泛音。当作品跨越了某些人物被固定其中的形而上欲望阶段之后，这些人物便退至后景；有些人物在反映其性格的欲望消失后，随之死亡或消失；有些人物和叙事人同时变化；还有些人物在一定的时候表现出某种个性特征，在本体病尚未加剧的阶段上，他们的个性特征是隐蔽的，例如圣卢、盖尔芒特公爵以及其他许多人物，他们在《索多姆和戈莫尔》的最后一章里才暴露出是同性恋。在但丁的《神曲》里，无论地狱里的人和天堂里的人，都被与他们有同样恶劣或同样优秀品质的人所包围，与此相仿，普鲁斯特的叙事人从来只同欲望与他十分相近的人来往。

普鲁斯特的欲望第三阶段，即最后几章里描写的阶段，并非夏吕斯一人专有。叙事人对阿尔贝蒂娜的感情和夏吕斯对莫莱尔的感情很相近。这两种激情之间，与马赛尔的爱情和维迪兰风格的资产阶级人物之间，有同样的类同关系。在吉尔贝特阶段，叙事人在爱情生活上经常矫饰遮掩，令人想到维迪兰夫人的社交策略。马赛尔回避吉尔贝特，和维迪兰夫人回避盖尔芒特一家人异曲同工。“原则”保留了某种有效性，表面得到维持，资产阶级秩序继续存在。到阿尔贝蒂娜阶段，意志完全瓦解了。叙事人面对介体保持自我的能力，并不比夏吕斯强。他的行为不断戳穿他的语言，谎话撒得太大，一眼就被看穿，所以也就失去了作用。马赛尔一次也没有哄骗成阿尔贝蒂娜，他变成了阿尔贝蒂娜的奴隶，同样，夏吕斯也变成了莫莱尔的奴隶。

既然叙事人在变化上与夏吕斯指向相同，那么我们在分析夏吕斯时注意到的那些技巧就应该同样适用于叙事人。叙事人对阿尔贝蒂娜的欲望，无异于此前任何一种欲望，但是此时却是从《重现的时光》的角度，亦即事后把握的真实这个角度来描写了。如果我们的分析是对的，那么小说家在第三阶段仅仅对人物的言行做外部描写就行了。矛盾昭然若揭，真实自然会喷发而出。然而事实上普鲁斯特并没有改变他的技法。个中的道理不难理解，只要想一想，改变技法对普鲁斯特这样关注审美的连续性和统一性的作家来说，危害将是何其大啊。不过，理解事实并不能取消事实，因此我们在上文提出的看法似乎大有过于想当然，甚至过于仓促之嫌。所幸的是，普鲁斯特自己有一段话，肯定了我们的看法。普鲁斯特没有利用改变技法的可能性，但是他在一段有趣的文字中，中断了关于叙事人枉费心机哄骗阿尔贝蒂娜的叙述，对小说技巧进行了思考：

> ……所以，我当时的话完全不反映我的感情。如果读者对此印象不深，那是因为作为叙事人，我在重复我的话的时候，表达了我的感情。假如我向读者隐瞒我的感情，如果读者仅仅了解我的言语，那么我的行为由于和言语没有什么关系，就会经常给他一种印象，觉得我莫名其妙地转变，使他以为我疯了。话又说回来，这个手法比起我现在采用的手法不见得更加虚假，因为促使我行动、与我言语描绘的形象迥然相异的那些形象那时

还很模糊，我对于据之行动的形象的性质还是一知半解。如今我已经对客观的真实一清二楚了。

请注意，在普鲁斯特看来，仅仅在《女囚徒》那些忧虑最深的章节，亦即形而上欲望发展最快的部分里，直接揭示才有优势。在比较温和的欲望占主要地位的部分，“莫名其妙的转变”已经出现，但是节奏要慢得多。矛盾的两方面相距很遥远，假如小说家满足于外部的、顺时的描写，那么我们就会像书中人物那样逐渐忘掉并且再也感觉不到那些揭示性的矛盾。在这个阶段上，为了揭示形而上欲望，小说家必须亲自介入，他扮演起教师的角色，向读者讲解定理。

相反，在最后几章里，本体病已经侵入膏肓，人物的生活——再说一遍——失去了稳定，连恒定与同质的虚假表象都不复存在。存在的时间，即异质与间断的时间开始与表象融合。从这时起，也只有从这时起，才可以设想取消小说家–叙事人，可以考虑一种建立在只对矛盾的言行作顺时描写上的小说艺术。

这种“匿情感，写话语”的手法，不是普鲁斯特的手法，而是陀思妥耶夫斯基大部分作品采用的手法。在上面的引文中，《追忆似水年华》的作者实际上对陀思妥耶夫斯基的手法作了精辟的阐述，只是没有提及陀思妥耶夫斯基的名字而已。看起来，普鲁斯特在写这部作品时，没有接触到这位俄国小说家的思想。这样的疏漏，非但不贬低普鲁斯特思想的价值，相反提高了他的思想价值，因为这样我们就不会把引文中与陀思妥耶夫斯基思想的呼应，看做文学上的亦步亦趋了。妙的是这番话是普鲁斯特对自己作品的种种要求所作的思考，这种思考把普鲁斯特引向陀思妥耶夫斯基，使他走到了自己的创作领域与“后继者”创作领域的交界地。普鲁斯特与陀思妥耶夫斯基声气相通并非偶然，这恰好证明了我们在上文中反复申明的小说天才的统一。我们对小说技巧的研究，非但不会在伟大小说家之间划出鸿沟，反而揭示出他们对变幻无穷的小说技巧具有同样的适应能力。

* * *

“匿情感，写话语”的手法何止可以采用，当普鲁斯特讲的“莫名其妙的转变”比在《追忆似水年华》的尾声还迅速时，当促使人物行动的那些形象变得幽暗不明、交错不清，以致任何分析都难免歪曲这些形象的性质时，它便成了唯一贴切恰当的手法。这正是陀思妥耶夫斯基在他大部分作品里面临的选择。

他的基本手法是保持人物间的冲突，将人物间的各种关系消耗罄尽。作品由一系列场景构成，对于场景间的过渡，作者几乎不加推敲。在每一个场景中，人物暴露内心万花筒的一个或几个碎片。任何一个场景都不可能揭示一个人物的全部真实，必须把场景联系起来加以比较，才能发现真实。这项工作，作者完全留给了读者。

因此，进行回忆的是读者，小说家不再像在普鲁斯特的作品里那样替读者回忆。小说的这种变化，无妨以打牌作喻。在普鲁斯特的作品里，牌局进展缓慢，小说家屡屡叫停，回忆刚才的牌，估算以后的牌。在陀思妥耶夫斯基的作品里，牌打得很快，小说家让牌局一气呵成，绝不中断。读者务必把一切都刻在脑子里。

普鲁斯特的作品，复杂在语言层次上，陀思妥耶夫斯基的作品，复杂在整个小说的层次上。读普鲁斯特的作品，随便从哪一页读起，都可以读懂；读陀思妥耶夫斯基，必须从第一页读到最后一页，一行也不能跳过。必须拿维尔恰尼诺夫对待"永恒的丈夫"的那份专心，像那种不肯定自己能够明白，生怕漏掉一个有意义细节的见证人那样专心致志。

两个小说家相比，显然是陀思妥耶夫斯基不被理解的可能性大。作家有这种顾虑萦绕心头，所以他强调有启示意义的行为，突出对比，增加冲突。然而，这种顾虑反过来损害了作家的创作，至少在西方读者眼里是如此，所以西方读者立刻有"俄国气质""东方神秘主义"之类的非议。上文引用的《女囚徒》中的那段话，说明普鲁斯特已经预见到这种危险。他说，如果一面向读者暴露他的言行，一面又隐瞒感情，那么读者会认为他简直是疯了。陀思妥耶夫斯基的人物给第一批西方读者留下的印象恰恰是"疯了"。今天，我们反过来对"莫名其妙的转变"情有独钟，赞扬陀思妥耶夫斯基比其他小说家创造了更自由的人物，这还是误解了作者，而且可能误解得更严重。我们把陀思妥耶夫斯基与那些把人物封闭在规律迷宫中的"心理分析"作家对立起来了。

这种对立是荒唐的，因为在陀思妥耶夫斯基的作品里，规律并没有消失，规律隐隐制约着混乱。本体病的发展摧毁了稳定和延续的最后表象。作为其他小说家出发点的那个恒定时间（真实的抑或虚幻的）从此被丢弃，只剩下普鲁斯特作品中的第二时间和第三时间。陀思妥耶夫斯基的启示和斯丹达尔、福楼拜的启示一样，只包含两个时间，然而他的第一时间不同，不是稳定时间，而是间断和混乱时间，即普鲁斯特的第二时间。从“存在的”时间不经过渡便到达虚无中的永恒。

当代新浪漫主义的各种流派都把存在的时间理所当然地当作一种绝对。只要中介个体的矛盾多少还隐藏着，它们就认为这些矛盾是神秘的“无意识”的流露，而“无意识”正是“真正”内心生活的源泉。当矛盾完全暴露出来之后，他们又认为这些矛盾是“自由”的至高表现，而“自由”也就是“否定”，在实践中又与双重中介空洞的对立混为一谈。当代人继承早期兰波的理论，把他们思想上的混乱说成是“神圣的”〔1〕。

新浪漫主义一向根据“存在的”时间在作品中的位置来评判小说家。拿普鲁斯特的作品与以往的作品相比，这个时间的位置显然要重要些，在陀思妥耶夫斯基的作品里，就显

〔1〕兰波（Arthur Rimbaud，1854—1891），法国象征主义诗人，曾主张“感觉的错乱”以获得洞悉未知的本领，并在《文字炼金术》中称自己曾认为这种“精神错乱是神圣的”。——译者注

得更重要了。存在的时间首次出现的确是在普鲁斯特的作品中，不过方式是隐蔽的、间接的，而陀思妥耶夫斯基作品中的人物大都进入了形而上欲望的极限期，存在的时间变得直接了。如果完全丢开形成小说尾声和有关小说存在的道德与形而上教训的第三时间，那就会认为普鲁斯特是“存在”文学怯生生的先驱，而陀思妥耶夫斯基则是真正的奠基人。现今新浪漫主义批评就作如是观。在普鲁斯特的作品里，他们认为很成功的人物，特别是夏吕斯，显然都是接近陀思妥耶夫斯基阶段的人物。他们认为陀思妥耶夫斯基无与伦比，理由不是他有天分，而是因为他的人物变得越来越悲惨。昨天还使他遭白眼的东西，今天成了他的荣耀。总之，在这方面，错误性质依旧。人们始终没有明白，这些地下人物的“存在主义”不取决于小说家，而是因为本体病在发展，因为介体接近或增加。

人们往往分不清小说的形式和小说家个人的贡献。存在的时间，不论它在小说中占有什么位置，都不是（再说一遍）小说真正揭示意义的终点。小说家非但不认为它是绝对的，相反认为把它当作绝对的时间是一种新的极其有害的幻想。小说家认为地下人混乱的生活是一种谎言，这种谎言与资产阶级的虚伪同样可怕，其直接的毁坏性比后者有过之而无不及。新浪漫主义因为反对资产阶级的虚伪而自鸣得意，但是它把希望建立在神秘的“无意识”和无法言传的“自由”的基础上，这与过去资产阶级把希望建立在“忠于原则”的基础上如出一辙。西方人一直没有放弃争取个体的自主和主人地位的努力，一直没有放弃他们的自负。天才小说家却没有盲从，他们尽力向我们指出这种信心的虚妄。当代新浪漫主义者认为自己获得了“自由”，理由是他看透了资产阶级喜剧的失败，但是他们没有预见到失败也在等待他们自己，这是比资产阶级的失败更突兀，也更悲惨的失败。“盲目”一如既往，随着“清醒”的发展而发展。形而上欲望的受害者卷入了旋风，旋风圈越收越紧。陀思妥耶夫斯基在每一部作品里都追求这种旋风效果，尤其是《群魔》。

* * *

小说技法的演变，主要受形而上欲望的制约。小说技法是功能性的，幻想不同，道路也就不同，然而目标始终不变，目标就是揭示形而上欲望。我们已经看到普鲁斯特在其作品的“陀思妥耶夫斯基”部分向陀思妥耶夫斯基的手法靠拢，下面我们来看看，陀思妥耶夫斯基在其作品“地下”色彩稍淡的部分是如何向普鲁斯特的手法靠拢的。

《群魔》的人物分属两代人，父辈和子辈，子辈也就是确切意义上的“中魔者”。父辈的代表是总督和总督夫人、“大作家”卡尔马基诺夫、瓦尔瓦拉·彼得洛夫娜，特别是令人难以忘怀的斯特潘·特罗菲莫维奇。父辈人较之子辈人，距离介体要远一些。我们称为陀思妥耶夫斯基作品中的“普鲁斯特倾向”的部分，就应该定位于父辈世界。父辈人对于人的存在的永恒，抱着同普鲁斯特笔下资产者一样的虚幻的确定感，至少从这个意义上说，用普鲁斯特作为参照合情合理。在二十二年**勇敢的沉默**中，瓦尔瓦拉·彼得洛夫娜对斯特潘·特罗菲莫维奇怀着又爱又恨的情感。斯特潘本人也同样过着“沉默抗议”的生活。在他的思想里，他与“俄国自由主义”的“永恒真实”是合而为一的。面对彼得堡人生活的万花筒，尽管他将大部分时间都用来阅读保尔·德·考克[1]的作品和打牌，但是他以“批判的象征”自居。所有这些当然都是闹剧，然而和维迪兰夫人对信徒、艺术、祖国的忠诚一样，是十足真诚的闹剧。在特罗菲莫维奇和彼得洛夫娜身上，以及在普鲁斯特笔下的资产者身上，存在已经被无意义的自负深刻地分裂了、分解了，但是痛苦还隐藏着。对原则不可动摇的“忠诚”掩盖了分解过程。真实要见天日，非得有深刻的危机不可。

父辈人维持着表象，这样，陀思妥耶夫斯基就面临小说表现技巧的问题，这些问题和普鲁斯特在作品中间部分碰到的问题相仿佛。俄国小说家采取了与普鲁斯特相似的解决办法，对此无须惊讶。陀思妥耶夫斯基采用了一个叙事人。这个叙事人与普鲁斯特的叙事人一样回溯过去，把如烟的往事串联起来，以揭示作为形而上欲望结果的那些矛盾。陀思妥耶夫斯基向一种叙述的、阐释的、历史的技法靠拢，因为在这里，他无法绕过叙述、阐释和历史。当子辈登场之后，介体靠近了，转变的节奏加快了，陀思妥耶夫斯基又回到直接

〔1〕保尔·德·考克（Paul de Kock，1793—1871），法国作家。——译者注

表现，他把叙事人撂在一旁。叙事人的作用纯粹是实用型的，陀思妥耶夫斯基似乎根本没有注意到读者与小说世界之间这个正式的中间人销声匿迹会产生“逼真性”的问题。

对于“父辈人”，尤其对于这一代人最完美的代表斯特潘·特罗菲莫维奇，陀思妥耶夫斯基不能不依靠一个见证人。有他耳闻目睹，就可以戳穿父辈人顽固的野心，揭露形而上欲望。当今许多批评家赞成萨特的意见，认为在小说里，小说家的出现，或者全知全能叙事人的出现，是人物“自由”的“障碍”[1]。他们赞扬陀思妥耶夫斯基是小说人物的解放者，也就是说，是地下人的创造者。倘若这些批评家恪守他们的原则，那么他们就应该责备陀思妥耶夫斯基创造了特罗菲莫维奇这个人物。这个人物的真实性尽管令人赞叹，但是倘从“自由”的角度来看，就难免有不健全之嫌，因为他始终被一个外在于小说情节的叙事人所观察和分析。但凡与特罗菲莫维奇相关，陀思妥耶夫斯基的手法就与普鲁斯特的手法相近。

有人或许会提出异议，陀思妥耶夫斯基的叙事人与普鲁斯特的叙事人大相径庭，他不替小说家对小说艺术发表意见。确实如此。倘若说普鲁斯特的叙事人可能是小说家本人，那么陀思妥耶夫斯基的叙事人则不是小说家。陀思妥耶夫斯基的叙事人只具备普鲁斯特叙事人的一个作用：“心理

[1] 可参见萨特《弗朗索瓦·莫里亚克先生与自由》,《萨特文论选》第18页，人民文学出版社，1991年。——译者注

分析”作用，他帮助我们了解某些人物的心理动机。有人会说，他比普鲁斯特的叙事人要天真得多，他对所有人物的了解始终不及小说家自己。他始终没有从他叙述的事件和行为悟其所应悟。或许如此吧，但是区别只是表面的，它并不能改变被分析人物的形而上位置，尤其是不能赋予他“自由”（假如我们真可以谈论虚构作品人物的自由的话！），因为陀思妥耶夫斯基的叙事人讲述的事件和行为，都是读者充分全面了解人物必需的。读者必须超越叙事人多少有点简单的解释，寻找更深层的真实，即形而上真实。叙事人不实际参与，以及他相对的短视，保证了与直接揭示手法在风格上的统一。陀思妥耶夫斯基创造的神秘气氛始终如一。

这种神秘气氛其实不具有如今我们赋予它的那种重要意义。它肯定不是来源于一种留给人物的不可知之物和“自由”的“边缘区”。自由肯定是有的，但不是以存在主义批评家想象的形式出现。只有在真正的皈依，例如小说尾声特罗菲莫维奇接受的皈依这样的形式下，自由才能确定自身的存在。所谓不可知之物，是人物的罪与无罪的程度，绝不可能是其他。认为陀思妥耶夫斯基给读者留下了想象的自由，认为他的作品有一个自由空间、一个真空地带，我们可以自由自在地去填补，这说明对作者天才的价值极端无知。小说家首要的追求是揭示真实。在他的作品里，弦外之音是基本事实，是基本原则，基本原则不明写，因为这是小说要暗示给读者的。

* * *

小说领域是彼此“焊接”在一起的，每一个领域都是整体结构或大或小的一部分，每一部分都由介体与欲望主体之间两个最大距离所确定。这样，小说便有一个完整的发展过程，一部部作品构成发展过程的一个个片段。所以，陀思妥耶夫斯基式的先期人物和欲望出现在《追忆似水年华》的结尾，绝非偶然，普鲁斯特的人物和欲望出现在作为陀思妥耶夫斯基全部作品滥觞的《群魔》中也绝非偶然。小说主人公的经历永远朝着同一个方向，把我们从某个小说领域的高层带到低层。小说主人公的生活，是一个朝着地狱下落的过程，最终却几乎总是以返回光明，暂时的形而上皈依而结束。小说的发展环环相扣，不过始终有一个朝向地狱的下落过程，这个落程的起点就是前一个落程的终点。小说的主人公数以百计，但是其经历贯穿小说这种文学体裁始终的主人公只有一个。

陀思妥耶夫斯基对下落运动的感觉，比先前的小说家更清楚。他在《群魔》里竭力让我们也感觉到这个运动。地下动力从两代人的过渡中显示出来。一个个幻想似乎彼此独立，甚至好像彼此抵牾，然而这些幻想的展开却实实在在构成了一个历史。介体的接近过程，造成了小说的发展历史，并赋予它意义。

每一代人各代表本体病的一个阶段。父辈人的真实长期隐蔽着，但是子辈人的骚动、狂乱、放纵，使父辈的真实以前所未有的力量爆发了。父辈惊讶地看到自己生育了一批魔鬼。他们从子女身上看到的是自己的反面，他们没有意识到树木与果实之间的关系，反之，子辈人却明白地看到父辈的愤怒包含着喜剧成分。“恪守原则”几个字打动不了子辈，他们很清楚资产阶级的尊严是一种“恶的信念”。在陀思妥耶夫斯基的作品里，向下的超越对向上的超越的嘲讽，其程度超过普鲁斯特的作品。向下的超越，既包含昏昧，又包含智慧，但是，地下人的明智总是带来恶果，人没有上升，却总是下落。本体病患者面对病情较轻的人，总是愤愤不平，而且永远从后者挑选自己的介体。他念念不忘的是把偶像拖下水，与自己同命运。

我们认识树木，要通过果实。陀思妥耶夫斯基非常强调两代人之间的关系，强调父辈的责任。特罗菲莫维奇是所有中魔者的父亲。他是皮奥特勒·威尔科凡斯基的生父，是夏托夫、达丽娅·帕弗洛夫娜、丽查维塔·尼科纳埃夫娜的精神父亲，更是斯塔弗洛金的精神父亲，因为他当所有这些人的家庭教师。他是杀人犯费德卡的父亲，因为费德卡是他的农奴。特罗菲莫维奇遗弃了血缘上的儿子皮奥特勒和社会关系上的儿子费德卡。他言谈高尚，情趣浪漫，却照样背弃了一项项现实的责任。浪漫主义的自由主义是破坏性的虚无主义之父。

在《群魔》中，一切始于斯特潘·特罗菲莫维奇，止于斯塔弗洛金。子辈是斯特潘的真实，而斯塔弗洛金则是子辈的真实，是所有人物的真实。父辈代表上文中论及的由普鲁斯特揭示的第一时间，子辈代表第二时间，斯塔弗洛金一个人代表第三时间。在资产阶级“恪守原则”的背后，是群魔的骚动，在群魔的骚动背后，是死寂和虚无，是斯塔弗洛金冰冷的“慵懒”。

在现代魔影的背后，在事件和观念的旋风背后，内中介不断加速的变化的终点是虚无。灵魂到达了死点，斯塔弗洛金所代表的就是死点，就是绝对自负的纯虚无。

《群魔》的全部人物，以及此前小说的全部主人公和形而上欲望的全部牺牲品，都以斯塔弗洛金为轴心。这个恶魔不属于第三代，因为他代表的精神像上帝的精灵一样是暂时的，是混乱、腐朽、虚无的精灵。

创作《群魔》的陀思妥耶夫斯基上升到了描写形而上痛苦的史诗的高度。小说人物获得了一种几乎是寓言的意义。斯特潘·特罗菲莫维奇是“圣父”，斯塔弗洛金是“圣子”，而糊涂的阴谋家皮奥特勒·威尔科凡斯基不过是魔鬼三位一体中可怜的“圣灵”。

第十一章　陀思妥耶夫斯基启示录

“存在主义”的影响使“自由”成为一个时髦字眼。人们天天唠叨，说小说家只有“尊重”人物的自由，才能成为大手笔，可惜人们始终不告诉我们，尊重自由究竟是什么意思。自由这个概念用到小说上来，必然模糊不清。小说家固然可以是自由人，但是我们很难理解，他笔下的人物何以也能够是自由人。自由是不能分享的，即便在造物主和造物之间亦如此。这是一条基本原理。多亏了萨特先生，他保证说，他能够证明，不可能有什么造物的上帝。对上帝不可能的事，对小说家也不可能。要不小说家是自由的，他的人物不自由；要不他的人物是自由的，而小说家像上帝一样，根本不存在，二者必居其一。

逻辑上的矛盾似乎并没有使当代小说理论家感到为难。他们所谓的“自由”是这个词的某些哲学含义与日常用法的大杂烩。对大多数批评家来说，自由是自发的同义语。小说家应该抛弃“心理分析”，换言之，小说家创造的人物，其行为应该是绝对**不可预见**（prēvisibles）的。奇怪的是，自发人物的创造权授给了陀思妥耶夫斯基，他的《地下室手记》更是被推崇备至，几乎成为新流派的经典。

人们偏爱这部小说的第一部分。对唯一真正称得上小说的第二部分，人们却只欣赏地下人惊人的自由，即所谓“自发性”。地下人不可思议的独立不羁明显地造成了许多“惊奇效果”，人们建议我们从中寻找大部分的审美享受。

批评家们似乎既没有看见蛮横的军官，也没有看见兹维科夫。他们把介体一笔抹杀。他们没有发现与普鲁斯特描写的欲望的规律相似，且更严格的地下人欲望的规律。地下人野性的痉挛叫他们眉飞色舞，“非理性”性格令他们心满意足。他们赞赏地下人随心所欲的发作，他们没有把这种发作当作优良习惯推荐给读者，那纯属侥幸。

我们一旦失去了理解地下人的方法，他就会让我们惊诧不已。如果抹杀形而上欲望，机械行为就会变成自发，奴隶地位就会变成自由，我们就看不到人物的忧虑，也看不到他自觉被抛弃之后立刻产生的疯狂感情。于是，滑稽的痉挛消失了，我们看到的是对社会和“人类生存条件”的“伟大反抗”。

但是，这样一个供我们礼赞的地下人与陀思妥耶夫斯基创造的地下人毫无共同之处，倒是与当代小说孜孜不倦创造的人物类型如出一辙。《恶心》的罗甘丁也好，《局外人》的莫尔索也好，萨缪尔·贝克特[1]的流浪汉也好，都没有形而

〔1〕贝克特（Samuel Beckett，1906—1989），爱尔兰作家，亦用法语写作，流浪汉当指他的剧作《等待戈多》中的两个角色。——译者注

上的欲望。这些人物备受天下苦难的折磨，却偏偏幸免于形而上欲望。当代小说的人物谁也不摹仿。他们都是彻底自主的，可以同瓦雷里的台斯特[1]一同引吭高歌："不论我们什么模样，我们都彻头彻尾像我们自己。"

当代小说与陀思妥耶夫斯基的小说，外表相似之处不胜枚举。二者都写了对他者的仇恨，写了混乱和种种资产阶级价值观崩溃时的"多形态性"。但是，二者的区别却更具本质意义。当代小说的主人公永远把他们宝贵的自由维护得完好无缺，而地下人却把自由拱手让给了介体。我们把自由的自发性和地下人的奴隶性混为一谈了。如此大的错误，怎么产生的呢？

要么是我们一点也没有沾染形而上欲望，要么是形而上欲望迷了我们的心窍，使我们熟视无睹，二者必居其一。第一个假设的可能性微乎其微，因为陀思妥耶夫斯基忠实地反映了我们时代的真实——天天有人这么说。那么势必同意第二个假设。陀思妥耶夫斯基对我们的分析，比当代的小说家深刻，因为他揭示了我们成功地自我掩饰起来的形而上欲望。我们甚至在阅读陀思妥耶夫斯基的作品时，都成功地向自己掩盖了介体，我们对这位小说家交口称赞，对他艺术的性质却茫然无知。

既然陀思妥耶夫斯基是真实的，那么当代小说的人物

---

〔1〕瓦雷里《台斯特先生》的主人公，特点是将自我的精神活动放在生活的首要位置。——译者注

就是虚假的。这些人物是虚假的，因为他们迎合了我们自主的幻想。这些人物是新的浪漫主义谎言，用来延长被现代社会当作救命稻草的普罗米修斯梦。对于陀思妥耶夫斯基揭示的欲望，当代小说和文学批评仅仅略加描绘。当代小说向我们掩藏日常生活中的介体，当代批评则向我们掩藏那些专门揭示介体存在的文学作品中的介体。这种批评一面言必称陀思妥耶夫斯基，一面糊里糊涂把恶狼引进存在主义的羊圈。

在陀思妥耶夫斯基和当代小说作品相似的外表背后，是二者绝然的对立。人们反复说，陀思妥耶夫斯基对小说人物的心理（psychologique）统一深恶痛绝，他们认为由此证明陀思妥耶夫斯基和当代小说家声息相通。但是，当代小说家谴责心理统一，仅仅是为了稳定形而上的统一，而资产阶级借心理统一所觊觎的正是这种形而上的统一。资产阶级关于恒定和稳定的幻想已然破灭，但是他们的目的没有改变，当代人在焦虑和混乱中，以自由的名义顽固追求的仍旧是这个目的。

陀思妥耶夫斯基既抛弃了心理统一，也抛弃了形而上统一。他抛弃心理统一，完全是为了破除形而上的幻想。自主意志酿成奴隶性，这一点，地下人不知道，也不想知道；我们也不知道，或者我们也不想知道。所以我们的确像地下人，但是个中的道理，却并非如批评家们所言。

批评家们若不是以典型的浪漫主义方式，把造物主和造物混为一谈，他们在《地下室手记》这部著作上就不会误入歧途。他们把主人公地下人的观点统统记在陀思妥耶夫斯基名下。他们把研究重点放在这部中篇小说的第一部分，因为这一部分对科学主义和现代理性主义发起了猛攻。无疑，关于19世纪末种种平庸的乌托邦幻想，陀思妥耶夫斯基是赞成他的主人公的意见的，但是不能把部分赞成与通盘赞成混为一谈。即使（或者尤其当）这个人物是根据小说家自己创造的，也（更）不可把小说家和人物相混淆。作为地下人的陀思妥耶夫斯基不是天才的陀思妥耶夫斯基，而是更早作品中的浪漫主义者陀思妥耶夫斯基。作为地下人的陀思妥耶夫斯基从来不谈论地下室，他谈论的是“美与崇高”，是雨果式的悲剧或崇高的贫穷。给我们描写地下室的陀思妥耶夫斯基初露锋芒，他即将开始从一部杰作到另一部杰作的艰难历程，方向是《卡拉马佐夫兄弟》的和平与宁静。

地下室是隐藏在理性主义、浪漫主义或者“存在主义”抽象背后的真实，是一种先前存在的苦难的恶化，是人们以为已经破除了的形而上学的癌转移。地下室不是个人对于冰冷的理性机制的报复，不应该沉溺于其中，仿佛它给我们带来了获救的希望。

地下人以他的方式证明了个人的真实命运。从某种意义上说，倘若他的本体病不那么沉重，他的证据就不会这样有力。形而上欲望愈凶猛，证据就愈坚实。地下室是形而上欲望的倒置形象。人们在泥潭里陷得愈深，这个形象就变得愈分明。

仔细读一读作品，就不会混淆小说家和他的人物。陀思妥耶夫斯基写的不是充满感情的忏悔录，而是对无疑痛苦却也奇特的愚蠢行为的讽刺诗。

“我嘛，独自一人，他们呢，是全体……”这是地下人的口头禅。主人公想要表达的是独来独往的骄傲和痛苦，他自以为已经把握住了绝对个性，然而到头来不过是一个普遍运用的法则，一个从没有任何从特征上讲近乎几何学的公式。那个贪婪却总是吃空的嘴巴〔1〕，那个不断从头做起的西绪福斯〔2〕的努力，都准确地概括了当代个人主义的历史。象征主义、超现实主义、存在主义，一个接一个地试图赋予地下人的公式以内容，但是所有这些尝试之所以有成效，是因其失败，只有他们的失败，才能够让众多的人齐声高唱：“我独自一人，他们是全体。”浪漫主义作品传播了许多象征和形象，其目的不在于协同，而在于普遍的分离。文学和我们时代的所有其他社会力量一样，即使当它自以为在抗拒同一的时候，它也趋向于同一，因为统一之路是一种 via negativa〔3〕。我们可以想一想美国的制造业，它把产品“个性化”为大的系列。整个年轻的一代，通过认同于同一个反抗（contre）全体的英雄，不用花什么代价，就将自己无名的焦虑“个性化”了。

---

〔1〕古希腊神话中的吕狄亚国王坦塔罗斯因罪被天神惩罚永远立于水中，低头喝水，水减退；抬头吃果子，树枝就升高。——译者注

〔2〕古希腊神话人物，遭天谴，被罚无休止地推巨石上山。——译者注

〔3〕拉丁文“通过否定（之路）”。——译者注

地下人非要等他自认为与他者完全分离的时候，才同他者靠得最近。“我独自一人，他们是全体。”这里，人称代词的可替换性十分明显，立刻把我们从个体带到集体。小资产阶级的个人主义已经完全没有内容。西绪福斯的形象并不准确，应该说我们每个人都是自己的达那伊得斯水槽[1]，要想灌满它是白费力气。存在主义者宣布，他们已经放弃这种徒劳。但是他们没有放弃水槽。他们觉得空水槽很壮观。

* * *

人们认为，陀思妥耶夫斯基经常把自己写进他的人物，因为他从不打断他的人物。不错，可是地下人被自己的格言骗了，陀思妥耶夫斯基却没有上当。地下人不会笑，那是因为他没有能力超越那种喜爱抗争的个人主义。当代人同地下人一样忧心忡忡，所以他们阉割了陀思妥耶夫斯基别具一格的幽默感。他们看不见陀思妥耶夫斯基在嘲笑他的人物。“我独自一人，他们是全体”，陀思妥耶夫斯基的反讽迸发出来，化作一句句叫人赞叹的箴言，把“个人主义”野心化为乌有，把相互对立的意识看来非常严重的“差别”分解掉。我们不会同作者一起笑，因为我们不会嘲笑自己。如今许多人赞美《地下室手记》，却没有想到他们是在追思将近一百

〔1〕据古希腊神话，达那伊得斯姊妹凡四十九人，因弑夫罪，被罚向无底水槽注水，永不得止。——译者注

年前，一个天才为他们画的一幅漫画。

第一次世界大战后，尤其第二次世界大战后，资产阶级价值观的解体加快了。西方国家愈来愈像陀思妥耶夫斯基写作伟大作品的那个国家。通常只需要做一点小小的位移，就能够真切体悟《地下室手记》的全部讽刺力量，体悟这位俄国作家曾遭人指责的那种冷峻风格。把地下人从涅瓦河边搬到塞纳河边，用一位作家的生活来代替地下人的办公室生涯，你就会发现，这部天才著作差不多字字句句都是对当代知识分子神话尖锐的戏拟。

我们一定还记得地下人想寄给蛮横的军官的那封信。这封信对介体发出隐晦的召唤。主人公像信徒敬神一样，向“可尊敬的迫害者”顶礼膜拜，但是他又要我们相信，还要他自己相信，他对“迫害者”厌恶之极。什么也不如这种对他者的召唤更叫地下人的自负蒙垢受辱。所以这封信通篇充满恶言秽语。

既在召唤，又否认自己在召唤，这样一种矛盾在当代文学中也有表现。著书立说是对公众的信赖，是以单方面的行动，打破自我和他者之间的冷漠关系。这个行动对于隐蔽的自负情感，其屈辱之大，世间少有。过去，贵族们就从舞文弄墨嗅到了某种平民的、低贱的味道，与贵族的自命不凡格格不入。德·拉法耶特夫人以瑟格莱[1]的名义发表作品，

〔1〕瑟格莱（Jean Renault Segrais，1624—1701），法国诗人，曾为拉法耶特夫人秘书，后者的作品有一部分以他的名字发表。——译者注

德·拉罗什富科大概是故意叫仆人窃走他的稿子[1]。这些贵族作家获得了多少有点资产阶级味道的艺术家的荣誉，但是他们并没有刻意追求。

与文学荣誉相关的这个问题并没有随大革命的到来而消失，相反，在资产阶级时代，这个问题变得更为尖锐。从保尔·瓦雷里开始，没有人做伟人不是违心的。台斯特先生的塑造者高傲了二十年，经不住众人的恳求，终于把自己的才能施舍给了他者[2]。

当今无产阶级化的作家，既没有身居要津的朋友，又没有可以利用的仆人，可利用者，唯其自身。因此，否定作品形式的意义，就是他们作品的全部内容。我们到了地下人写信的那个阶段。作家以反诗歌、反小说、反戏剧等形式，向公众发出反召唤。他写作的目的，是向公众证明，有没有公众的支持，他无所谓。他想让他者体会他对他者的蔑视具有新的、罕见的、无法言传的性质。

如今，作品之丰富，前所未有，但是所有的作品都是要证明，交流既非可能，亦非所愿。不绝于耳的“沉默”美学显然是地下人矛盾境遇的翻版。很长时间里，浪漫主义作家就曾力图让社会相信，他奉献给社会的要多于他向

---

〔1〕拉罗什富科（La Rochefoucauld，1613—1680），法国贵族，著《箴言集》，一时毁誉不一，故可能有伪称手稿被窃走发表一事，但译者未明此说的出处。——译者注

〔2〕瓦雷里二十年未发表诗作，后在纪德等友人的怂恿下，重返诗坛。——译者注

社会索取的。自19世纪末以来，在与公众的关系问题上，任何一种相互性的概念，哪怕是局部的相互性，都变得不可容忍了。作家照样发表作品，但是为了掩盖这桩丑事，他竭尽全力不让公众阅读他的作品。过去很长时间里，他认为他只同自己说话，如今，他认为他虽然在说话，但什么也不表达。

他说的不是事实。作家写作，为的是吸引读者，这同过去没有两样。他无时无刻不向读者的眼睛搜寻惊叹的表情，因为那是他才能的反光。或曰，作家要读者讨厌他，已经无所不用其极了。兴许如此，然而那仅仅是因为他不能公开向读者邀宠，而且他首先要让自己相信，他并没有取悦读者之心。因此他采取陀思妥耶夫斯基笔下激情人物的方法，用反面（negative）形式向读者频送秋波。

倘若作家以为他这样做是对“阶级压迫”和“资本主义异化”的抗议，那他就大错特错了。所谓沉默美学是浪漫主义最后的神话。缪塞的鱼鹰和波德莱尔的信天翁[1]叫我们哑然失笑，但是它们就仿佛神话中的凤凰，化为灰烬又复生。用不了十年，人们就可以发现，所谓“白色写作”“写作的零度”[2]，其实是浪漫主义的这些高贵飞禽愈来愈抽象、愈来愈短暂的幻化。

---

〔1〕鱼鹰是缪塞诗歌《五月之夜》中的形象，信天翁是波德莱尔诗歌《信天翁》的形象，均象征怀才不遇的诗人。——译者注

〔2〕法国结构主义文评家罗兰·巴特语。——译者注

这里，我们不禁又想起《地下室手记》里兹维科夫宴会那个场景，地下人最终赴宴，但是他的举止非常古怪：

> 我来回走动，轻蔑地微笑着，从餐桌走到壁炉，再沿着沙发对面的墙折回。我要向他们证明，我完全不把他们放在心上，不过，我一边走，一边故意用鞋跟跺地板。毫无用处，他们一点也不注意我。我就这样耐心地来回走动，从餐桌到壁炉，从壁炉走回餐桌，从八点直走到十一点。

当代有许多作品就像这无休止的踱步。倘若我们的确“不把他们放在心上”，我们就大可不必用鞋跟跺地板，而是回家万事大吉。我们不是局外人（étrangers），而是萨特说的私生子[1]。我们自以为是自由的，但是我们不说实话。我们被不足道的上帝迷住了，而我们又心知这些上帝是不足道的，因此我们备感痛苦。我们全都像地下人，以这些上帝为重心，被相反力的平衡固定在毫无舒适可言的轨道中。

双臂交叉，双眼盯住炉火，站在塞丽曼娜坐的扶手椅后面，听她与她那些可爱的侯爵说三道四的阿尔塞斯特就是

〔1〕加缪的“局外人”漠然地看社会，似乎生活在社会之外；萨特说的“私生子”，是孤独的人，是生活在社会中却没有或自认为没有正常社会地位的人。——译者注

这样[1]。只要阿尔塞斯特站在那里不走，他就显得滑稽可笑。浪漫主义者卢梭对阿尔塞斯特深表同情，他劈头盖脸指责莫里哀不该叫我们嘲笑愤世者。当代浪漫主义者没有领会陀思妥耶夫斯基的喜剧意图，否则他们也会学卢梭的样子指责陀思妥耶夫斯基的。他们像卢梭一样认真，然而视角更加狭窄。若想与莫里哀同乐，与陀思妥耶夫斯基同乐，就必须超越浪漫主义的诱惑。必须懂得，是欲望，而且只有欲望，才能将阿尔塞斯特钉在塞丽曼娜的沙发后面，将地下人钉在宴会厅里，使浪漫主义者口出复仇狂言，诅咒上帝和人类。愤世者和风流女子、地下英雄和他可尊敬的迫害者，是同一个形而上欲望的两个方面。真正的天才能够超越这些欺人的对立，让我们既嘲笑前者，又嘲笑后者。

形而上欲望将它的受害者引至诱惑的一个模糊地带，处在对欲望事物的真正超脱与密切相关这两者的正中间。卡夫卡探索的就是这个不寻常的区域：一条界线分开孤独和群体，与孤独和群体等距，既排斥前者，又排斥后者。受到诱惑，却又想瞒住别人并且瞒住自己的人，必须假装按照前者的方式抑或后者的方式生活，只有这两种方式能与他吹嘘享有的自由和自主相容。自由的这两个极与他所处的地方既然等距，他就不再有理由亲此疏彼。亲和疏对于他都无所谓方便不方便，亲或疏，他都能够做出来，都可以煞有介事，也都可以漫不经心。由此我们能够预见到，诱惑既可能经常躲

〔1〕见莫里哀《愤世者》。——译者注

在“介入”的面具下，也可能经常躲在“超脱”的面具下。这正是现代浪漫主义和当代浪漫主义的历史所证明了的。孤独的神话——崇高的、轻蔑的、反讽的，甚至“神秘的”，与相反的却同样欺人的神话——对于历史生活的社会与集体形式毫无保留的信赖，轮流登场……我们还能够预见到，受到诱惑的人在到达痛苦的极限期之后，根本无法坚持选择的初衷，而是会在喜剧的任何一场戏里改变立场。此时的地下人就处在这个阶段上。所以在他简短的表白中根本找不到浪漫主义态度的回声。

我们看过了“孤独”和“超脱”状态的地下人，现在随他进入“介入”状态。兹维科夫和朋友们从餐桌旁站起来，打算到一个声名狼藉的地方去打发宴席的余兴。地下人孤高的踱步失去了目标。他会不会最终拔寨起驾，回他的小窝，继续做他的美梦？他会不会再到“科摩湖边”跳舞，“把教皇流放到巴西”？他是否从此开始培植“优美和崇高”？绝没有这回事，他立刻尾随介体而去。

介体不动的时候，作“宁静沉思状”并不难，但是偶像一走，冷漠的面具立刻破碎，化为齑粉。看起来，地下人明白了残酷的事实，这事实，他无法完全逃避，但是他能够遮掩事实耀眼的光芒。我们看见他忧心忡忡，小步疾跑寻找荒唐的兹维科夫，但是他并不这样看自己。他抛弃为艺术而艺术那贫瘠的梦，宣称自己更喜爱实实在在接触现实。总之，他为自己制造了一套介入理论，他必须把根本谈不上选择的东西装饰成选择的结果。地下人站到崭新

"事实"的高度，以轻蔑的态度审视往日的"优美和崇高"，刚才在他的眼睛里还是立身之本的浪漫主义梦幻，现在受到他的嘲弄：

> 终于等到了，终于等到了，与现实的较量。我喃喃道，一边一步四级跑下楼梯。这可不再是教皇迁徙到巴西，不再是科摩湖的舞会了……现在这个时候，嘲笑这些，你未免太卑鄙了。

最后一句话，余味无穷，地下人觉得不应该对自己的"错误"太严厉。陀思妥耶夫斯基既要暴露主人公的心灵，就不能不对我们赖以生存的各种苟且的遁词进行无情而有益的揭露。地下人"存在主义"气味相当浓，那个早年在区政府舞会上与官员们的妻子调情的斯塔弗洛金则有超现实主义气味。陀思妥耶夫斯基没有忘记使土地神圣化的人，也没有忘记使放荡生活神圣化的人，既没有忘记圣鞠斯特[1]的弟子，也没有忘记萨德侯爵[2]的学生。

陀思妥耶夫斯基小说的虚构人物象征着自负的、一心要否认其神明的人的各种谎言，我们今天则从哲学和美学理论中发现了这些谎言。这些哲学和美学理论从来只是欲望的反

---

〔1〕圣鞠斯特（Saint-Just，1767—1794），法国大革命时的重要政治家，以生活坚忍、思想严峻著称。——译者注

〔2〕萨德（Sade，1740—1814），法国作家，作品多性变态描写。——译者注

映，但在关键的地方，它们却掩饰欲望。而陀思妥耶夫斯基做的是揭露欲望。

陀思妥耶夫斯基开始他的小说揭示计划是写作《地下室手记》。他摆脱了利己主义的哀怨愤恨和自以为是，放弃了地下人的文学爱好、《白夜》的“优美和崇高”、《穷人》的悲天悯人。他不再把诱惑的那两个相等距离叫作介入或者超脱。他描写自己正在认清的各种谎言。拯救人类和拯救小说家自身已经不能分割。

除非我们彻底颠倒陀思妥耶夫斯基小说的信息，才会重蹈浪漫主义批评把《堂吉诃德》与《红与黑》纳入浪漫主义营垒的覆辙，把陀思妥耶夫斯基的作品与我们自己的谎言放在一起。对这些误解之间的类同，我们无须惊讶，因为每一次都是同样的需要在小说作品和浪漫主义作品之间搅同样的浑水。诱导我们对所有小说家做出歪曲诠释的，正是形而上欲望。我们再一次看到，本体病可以轻易地变障碍为手段，变对手为盟友。

* * *

所谓正确理解陀思妥耶夫斯基的作品，就是探发作品对最高阶段形而上欲望的揭示。为了完成这个任务，首先必须摆脱伴随形而上欲望的幻想。我们的世界浸透了这种幻想，我们中间流行着“陀思妥耶夫斯基”欲望。这位俄国小说家拥有的读者之广泛，本身就为这个事实提供了充满悖论的证明。所以，陀思妥耶夫斯基提出的问题非常复杂。陀思妥耶夫斯基的真实面貌，和其他小说家一样模糊、一样受轻视，但是，陀思妥耶夫斯基揭露的幻想，现今的势头，却远远超过了塞万提斯、斯丹达尔、福楼拜甚至普鲁斯特所揭露的幻想。这些幻想一如既往，在文学中得到了最贴切的表现。揭示小说家的真实面貌，就是揭示当代文学的谎言，反之亦然。我们已经谈到这个现象，现在我们再来谈一谈。

只要我们不为当代新浪漫主义的声势所迷惑，就会看出它比历史上的浪漫主义更抽象、更虚幻。历史上的浪漫主义无一例外地歌颂欲望的力量，直到纪德的《违德者》和《地粮》，作品主人公都是具有强烈欲望的人。主人公的强烈欲望是唯一的自发欲望，与他者的欲望相对立；而他者的欲望，因为是复制的，所以都比较弱。对于摹仿在欲望生成上的作用，浪漫主义者不能再熟视无睹，但是这个作用在他的思想里是和原欲望的弱化联系着的。欲望的复制被看做粗制滥造的描影，描下来的欲望永远比原欲望淡。换句话说，复制的欲望绝对不是我们自己的欲望，因为我们自己的欲望在我们看来总是最强烈的。浪漫主义者认为，他宣布最强烈的欲望是自己的欲望，这就维护了自己欲望的真实性。

当代浪漫主义的原则正好相反。欲望强的是他者，主人公即自我的欲望很弱，甚至根本没有欲望！与布维尔市的资产阶级相比，罗甘丁欲求的少，程度也弱；他的欲望比安妮[1]还少，小说中只有他明白不存在什么“运气”，就是说，对异国风情的欲望、形而上的欲望都永远叫人失望。同样，莫尔索也只有“自然的”、本能的欲望，就是说，确定、有限、没有未来的欲望。他也拒绝了像到巴黎工作这样形式的运气，他很清楚，是形而上欲望在美化未来的面貌。

最初的浪漫主义者试图通过比他者怀有更强烈的欲望这一点来证明自己的自发性，亦即他的神性。现在的浪漫主义者试图证明完全相同的东西，不过方法正好相反。由于介体的接近，由于形而上欲望的不断扩张，一百八十度的大转弯势在必行。如今，已经没有人相信所谓的自发欲望。即便最天真的人，也能透过最初浪漫主义的疯狂激情发现介体的影子。我们终于进入了娜塔丽·萨洛特夫人[2]借斯丹达尔的语言来称呼的“怀疑的时代”。

欲望的强烈程度不再是自发性的衡量标准。我们时代的洞察力能够从看起来最自然的欲望里辨识出神的存在。当代思想从我们每一个欲望中都发现了“神秘”和“神话”。18世纪破除了宗教的神秘，19世纪破除了历史和哲学的神秘，我们的时代破除了日常生活的神秘。什么欲望都躲不过当代破除神话者的眼睛，他在所有神话的废墟上锲而不舍地构建最大的神话，亦即他自身超脱欲望的神话。看起来，只有他

〔1〕《恶心》中的人物，曾是罗甘丁的女友。——译者注

〔2〕萨洛特（Nathalie Sarraute，1900—1999），法国作家，发表于1956年的论文即以《怀疑的时代》为题。——译者注

是唯一没有欲望的人。总之，要紧的是要他者，更要自己相信，他是百分之百自主的。

我们再一次发现，清醒和盲目共生共长。如今，事实清楚得不能再清楚了，即使仅仅是为了逃避事实，也不得不正视事实。可怕的事实把主体拖进了越来越谵妄的谎言中。最初的浪漫主义者掩饰他们的欲望，但是他们不否定欲望的存在。为欲望而苦修当时只流行于公园、沙龙和卧室，如今则深入到了意识的深层和内心独白中。

欲望最强的人物消失了，代之而起的是欲望几近于无的人物。但是自我和他者之间善恶二元划分却没有消失。这种划分隐蔽地支配着浪漫主义人物的变化。例外依然同一般对立，善依然同恶对立。众人皆有罪，莫尔索独清白，他成为他者的牺牲品而死，与查铁敦之死毫无二致。莫尔索是审判他的法官的法官，这也同过去的浪漫主义人物一模一样。作者朝人类发出诅咒，主人公却永远不在受诅咒之列。有人永远能够逃避浪漫主义的扫荡，此人先是作为作者的我，而后是作为读者的我。

加缪在那部优秀的、令人耳目一新的作品《堕落》里，以一种明显的寓意为掩护，揭示了这种真实状况。加缪超越了早年的浪漫主义，即《局外人》和《鼠疫》的浪漫主义，揭露了介入文学和超脱文学具有同样的抗辩意图。这部作品和陀思妥耶夫斯基的《地下室手记》一样，尚未达到任何一种和解，但也同《地下室手记》一样，已经超越了浪漫主义。可惜，正当新的创作道路展现在加缪面前时，他却不幸去世了。

浪漫主义读者起先认同于欲望最强烈的人物，如今又认同于欲望最弱的人物。他们始终恭顺地认同于为他们提供自主（autonomie）激情模式的人物。堂吉诃德受到这种激情的驱使，认同于阿马迪斯·德·高拉。滋养当代小说的神话，与形而上欲望的新阶段相呼应。因为我们排斥过去的浪漫主义，我们便自封为反浪漫主义者。我们很像堂吉诃德的朋友，他们之所以满腔热忱地为可怜的堂吉诃德医治疯病，是因为他们也染了病，而且症状更严重。

* * *

欲望主体一旦发现摹仿在其欲望中的作用，他不放弃自负，就必须放弃欲望，现代人的清醒（lucidité）意识将苦修问题移位并扩大了。现在的问题不再是为了更充分地占有客体而暂时放弃它，而是放弃欲望本身。由于欲望把我们变成奴隶，所以我们必须在欲望与自负之间进行选择。

古代圣贤与基督教圣徒身上的无欲望重又成为一种特权。但是欲望主体被彻底放弃欲望的念头吓退了，他想找一个两全之策。他需要为自己创造一个人物，对这个人物来说，无须艰难地克服本能的混乱和形而上激情，就能够达到无欲望。美国小说家创造的那种好似在梦游的主人公，便是解决问题的一个“办法”。这类人物的无欲望，以及精神对恶力量的胜利，与宗教和人文主义所宣扬的苦修没有丝毫联系。人们看到的是感觉的麻木，是生死攸关的好奇心部分或彻底地丧失。在莫尔索身上，这种“特权”状态与纯粹个人的品质很难区分。在罗甘丁身上，“特权”状态是以恶心（nausēe）的形式莫名其妙降临的一种突如其来的神的恩惠。在其他许多作品里，形而上结构没有这么明显，必须到既表达这种结构，又掩饰这种结构的故事中去梳理。酒、毒品、肉体的强烈痛苦、纵情声色，都可能磨钝或者摧毁欲望。人物于是进入一种清醒的麻木状态（abrutissement lucide），这种状态构成了浪漫主义的最后表现。毋庸赘言，无欲望同节制、淡泊毫不相干。人物以为在冷漠中单凭一时的冲动，便可以不知不觉地完成他者通过欲望完成的事。这种梦游人物透着“恶的信念”，他想解决自负与欲望的冲突，但是从来没有将冲突解释清楚。也许他非得具有极端的自负，才能坦率地提出问题。瓦雷里在写《与台斯特先生夜谈》[1]时就是这样一个自负者。瓦雷里主义把通过他者并为了他者而欲求的虚荣人与只追求自身虚无的自负人对立起来，自负人是唯一名副其实的个人主义者，他不以躲进欲望的办法逃避虚无，而是在经过彻底的精神苦修之后，将虚无当作礼赞对象。目标依然是神圣的自主，然而奋斗的方向改变了。把整个生活建立在自身固有的虚无之上，这是将无能变成全知全能，这是将内心的鲁滨逊荒岛扩大到可与无限等量齐观的地步。

---

〔1〕瓦雷里《台斯特先生》的第一篇。——译者注

“把我在这世界上看到的一切，全部清除掉。”台斯特在他的 log-book[1]中呐喊道。当心灵的虚无达到极限时，自负人就可以在纯粹自我的本源光辉中把握住自己。从虚荣转向自负，是从可比转向不可比，从分裂转向统一，从受虐狂的焦虑转向“至高的轻蔑”。

尼采的思想和台斯特的追求同处于个人主义层次上。超人品格的基础是对于垂直超验和偏斜超验的双重否定。查拉图斯特拉努力在经过类似宗教苦修但方向相反的净化苦修之后，进入个人存在的殿堂。与宗教苦修的类似从文章的风格和不断出现的《圣经》形象中看得很清楚。《查拉图斯特拉如是说》是一部新福音书，它给基督教时代画上了句号。

自负在这里不再是人的自然面，而是一种最高也最严格的品质。自负的表现必然伴随它所有的神德。台斯特夫人的忏悔神甫[2]从这些神德中几乎看到了基督教的全部德行，唯一例外的是仁慈。这一次，思想家向我们清楚地显示了一个几近神圣的理想，以吸引思想最高尚、最有力的人。

尼采和瓦雷里向 20 世纪的人宣扬的这种终极诱惑，陀思妥耶夫斯基会怎么看？查拉图斯特拉和台斯特先生，在有些人看来，与思想混乱的地下人相距十万八千里，他们不是

〔1〕英文，本义“航海日志”。这里的意思是“日志”，引语见《台斯特先生》第三篇《台斯特日志摘抄》，与原文略有差异。——译者注

〔2〕见《台斯特先生》第二篇《爱弥尔·台斯特夫人的信》。——译者注

逃脱了陀思妥耶夫斯基及其后整个小说文学对普罗米修斯式的野心的讨伐吗？为了回答这个终极的问题，有必要再次叩问《群魔》。在这部无比丰富的作品中，尼采和陀思妥耶夫斯基进行了一场名副其实的对话。工程师基里洛夫因自负而决定自杀时，他就在关键时刻采取了此前被人无限期回避的关键步骤。

基里洛夫的思想和尼采的思想一样，出发点是对基督和基督教命运的思考。基督催促人类跟着上帝的足迹，向人类展现了永恒。然而人类的努力很软弱，这只能怨人类自己，而且因此形成了偏斜超验的残酷世界。既然基督没有复活，既然自然规律没有对基督这个无与伦比的人另眼相看，那么基督教就是祸水。必须放弃基督的疯狂，放弃无限，必须摧毁后基督教世界。必须让人类安居于此岸世界，向他们证明，人类的光明是唯一的光明。但是，口头上否认上帝并不足以摆脱上帝。人类无法忘却福音法则，即被人类的软弱转化成仇恨法则的超人类爱的法则。面对被罪恶和耻辱玷污的群魔的舞蹈，基里洛夫辨认出了神的创伤。

对不朽的渴望，改变了基督徒的欲望。无论科学和人文主义都不能消解这种渴望。无论哲学上的无神论和社会乌托邦，都不能制止这种疯狂的追求，在这个过程中每个人都从邻人盗来神的幻影。

要廓除基督教，就必须让欲望之河倒流，从**他者**流向**自我**。人耗费精力到处寻找上帝，就是不在自己身上寻找。基里洛夫和查拉图斯特拉一样，和台斯特先生一样，他要崇拜他的虚无，崇拜我们每个人在自己心灵深处发现的最卑劣、最屈辱的东西。

但是，基里洛夫这样做并不停留在字面上，他无意写一本惊世骇俗的书，他要让精神化为果断的行动。追求自身的虚无，就是在自己的人性最虚弱的一点上追求自己，就是求自己能够死，就是自己求死。

基里洛夫希望通过自杀，在一种强烈的占有中和自身相结合。他为什么把这样一种获取置于死亡之中？有人说，死亡对我们没有干扰，因为死亡充其量不过是一个概念，永远不在我们个人经验的范围之内。

基里洛夫表示赞同。永恒无疑在我们自身，这句话已经把道理说明白，但是阐说是不够的，还必须证明，必须向被基督教腐蚀了两千年的人类证明。哲学家的鼓噪从来不曾叫一个人，甚至不曾叫哲学家自己不惧怕死亡。

有意思的是，直到基里洛夫之前，自杀都是因为惧怕死亡。人自杀不是因为放弃无限，而是害怕欲望的失败会叫人无法逃脱有限。基里洛夫要自杀，他别无所求，但求死，但求在死亡中成为自己。

必须有一个人率先站出来，敢于追求自己的虚无，这样，未来的人才能在这种虚无的基础上建立全部生活。基里洛夫为自己也为他人而死。为了求死，而且仅仅为了求死，他与上帝展开决斗，他希望这是决定性的一举。他希望向万能的上帝证明，上帝最有力的武器即对死亡的恐惧已经失效。

假如主人公按照自己的意愿去死，那么他就赢了这场壮观的战斗。他迫使上帝——不论上帝存在或不存在——放弃对人类的千年桎梏。基里洛夫的死是为了一举以希望击碎恐惧，为了叫人从欲望的本质层面上，而不是从信仰的表层上放弃不朽。

但是，基里洛夫失败了。死亡没有如他所预计的那样，把他带向荣誉静穆的顶峰，而是在中魔者中的梅菲斯特，那个卑劣至极的威尔科凡斯基的注视下，展示了不可名状的恐怖。基里洛夫追求的崇高随着死亡的接近而接近，但是崇高愈接近，便愈不可求。人可以为成为上帝而自杀，但是同时人不放弃自杀便不能成为上帝。在死亡面前，人所追求的全能和一种彻底的无能相混淆。基里洛夫从身边发现了可憎的魔鬼，那就是威尔科凡斯基。

基里洛夫从自负之巅跌进耻辱之谷。他终于自杀，然而和其他人一样，他是怀着对自己的蔑视，因为仇恨自己的有限而死的。他的自杀是平平常常的自杀。地下人意识的两极之间，即自负和耻辱之间的摆动，在基里洛夫身上依然存在，不过仅摆动了一次，幅度特别大。所以，基里洛夫是形而上欲望的极端牺牲品。然而，基里洛夫**通过**什么人才能从这样令人目眩的高度和深度上来欲求呢？

基里洛夫被基督困扰着。他房间里有一幅基督像，前面点着蜡烛。在威尔科凡斯基眼里，基里洛夫“比神甫更信基督”。基里洛夫把基督当作介体，不过不是基督教意义的介体，而是普罗米修斯意义上的介体，是小说意义上的介体。

基里洛夫很自负地摹仿基督。为了结束基督教，必须有人像基督那样死，不过意义正好相反。基里洛夫摹仿赎罪。他与所有自负人一样，觊觎他者的神性，他变成基督凶恶的竞争者。在他的极端欲望中，垂直超验与偏斜超验之间的类同，比以往任何时候都清楚。自负的中介具有的魔鬼意义彻底暴露了。

基里洛夫通过现代精神的化身斯塔弗洛金摹仿基督。吞噬基里洛夫的观念来自斯塔弗洛金。所以，尽管观念不好，基里洛夫这个人却是好人、纯净的人。倘若基里洛夫没有这些优秀品质，他就不能代表形而上反抗的至高形式。他站在陀思妥耶夫斯基关于恶的观念的高度上。

在某些批评家看来，基里洛夫的优秀品质与小说表面的，或者无妨说正式的意义相抵触。他们想从作品中找到陀思妥耶夫斯基有时似乎成功地“掩饰”，但在关键情节中会浮现出来的“更深刻”的真实。他们说，小说家最后使人物变得“可爱”了，因为小说家心里暗暗同情着人物的追求。

基里洛夫的自杀，使人物品质的全部意义得以显现。基里洛夫必须是好人，就像斯塔弗洛金必须漂亮富有一样。只有这样，基里洛夫在基督教问题上的观点才能反过来针对他自己。既然连这样一个人都不能平静地死，既然错误和赎罪的规律连这样一个自负的圣人都不能放过，那么这些规律就不能放过任何人了。人将继续在十字架的阴影下生活和死亡。

陀思妥耶夫斯基是19世纪末以来个体神化种种表现的预言家。《群魔》创作时间上比较晚，这为浪漫主义的解释开了方便之门。作品的预言太令人惊叹了，人们必然认为它与浪漫主义同调。人们认为陀思妥耶夫斯基是普罗米修斯式的思想家的先驱，尽管不免有点不够大胆；陀思妥耶夫斯基的小说首次为我们提供了现代小说主人公的样板，只可惜还没有完全摆脱传统的语言。人们把他作品里超越了反抗的东西，一言以蔽之，是封建和宗教迷雾，这样人们就把自己关在了小说天才至高境界的大门外。再加上历史的作用，人们逐渐习惯于闭眼不看最明显的事实，而把陀思妥耶夫斯基放在所谓的“现代”旗帜下。

我们时代倒错的保守主义成功加以丑化的那些基本事实，如今有必要理直气壮地加以肯定了。陀思妥耶夫斯基并不赞成普罗米修斯的雄心大志，相反他明确加以谴责，预言这种雄心大志必定失败。尼采的超人，在他眼里不过是地下人的梦，拉斯科尔尼柯夫做过这样的梦，维尔西洛夫和伊万·卡拉马佐夫做过这样的梦。至于台斯特先生，倘按陀思妥耶夫斯基的观点，充其量不过是一个心智上的纨绔子弟。他超脱欲望，为的是叫我们追求他的精神。在瓦雷里的作品里，为欲望而苦修侵入了纯粹思想领域。进行比较的虚荣与不可比较的自负之间的区别成了一种新的比较，从而成为一种新的虚荣。

* * *

随着介体逐渐接近欲望主体，本体病日趋沉疴，死亡成自然结局。自负的分解力不断运作，久而久之，必然造成自负者的分裂，随之是破碎以至彻底解体。关注自身，这种欲望使人分解，我们现在就到了最终的解体。内中介造成的矛盾最终会消灭个体。继受虐癖之后到来的是形而上欲望的最后阶段、自我毁灭的阶段，对陀思妥耶夫斯基笔下牺牲给恶的人物来说，是肉体的自我毁灭：基里洛夫自杀了，斯维德里加依诺夫、斯塔弗洛金、斯梅尔加柯夫也都自杀了；最后是精神的自我毁灭，形形色色的诱惑构成了精神自我毁灭的弥留阶段。本体病的出路注定直接是或者间接是某种形式的自杀，因为自负是自由选择的。

介体愈接近，与形而上欲望相关联的现象就愈具群体性。在欲望的最高阶段，群体性质尤其显著。在陀思妥耶夫斯基的作品里，除了个人自杀，还有一种集体自杀或接近自杀的行为。

内中介世界在普鲁斯特的作品里还是完整的。即使在《重现的时光》里，对于夜生活的巴黎，热衷于战争的巴黎，威胁也远在天边。相反，在陀思妥耶夫斯基的代表作品里，那些广阔的混乱场景实实在在标志着这个仇恨的世界正在瓦解。引力和斥力之间的平衡破坏了，社会原子不再一部分围绕另一部分旋转。

《群魔》把死亡意志的种种群体表征发挥得淋漓尽致。整个小城受到越来越猛烈的震撼，最终屈服于令人头晕目眩的虚无。在朱丽娅·米凯洛夫娜荒诞的节庆、火灾、暗杀以及浪潮般向社团压过来的丑闻之间，存在形而上的关联。灾难只出现一次，而且要不是因为本体病传染得太凶猛，不是因为中上层社会隐藏着魔鬼的同谋，平庸糊涂的威尔科凡斯基的所作所为本不会酿成灾祸。“我们将要宣布毁灭，”威尔科尼斯基尖声说，“这个思想怎么如此叫人陶醉？”

《群魔》的混乱在先前的作品里已经有所表现。陀思妥耶夫斯基的小说，大的群体场景最终都演化为混乱。在《罪与罚》里是马尔美拉陀夫去世时那顿奇特的葬礼餐，在《白痴》里是勒比德夫别墅的那些大场面，被娜丝塔嘉·费利波夫娜入场而打断的公共音乐会，梅什金公爵挨的一记耳光……诸如此类的场景萦绕在陀思妥耶夫斯基心头，但是在表现场景的恐怖这一点上，即使在才华横溢的年代，他似乎也束手无策。显得力不从心的不是他的想象力，而是小说这个文学体裁。陀思妥耶夫斯基不能跨越可信度的规定。以上这些场景，与拉斯柯尔尼科夫病中的噩梦相比，真是小巫见大巫了。主人公在地狱下落到极限，即到达解脱性的结局之前，就会有这样的噩梦来光顾。拿这个恐怖的幻觉和小说里那些大场面相比较，就可以看到即将吞噬陀思妥耶夫斯基描写的世界的深渊。

> 他似乎看见一场可怕的、史无前例的灾难，从亚洲的腹地袭来，扫荡欧洲，世界一片悲哀。除却少数上帝的选民，人人死路一条。人们从未见过的一些微小的寄生虫钻进了人的器官。这些小虫子是有智慧、有意志的精灵，一旦附体，人立刻失去平衡，变成疯子。奇怪的

是，人们却觉得自己从来没有这样聪明、这样真理在握。他们从来没有这样相信自己的判断、自己的科学理论和道德原则的万无一失……人人焦虑不安，彼此谁也不能理解谁。然而每个人都觉得唯有自己掌握了真理，为自己的同胞感到难过。每个人眼见此景都捶胸顿足，扼腕叹息……对于应该采取的措施，对于何为善、何为恶，他们言人言殊，谁该定罪、谁该宽恕，他们也糊里糊涂，他们莫名其妙地冲动，彼此仇杀。

本体病是传染的，可是又把人隔绝开；它叫人彼此作对。每个人都以为只有自己掌握了真理，看着身边的人难过。谴责谁、宽恕谁，人人都有一己之法。此类病症，我们无一不晓。拉斯柯尔尼科夫描写的就是本体病，侵入膏肓的本体病刺激起摧毁的狂热。微生医学和技术性的语言最后变成启示录。

* * *

形而上欲望的真实乃是死亡。这是造成形而上欲望的矛盾的必然结果。预示死亡的征兆充斥小说作品；只要预言还没有变为现实，征兆就是模棱两可的。然而死亡一旦成为现实，便立刻照亮过去的路，丰富我们对中介化结构的阐释，使形而上欲望的许多方面获得了完整的意义。

在中介产生之初，主体的经验是觉得自己的生活和精神都极端虚弱的。主体躲进幻想而制造出来的他者的神性，就是为了回避自身的虚弱。主体对自己的生活和精神感到羞愧。他为自己不是神而痛苦，于是就到所有危及其生活、忤逆其精神的东西中寻找神圣。因此，他终身的追求，贬低着并且最终将毁灭他自身存在中最宝贵、最高尚的东西。

在斯丹达尔的小说里，这个追求已经有迹可循。于连的智慧和敏感，在**黑色**世界里是不利因素。内中介的游戏，我们都知道，是要掩饰感觉到东西。在这场游戏中，如鱼得水的人都是感觉最少的人，所以真正“有激情”的人物永远也没有份。主人与奴隶的斗争，需要冷漠，需要盎格鲁-撒克逊人的冷静，这些品质最终将归于感觉迟钝。所有使人成为主人的东西，从根本上说，与“意大利气质”，即激昂奋烈的生活是水火不相容的。

从受虐癖开始变得很清楚的是，形而上欲望要求完全毁灭主体的生活和精神。固执地寻找障碍，肯定会把可接近的客体和友善介体一一摒弃。我们可以回想一下，多尔戈鲁基是如何粗暴对待给他送食品的老女仆的。受虐狂对所有“善待”他的人都怀着如对其自身那样的厌恶感。相反，鄙夷他孱弱的屈辱相，并以此显示超人品质的那些人，他却心向往之。毋庸置疑，受虐狂碰到的，常常不过是鄙夷的表象，然而对他阴郁的心灵，这就够了。我们都知道，他能透过表象，看到某一竞争欲望设置的障碍。他可能还看到了其他东西。因此，倘若在我们面前出现了极其庞大、沉重、无情的障碍，那不是因为竞争对手的欲望，而是因为他彻底没有欲望，不折不扣地麻木不仁，既无感情又无思想。那种精神过于狭隘，因而不能对我们主动接近做出反应的人，相对于其他人便具有一种自主性，对于形而上欲望的受害者，这种自主性必然有一种**神圣的**光彩。即使这个人无足轻重，这无足轻重也会成为受虐狂要求于介体的一大优点。

普通异性吸引斯万的那些品质，同上流社会的女士身上，或者文学、美术创造的女性形象身上令斯万倾倒的那些品质完全背道而驰。他追求庸俗的女人，追求不能欣赏他的社会地位、文化修养和风度翩翩的女人。他为之动心的，偏偏是他实际的优势不能使之动心的女人。所以，在爱情生活中，他注定是个庸人。

小说叙事人马赛尔的趣味没有什么两样。阿尔贝蒂娜结实丰满的身体激发了他的欲望，但是莫以为这里有拉伯雷式的官能享受，在双重中介里，表面的物质主义一向掩盖着倒置的唯灵主义。马赛尔注意到，吸引他的都是与他痛苦的过度敏感和过度的心智化极端对立的东西。阿尔贝蒂娜就是这条规律的明证。她呆头呆脑，她作为小市民对社交等级差别一无所知，她缺乏教育，她不可能赞同马赛尔的价值观，凡此种种使她成为一个捉摸不透、伤害不了、残酷无情的人，只有这样的人才能激起马赛尔的欲望。在这一点上，无妨引用阿兰〔1〕那句至理名言："钟情的男人需要心灵，所以轻佻

〔1〕阿兰（Émile-Auguste Chartien，笔名 Alain，1868—1951），法国哲学家、作家。——译者注

女子的愚笨会被当作狡黠……”

同样，攀附也是对愚蠢的一种礼拜。这种欲望结构在夏吕斯心里被可笑地夸大了。不过，要想认识攀附这种欲望的追求，无须男爵寻找的“浪子”和“小畜生”，只需再读一下《在少女们身旁》对“小团伙”的第一段描写就够了：

> 这些姑娘（她们的举止足以暴露其大胆、轻浮和铁石心肠）对任何可笑的、丑陋的事物都极有感觉，对任何心智的、思想的魅力都无动于衷，当她们与同龄学生在一起时，也许便自然会对那些思想天赋或感情天赋通过羞怯、拘束、笨拙暴露出来的女同学怀有抵触心，……把这些同学排斥在一旁。

介体之所以是介体，是因为它对“任何心智的、思想的魅力”都显得“无动于衷”，这些姑娘的魅力，得之于别人推想她们应该有的土气。她们好像对任何表现出“思想或感情特点”的事物一概憎恶。马赛尔显然觉得自己就是她们憎恶的对象，要与她们接触绝对不可能。这样，就足以叫他心无旁骛了。马赛尔对阿尔贝蒂娜一见钟情，于是他推想阿尔贝蒂娜一定又敏感又粗暴。波德莱尔早就说过，“愚蠢”是**现代**美必不可少的装饰。我们可以进一步，把爱欲的本质定位于精神和思想的匮乏，定位于使得在爱欲之外与欲望对象交往成为痛苦的各种罪恶。

但愿人们不要对我们说，普鲁斯特是个“特殊的”人。

小说家在揭示人物欲望的时候，就揭示了他的时代或者即将到来的时代的情感。当代世界浸透了受虐癖。普鲁斯特描写的色情现象，如今成了普遍的色情现象。对于这一点，对那些最不“刺激”的画报扫一眼就能有所体会。

受虐狂狂热地与愚蠢这堵厚厚的墙较量，最终会在这堵墙上撞得头破血流。鲁日蒙在《爱情与西方》的结束部分指出：“所以，有意寻求障碍，乃是向死亡前进。”我们可以通过文学形象来认识向死亡前进的不同阶段。偏斜超验的形象在现代作家的作品中司空见惯，这些形象尽管多种多样，却和基督教神秘作品中垂直超验的形象同样具有明确的含义。这个题目很难穷尽，我们只能浮光掠影地谈一谈……我首先想到一组形象，从表现出最凶残特征的动物，到基本的腐殖质和纯粹的有机物。比如说，应该研究一下安德烈·马尔罗的小说《王家大道》(*La voie royale*) 丛林场景里毛虫形象的作用。

蜘蛛和蟒蛇经常出现在斯维德里加依诺夫、伊波里特、斯塔弗洛金的梦里，陀思妥耶夫斯基觉察到，吸引主人公的诱惑，本质上都凶多吉少。相反，当代作家却沉溺于这些诱惑，由于他们新浪漫主义的色彩更浓，所以更加乐此不疲。在《地下室手记》里，介体有一个意味深长的名字：兹维科夫，意思是“畜生”“野兽”。在普鲁斯特的作品里，欲望全都烙上了动物的标志。德·盖尔芒特夫人的风度有如“鹰隼”，《在少女们身旁》把不安分的姑娘们比作“一群鱼秧”，也就是说，比作了动物群体中最缺少个性的东西；后来，姑娘们跑来跑去，又使马赛尔联想到“一群海鸥有规则的、礼仪式的、叫人捉摸不透地飞翔”。这种叫人捉摸不透的世界就是介体的世界。他者愈不可接近，就愈有诱惑力；而愈是被非精神化，愈是有本能的自动性，也就愈不可接近。超出动物群体，荒诞的自我神化行为最终达到的就是自动性，甚至是纯粹的机械性。个人被什么都满足不了的欲望害得日益迷失方向，日益走向斜路，最后竟向彻底否定他自己的存在的东西即无生命之物寻找神的本质。

对于“否”的不倦追索，把主人公带到最干燥的沙漠，带到“荒诞的金属王国”，我们看到，新浪漫主义艺术中最有意义的东西都在这个王国中游荡。莫里斯·布朗肖[1]正确地指出，从卡夫卡开始，小说作品——毋宁说浪漫主义作品——描写的都是无尽头的圆周运动。对于“否”的追索似乎永远不会停止。主人公已经没有生命，然而他也还没有死亡。而且，主人公知道他的追索，意义在死亡，但是却并不因此而放弃形而上欲望。极度清醒同时也就是彻底盲目。主人公认定生活的意义就是死亡，这种意义的颠倒，较之过去一切意义颠倒，都更巧妙，也更简单。于是乎，介体与永远近在咫尺，又永远被拒绝的死亡形象相结合。这个形象诱惑着主人公。死亡似乎是最后一个“逃逸体”和最后一个海市蜃楼。

---

〔1〕莫里斯·布朗肖（Maurice Blanchot，1907—2003），法国作家。——译者注

“他们曾追求死亡，但他们将躲避死亡。”《启示录》里的天使宣布。“这世上什么也没有完结。”斯塔弗洛金说，他的话好像是《启示录》的回声。但是，斯塔弗洛金错了，还是达莎说得对，她回答：“这世界会有尽头。”

矿层世界就是尽头的世界，是因一切运动都停止，一切感触都停止而变得完整而彻底的死亡的世界。可怕的诱惑的终点，是沉重的铅板和岿然不动的花岗岩[1]。偏斜超验这个对于生命和精神愈来愈有效的否定，最后以这里为归宿。对自我的肯定走向对自我的否定。自我神化的意志，逐渐具体成为自我毁灭的意志。鲁日蒙的《爱情与西方》明察这个真理，一语中的地总结道：“同样的运动，既叫我们崇拜生命，又让我们迫不及待地否定生命。”

现代社会自黑格尔以降，把这种对生命的否定，明白而大胆地标示为对生命的至高肯定。否定的盛行，和作为内中介最后阶段特征的盲目的清醒有关。被人轻而易举证明为构成全部当代现实的否定，其实不过是双重中介层面上人与人关系的反映。不应该将“虚无化”看做精神的真实本质，而应该看做一个不祥的变化过程的有害副产品。“自为”不断加以否定的沉默的、庞大的“自在”，实际上是受虐狂贪婪寻求的障碍，他始终胶着在这障碍上。被许多现代哲学家等同于自由和生命的“否”，究其实乃是屈服和死亡的先声。

〔1〕当指坟墓。——译者注

* * *

上文我们曾把形而上欲望比作正在下落的物体，其形状随着下落速度的加快而变化。我们现在知道什么是下落的终点了。全部小说家中间，陀思妥耶夫斯基距离不祥的终极最近，所以他不是小说家兼思辨家，而是思辨小说家。陀思妥耶夫斯基敏锐地认识到了刺激欲望的致命机制。他的作品不会解体和死亡，因为他的想象很阴沉；而他的想象很阴沉，是因为他的作品多描写解体和死亡。

所谓认识形而上欲望的真实，就是预见欲望的毁灭性结局。启示录意味着时间上的变迁，陀思妥耶夫斯基的启示录就是一种变迁，其终点是变迁者的毁灭。欲望的形而上结构，从整体看，抑或孤立地看一部分，都可以定义为启示录。所以陀思妥耶夫斯基以前的小说，都无妨视为启示录，这些小说结尾处有限的灾难，已经预示着陀思妥耶夫斯基作品的大恐怖。我们当然可以指出陀思妥耶夫斯基接受的各种影响，启示录结构的某些细节就与这些影响有关，他对生活的阐释一直未超出民族和宗教传统的框架，但是，这并不妨碍他从自己在小说上的地位来认识小说的本质。

以往的小说家若称思辨家，那多半是潜在的，他们的心理分析、社会研究和艺术形象，只有延伸到陀思妥耶夫斯基的思辨才能获得完整的意义。在陀思妥耶夫斯基的观察层面上，小说和思辨是分不开的。我们在上文连接的每一个线索，画出的每一条轨迹，都向陀思妥耶夫斯基的启示录汇合。整个小说文学被同一个浪潮裹挟着，所有的人物都听从同一个召唤，那便是虚无和死亡。所谓偏斜超验，就是昏沉沉坠向黑暗之国，茫茫然落入幽冥之界，最终归于斯塔弗洛金的狰狞面目，归于所有中魔者的黑暗自负。

陀思妥耶夫斯基从杰拉扎的魔鬼这个情节中看到了小说形象的圣经表现。一个人独自生活在墓群中。附着在他身上的妖精被基督驱赶出来。妖精给自己起名，叫作帮伙，它既是一，又是众。妖精要求附到一群猪身上。基督刚答应，猪群便冲向大海，统统淹死，一个不剩〔1〕。

〔1〕杰拉扎的群魔见《新约·路加书》第八篇。这个人身上的妖魔被基督驱赶之后，疯病立即见愈，“坐在基督脚边”。——译者注

第十二章　结论

欲望的真实是死亡，然而死亡并不是小说的真实。群魔像狂躁的疯子扑向大海，统统淹死，但是病人痊愈了。斯特潘·特罗菲莫维奇临死前讲到这个奇迹："病人将会治愈，坐在基督脚边……"所有的人都会"惊奇地看着他"。

这段话不仅适用于俄国，而且适用于这个垂死的人自己。特罗菲莫维奇本人就是这个在死亡中治愈、被死亡治愈的病人。他曾经与泛滥于整座城市的丑闻、杀戮、罪恶同流合污。他离家出走，根本原因是普遍的疯狂，但是他一旦真的出走，其意义就变了。出走成了返回故土，返回光明。老人流浪到一家小客栈，躺在一张破床上，兜售《圣经》的女人为他念《路加书》。奄奄一息的老人从杰拉扎的群魔的故事体悟到真实。极端混乱中生成了超自然的秩序。

斯特潘离死亡愈近，离谎言就愈远。"我一生都在撒谎，即使在我说实话的时候也一样。我说实话不是为真实，而仅仅是为我自己。过去我知道这一点，但是直到现在我才懂得这一点。"他这番话和他过去的思想显然背道而驰。

没有光明的一面，启示录就不完全。《群魔》的结尾有两种对立的死亡。一种死亡是精神的熄灭，另一种死亡却是一种精神；一种死亡就是死亡，另一种死亡是一种生命。斯塔弗洛金的死是前者，斯特潘·特罗菲莫维奇的死是后者。这样的双重结局在陀思妥耶夫斯基的作品里并非绝无仅有。《卡拉马佐夫兄弟》中，双重结局表现为伊万·卡拉马佐夫发疯和德米特里·卡拉马佐夫赎罪皈依宗教二者的对立。在《罪与罚》里，表现为斯维德里加依诺夫自杀和拉斯柯尔尼科夫皈依宗教二者的对立。照料斯特潘、兜售《圣经》的女人所起的作用同索尼娅[1]的作用相同，只不过更隐蔽罢了。她是罪人与《圣经》之间的介体。

拉斯柯尔尼科夫和德米特里·卡拉马佐夫并没有从肉体上消亡，但是他们经历了再生。陀思妥耶夫斯基每一部作品的结尾都是一个开端。一个新的生命在人群中或者在永恒中开始了……

然而，再这样分析下去，似乎不相宜。许多批评家都拒绝在陀思妥耶夫斯基的宗教结尾上下功夫。他们嫌陀思妥耶夫斯基的宗教结尾造作、匆忙，是硬贴到小说上去的，即使小说灵感枯竭了，他也会写出这样的结尾，为的是给他的作品涂上正统的宗教色彩。

那我们就先把陀思妥耶夫斯基放在一边，看看其他小

〔1〕《罪与罚》中的一个妓女，在她的爱情和宗教热情的感召下，杀人后久久彷徨不决的拉斯柯尔尼科夫投案自首。——译者注

说比如《堂吉诃德》的结局。堂吉诃德的弥留很像斯特潘·特罗菲莫维奇的弥留。我们看到，骑士激情成了一副真正的枷锁（possession），弥留之际，堂吉诃德看到自己得到解脱深觉欣慰，只可惜晚了点。堂吉诃德终于清醒，像斯特潘一样，他对往事追悔不及。

> 此时此刻，我的判断力自由而清明，完全摆脱了愚昧的阴影，都怪我过去不停地苦读那些可恶的骑士故事。我看清了这些书荒唐可笑，谎话连篇。我只有一个遗憾，就是觉醒得太晚，来不及读一些可以启迪心灵的书籍来弥补我的过失。

西班牙骑士的desengano[1]和陀思妥耶夫斯基的皈依意义相同。但是许多高明之士又出来劝告我们不必在临终忏悔上浪费时间。《堂吉诃德》的结局受到的评价，比陀思妥耶夫斯基作品的结局高不到哪儿去，有趣的是，批评者还指出了同样的错误，说结局是生造的，是老一套，对作品来说无异画蛇添足。那么为什么小说界的两个天才都觉得有必要在代表作的结尾来个狗尾续貂？我们注意到，据认为，陀思妥耶夫斯基受到了内心自我约束的限制，而塞万提斯则相反，是屈服于外界的压力。宗教裁判所反对骑士小说，而《堂吉诃德》——批评家们对此深信不疑——正是骑士小说，所以

〔1〕西班牙文“识破谎言”。——译者注

塞万提斯不得不写一个“保守的”结尾，以免教士们生疑。

既然如此，我们权且不谈塞万提斯，先来看看第三个小说家。斯丹达尔不是亲斯拉夫派，也不必惧怕教廷，起码在他写《红与黑》的时代是这样。然而《红与黑》的结尾不折不扣是第三个临终皈依。于连也发表了一番与他过去的思想背道而驰的讲话。他否定了他的权力意志，摆脱了引诱他的社会。他放弃了对玛蒂尔德的感情，他的心飞向雷纳尔夫人，而且他拒绝捍卫自己的生命。

所有这些类同都值得注意。可是又有人出来叮嘱我们切莫太重视于连的临终皈依。而斯丹达尔本人好像也为这一番真情的流露感到惶恐，便和批评家们合起来贬低小说的结尾。他对我们说，不要把于连的思想活动太当真，因为“缺乏活动，于连的身体开始变坏，性格变得像一个德国大学生，软弱，容易激动”。

斯丹达尔爱怎么说就怎么说，我们不再上当了。即便我们曾经闭眼不看这些小说结尾的统一，浪漫主义批评家众口一词的反对也该让我们睁开眼睛了。

牵强造作、没有意义的，不是这些小说的结尾，而是批评家的宏论。倘非使劲贬低陀思妥耶夫斯基，便不会认为他在作品中自我约束；倘非使劲贬低塞万提斯，就不会认为塞万提斯背叛了自己的思想。所谓自我约束的见解，不值得讨论，因为作品的美已经把它驳得体无完肤。堂吉诃德弥留之际庄严的忏悔，是对聚集在身旁的亲朋好友说的，也是对我们读者说的：“我既已到了死期，就不能拿自己的灵魂开玩笑……”

浪漫主义批评家的非议很容易理解。这些主人公一个个都在作品结尾发表了与过去的思想背道而驰的讲话，而他们过去的思想，正是浪漫主义批评家的思想。堂吉诃德和他的骑士们告别，于连·索莱尔和他的反抗告别，拉斯柯尔尼科夫和他的超人理想告别，每一个人物都否定了过去给他灌输傲气的噩梦。浪漫主义批评一向对这种噩梦颂扬备至，批评家们不愿意承认自己错了，故而必须一口咬定结尾部分对整个作品是画蛇添足。

然而，伟大小说结尾的类同确凿有据地粉碎了贬低结尾意义的各种阐释。现象相同，理解这个现象的理论也相同。

这些小说结尾的统一，表现在放弃形而上欲望上。人物临终时否定了他的介体：“我是阿马迪斯·德·高拉和他绵延不绝的子孙的死敌……今天靠着仁慈的上帝，我付出了代价，吸取了教训，我痛恨他们。”

否定介体，就是放弃神性，也就是放弃自负。主人公肉体的虚弱既表达了又掩盖了自负的失败。《红与黑》的一句双关语透彻地揭示了死亡与解放、断头台和与介体决裂之间的关系：“**其他人**与我何干，”于连·索莱尔喊着，“我和**其他人**之间的关系马上就要一刀两断了！”

人物在放弃神性的同时就放弃了奴隶性。生活的各个层面都颠倒了，形而上欲望的作用被相反的作用替代。谎言让位于真实，焦虑让位于回忆，不安让位于宁静，仇恨让位于爱情，屈辱让位于谦虚，由他者产生的欲望让位于由自我产生的欲望，偏斜超验让位于垂直超验。

这一次，不再是假皈依，而是真皈依。人物在失败中胜利，他胜利，是因为他已经走投无路，他头一次必须正视自己的绝望和虚无。可是，这可怕的一瞥，这不啻自负之死亡的一瞥，却又是拯救他的一瞥。这些结局令人想到一个东方故事，主人公用手指抠住悬崖边，最后精疲力竭，松开手，坠入深渊，他以为要摔得粉身碎骨，不料被空气托住，原来，重力消失了。

* * *

每一部小说的结尾都是皈依。对此不可能有异议。不过，能不能再进一步？能不能说这些皈依行动意义相同？从理论上似乎可以把这些结尾分成两类，一类表现孤独的主人公与其他人相融合，另一类表现“群居的”主人公走向孤独。陀思妥耶夫斯基的小说属于第一类，斯丹达尔的小说属于第二类。拉斯柯尔尼科夫抛弃孤独，拥抱他者；于连·索莱尔抛弃他者，拥抱孤独。

二者的对立似乎不可逾越，实际上并非如此。如果皈依具有我们赋予它的意义，如果皈依结束三角欲望，那么它的效果就既不可能用绝对孤独的语言来表达，也不可能用返回社会的语言来表达。形而上欲望既形成了与他人的关系，也形成了与自我的关系；真正的皈依既形成了与他人的新关系，又形成了与自我的新关系。除非持浪漫主义观念，才会认为在孤独和群居精神之间，在介入和超脱之间，存在机械的对立。

仔细考察斯丹达尔作品的结尾和陀思妥耶夫斯基作品的结尾，可以发现在真正的皈依中，这两种情况都始终存在，但是有消有长。斯丹达尔侧重主观方面，陀思妥耶夫斯基侧重主观间的关系方面。虽有一面被忽略，却没有消失。于连获得了孤独，却战胜了孤立。他与雷纳尔夫人重逢的欢乐，充分表现了他与他者之间关系的根本变化。当他在审判开始重新和人群在一起时，他惊奇地发现，他感觉不到往日对他者的那种仇恨了。他怀疑他者是否果真像他过去想的那样可恶。他现在既没有诱惑人的欲望，也没有控制人的欲望，因此他不再仇恨人。

与此相反，拉斯柯尔尼科夫在结尾部分战胜了孤立，同时也获得了孤独。有人给他念《圣经》。他抓住了一直与他无缘的安宁。孤独和与人接触，二者必须互相依靠才能运作。要把二者隔绝开，就会落进浪漫主义抽象的泥潭。

小说结尾的区别不是根本性的。没有对立，只有侧重点的转移。而且，形而上欲望治愈后的不同方面缺乏平衡，这本身就暴露了小说家还没有完全摒弃浪漫主义，他还受到某些公式的束缚，没有注意到这些公式的规范作用。陀思妥耶夫斯基小说的结尾还没有完全廓清悲天悯人的情绪，斯丹达尔作品的结尾留有德累克吕兹[1]沙龙时髦的资产阶级浪漫主

---

〔1〕德累克吕兹（Louis Charles Delecluze 或 Delescluze，1809—1871），法国记者、政治家，他的沙龙曾是早期浪漫派作家聚会地之一。——译者注

义的痕迹。不过，强调这些区别，很容易因此忽略这些小说结尾的统一，而这正是批评家们所希望的，因为统一在他们的语言里叫作庸俗，而庸俗乃是最严厉的诅咒。倘若批评家们把结局完全撇在一边，那他们就会竭力证明某结局别具一格，和其他小说的结局大相异趣。他们喜欢寻找小说家的浪漫主义根源，以为这是为他的作品着想。如果从浪漫主义趣味出发，亦即从有教养的公众的趣味出发，他们这样做确实对作品有益，但是从更深刻的意义出发，他们是帮倒忙，他们颂扬的，是与小说真实格格不入的东西。

浪漫主义批评一向抓不到本质，它拒绝跨越形而上欲望，把握在死亡的彼岸闪烁的小说真实。小说主人公在达到真实时倒下了，把他的真知灼见作为遗产托付给了他的创造者。小说主人公的称呼，应该赋予在悲剧性的结尾部分战胜了形而上欲望，因此**能够写小说**的那个人物[1]。主人公和小说家在整部小说中彼此分开，然而在结尾部分，他们会合了。主人公临终前寻回失去的生活。他凝视着生活，这是考验、疾病和隐居赋予德·克莱弗夫人的那种“更广阔、更深邃的目光”，和小说家的视野交织在一起。这种“更广阔、更深邃的目光”与普鲁斯特在《重现的时光》里讲的“天文望远镜”，与于连·索莱尔在狱中达到的崇高境界，没有多少差别。所有这些致远、升华的形象都表达了更超脱的新视野、作者自己的视野。不要把这里的升华和自负混为一谈。小说家美学

---

〔1〕例如《追忆似水年华》中的马赛尔。——译者注

上的胜利，与主人公摒弃欲望后的欢乐彼此结合了。

所以，结尾永远是回忆，是比当时的感觉更真实的记忆的喷发。它是有如安娜·卡列尼娜的视野的那种“全景视野”，是“过去的再生”。“过去的再生”一语出自普鲁斯特，有人立刻会想，这是谈论《重现的时光》的话，然而不是，这是对《红与黑》的评论。灵感素来是记忆，而记忆从结局中喷发。所有小说的结尾都是新的开始。

所有小说的结尾都是重现的时光。

普鲁斯特在作品结尾做的事，是揭掉已经相当透明的情节面纱，将此前一直被遮掩着的意义显示出来。《追忆似水年华》的叙事人通过小说走向小说。普鲁斯特之前，小说主人公也都是这样做的。斯特潘·特罗菲莫维奇的终点是概括了《群魔》整部作品意义的圣经故事，德·克莱弗夫人的终点是“更加广阔、更加深邃的目光”，也就是说，是小说视野。堂吉诃德、于连·索莱尔、拉斯柯尔尼科夫的精神经历和《重现的时光》里的马赛尔一样。普鲁斯特的美学思想不应从某些方法或观点中寻找，它与形而上欲望的解脱如影随形。我们在《重现的时光》里能够发现上文指出的小说结局的全部特点，只是，这些特点这一回是作为创作要求出现的。小说的灵感从与介体的决裂中迸发，现时的无欲为重现过去的欲念创造了条件。

普鲁斯特在《重现的时光》中突出了自尊心对小说创作的阻碍。普鲁斯特式的自尊心导致摹仿（imitation），使我们在生活中和自身分离（séparé de nous-mêmes）。自尊心不是拉罗什富科说的机械力，而是两个反方向的冲动，结果撕裂个体。克服自尊，是脱离自身，接近他人，然而从另一种意义上说，又是接近自身，脱离他人。自尊认为它选择了自身，然而它的自身既向他人封闭，也向它自己封闭。克服自尊，使我们能够更深地潜入自我，在潜入的同时也就使我们认识了他者。在某种深度上，他者的秘密和我们自己的秘密没有区别。当小说家把握了这个较之每个人外表的自我更真实的自我时，一切都有了。靠摹仿而存在，拜倒在介体面前的，正是这个自我。

这个深层的自我是普遍的自我，因为人人都靠摹仿生活，人人都拜倒在介体面前。只有形而上自负的辩证法能够使我们懂得并接受普鲁斯特实现个性和普遍性的双重意旨。换到自我和他者机械对立这样一个浪漫主义语境中，普鲁斯特的意旨就显得荒诞不经了。

普鲁斯特大概对逻辑上的荒诞感到不安，因此有时他放弃了双重意旨，于是便跌进当代浪漫主义陈词滥调的泥淖。《重现的时光》里有个别地方，普鲁斯特说艺术品应该让我们懂得我们的“区别”，为我们各自的“特点”感到高兴。

这些短暂的偏差之所以发生，是因为普鲁斯特缺乏理论词汇。但是他对逻辑是否严密的担忧，很快就被灵感驱散了。普鲁斯特当然不是不知道，他在描写自己青年时代的同时，描写了我们大家的青年时代。他完全懂得，真正的艺术家，无须在自己和他者之间进行选择。天才的小说艺术产生于放弃，所以优越于一切绘画。

但是，放弃是痛苦的。小说家只有认识到他的介体与他相似时才能写小说。比如，马赛尔必须不再把心上人当作庞然大物般的神，不再把自己当作永恒的牺牲品。他必须认识到，爱人的谎言和他自己的谎言大同小异。

克服“自尊心”，放弃诱惑和仇恨，这是小说创作的关键时刻，因此举凡天才小说家，作品中必有这个时刻。小说家自己通过人物之口承认，他和诱惑他的*他者*类似。德·拉法耶特夫人承认她与那些为爱情而失身的女人类似，斯丹达尔痛恨伪君子，他在《红与黑》的结尾认为自己也是伪君子。陀思妥耶夫斯基在《罪与罚》的结尾表示不再忽而把自己看成超人，忽而把自己看成小人。小说家自己承认，他谴责介体，自己却有同样的罪过。俄狄浦斯对*他者*的诅咒，到头来落到自己头上。

福楼拜那句名言“包法利夫人就是我”，正是表达这样一种诅咒。包法利夫人起先被设计成可轻可贱的*他者*，福楼拜发誓要清算她的过失。于连·索莱尔起先为斯丹达尔所痛恨，拉斯柯尔尼科夫起先为陀思妥耶夫斯基所痛恨，同样，包法利夫人起先也为福楼拜所痛恨。但是，小说主人公固然一直是*他者*，却在创作过程中逐渐和小说家相重合。当福楼拜高喊“包法利夫人就是我”的时候，他并不是想说包法利夫人从此成了浪漫主义作家以为多多益善的那种双重的逢迎人物，他想说的是，小说的奇迹使*自我*和*他者*合而为一。

小说创作的重大成果，一概得之于对诱惑的超越。主人公从他深恶痛绝的对手身上看到了自己。他抛弃了仇恨所假设的“区别”。他不顾自己的利益，承认了心理圈的存在。小说家对自身的审视，与他对介体的病态的关注相重合。他的精神一旦摆脱了矛盾，全部力量便都凝聚为创作冲动。设若堂吉诃德、爱玛·包法利、夏吕斯不是产生于存在的两个半边的融合（这两个半边几乎一直被自负成功隔离开），他们就不可能像现在这样伟大。

克服欲望，比登天还难。普鲁斯特说，必须放弃我们每个人都不知疲倦地追求的那种停留在自身表面的动人谈话。必须“丢弃最宝贵的幻想”。小说艺术是现象学所谓的一种“悬置”。但是，真正唯一的“悬置”，哲学家却闭口不谈，这一种“悬置”永远是对于欲望的胜利，是对于普罗米修斯式的自负的胜利。

* * *

普鲁斯特在进入创作关键时期之前不久写的某些文章，凸现了《重现的时光》和古典的小说结局之间的呼应。其中最重要的一篇大概是 1907 年发表在《费加罗报》上，以《一个弑母者的亲子之情》为题的文章。文章讲的是和普鲁斯特家庭有远亲关系的一家人的悲剧，亨利·凡·布拉兰伯格杀了母亲之后自杀。普鲁斯特粗略地讲述了这场悲剧，他显然没有详细材料。结尾部分，文章宕开，笔调更具个性特点。凡·布拉兰伯格事件成了母子关系的象征。子女沾染恶习，忘恩负义，这会使父母提前衰老。这已经是《让·桑特耶》结尾的主题之一了。普鲁斯特的文章在描写痛苦不堪的母亲在儿子面前奄奄一息的惨状之后说道：

> ……也许，再极端走火入魔的生命也会有的姗姗来迟的彻悟时刻——就连堂吉诃德的生命也有这样的时刻，能够正视这景象的人，会像用匕首刺死母亲之后的亨利·凡·布拉兰伯格，面对他可憎的生命悚然后退，抓过一支枪，立时了却自身。

弑亲者通过弥补罪过，获得彻悟；通过获得彻悟，弥补罪过。过去的生活是一副可怕的景象，那景象是真实的，和“走火入魔的”生活彻底对立。普鲁斯特的这段话，“俄狄浦斯”气氛相当浓。这是1907年，普鲁斯特刚刚失去母亲，心中充满悔恨。从这短短的几句话里，我们发现了这样一种变化，有了这种变化，斯丹达尔、福楼拜、托尔斯泰、陀思妥耶夫斯基便能够用琐闻逸事来表现自己做人的经验和创作的经验。

弑亲者在“姗姗来迟的彻悟时刻”，与过去所有的小说人物声气相通了。对此我们无可怀疑，因为是普鲁斯特自己拿堂吉诃德的临终时刻与弑亲者的临终时刻相比的。《一个弑母者的亲子之情》为古典主义作品的结尾和《重现的时光》之间的联系，提供了原来缺少的一环。补上这一环并没有直接的影响，普鲁斯特后来放弃了运用小说素材的古典主义方法，他的主人公也没有自杀，倒成了小说家。但是，作家的灵感依然是从死亡喷涌而出的，1907 年，普鲁斯特正亲身感受着这死亡，当时所有的文字都反映了这死亡的可怕。

我们这么说，是不是把早被遗忘的小文章抬得太高了？有人会说，这篇东西没有文学价值，是赶写出来登在小报上的，结尾陷在情节剧的老格局里。也许是这样吧，但是，倘若参照普鲁斯特自己的看法，这种意见就显得单薄无力了。在随文寄给卡尔梅特的一封信里，普鲁斯特允许《费加罗报》在刊登这篇文章时进行删节，但是最后几段是例外，他要求务必逐字照登。

引证堂吉诃德迟到的彻悟，这一点很重要，而且普鲁斯特在其论著《驳圣勃夫》附录的注解中再次引证，更说明它不可被等闲视之。《驳圣勃夫》提及这一点，是在纯文学的语境中。同一个注里还有许多关于斯丹达尔、福楼拜、托尔斯泰、乔治·艾略特、陀思妥耶夫斯基的评论，这些评论清楚地说明，普鲁斯特意识到了小说天才的统一。普鲁斯特指出，福楼拜和陀思妥耶夫斯基的全部小说可以用《罪与罚》命名。关于优秀作品的统一，论巴尔扎克一章讲得很明确："在某几点上，一切作家都是相通的，他们就好比是一个天才作家的不同的有时甚至是互相矛盾的创作时刻。"

毋庸置疑，普鲁斯特窥见了《重现的时光》和古典小说结尾的关系，在小说天才的统一这个大题目上，唯有他是应该有能力写出一本好书的。从某种意义上说，我们现在做的，不过是发挥普鲁斯特的直觉。

既然如此，普鲁斯特在小说的结尾，也就是扩充成关于小说创作思考的《重现的时光》里，居然对这个问题只字未提，这的确叫人诧异。何况文学上的材料对他而言俯拾皆是，所以他的沉默更令人摸不着头脑。在感觉记忆方面，他把让-雅克·卢梭、夏多布里昂、杰拉尔·德·奈瓦尔都算作自己的先驱，可是小说家却一个也没有提。《驳圣勃夫》的直觉，后来既没有再出现，更没有得到发挥。这是怎么回事？

普鲁斯特像一切独自进行紧张精神活动的人一样，固然害怕显得怪诞，却更害怕因重复普遍接受的真理而沦为笑柄。我们认为，普鲁斯特想躲开这两个矛盾的死胡同，于是最终采取了一个折中调和的办法。他既担心别人批评他偏离了文学的正道，又担心别人批评他摭拾优秀小说的牙慧，便为自己挑选了老祖宗，同时小心翼翼地把小说家排除在外。

众所周知，普鲁斯特后来把写作当作生活的唯一目的，雷翁－皮埃尔·坎[1]就曾经指出在文学战略艺术上普鲁斯特使用了哪些方法。最后一个偶像崇拜没有破坏《重现的时光》的完美，但是多少限制了这部作品的意义。普鲁斯特无意强调优秀小说在结构上的亲缘关系，他担心给批评家许多口实。他知道，在他的时代，人们如何重视特点，他担心强调亲缘关系会眼睁睁看着自己的文学荣誉受损。他把他小说

〔1〕雷翁-皮埃尔·坎（Léon Pierre Quint，1895—1958），原名雷翁·斯特恩戴克，法国出版商、批评家。——译者注

揭示中最“有特点”的因素放在前景，巧妙地加以烘托，尤其突出感觉记忆。其实稍稍认真分析一下《重现的时光》发表以前普鲁斯特的作品，就可以发现，感觉记忆在这些作品里，并没有像在定稿里那样起绝对的核心作用[1]。

对普鲁斯特的“沉默”，不理解为“文学战略”，又该作何解释呢？普鲁斯特在《驳圣勃夫》中曾经列举斯丹达尔小说结尾的特点，这些特点在普鲁斯特本人的《重现的时光》里亦有表现：“对心灵感觉的单一兴趣，再现过去，超脱野心，厌倦情节。”可是《重现的时光》在对小说进行思考时，对斯丹达尔小说的结尾居然未着一词，这又该如何解释？唯有普鲁斯特发现了记忆在于连临死前的作用，而且他是在着手写《重现的时光》时发现这一点的，对于这个事实，我们怎么能够漠然视之？

在写《驳圣勃夫》的时候，普鲁斯特还对《红与黑》结尾那位因年事太高而干瘪的谢朗神甫访问于连很感兴趣：“一颗伟大的头颅和一颗伟大的心灵衰弱了，这同身体的衰弱有关。高尚的人的晚年：道德的悲观主义。”在肉体缓慢而悲惨的瓦解为小说家提供的背景中，于连清醒的死亡神奇地凸现出来。

这里，普鲁斯特的关注也不是毫无目的的。整部《重现

[1] 我们绝没有认为这种核心位置是小说家的“错误”或是他背弃了初衷的意思。这种“核心”位置是出于精练小说篇幅的考虑，这个问题我们只能在另一部书中讨论，这里我们只想指出，普鲁斯特将小说揭示的高要求和“文学战略”的实际要求非常巧妙地结合起来。——作者注

的时光》就建立在两种死亡的类似的对比之上。主人公临死前清醒了，他将从作品中复活，而在他周围，人们继续死去，没有再生的希望。叙事人精神充实地死，与盖尔芒特家晚会的凄凉景象，与上流社会的人们悲惨而无益的衰老形成对照。这种对照在《一个弑母者的亲子之情》里已经出现，现在则获得了经典小说的意义，与陀思妥耶夫斯基的启示录相衔接。事实上，应该看到在《红与黑》和《重现的时光》里，小说启示录存在两个不可分割又互相对立的面，就像陀思妥耶夫斯基的作品首先揭示的那样。在所有真正的小说结尾，作为精神的死亡成功地对抗着肉体的死亡。

这么说是不是捕风捉影？为了打消人们的疑惑，我们最后再为小说结尾的统一引证一例。我们的例子是巴尔扎克。巴尔扎克不在我们研究的作家之列，但是从某些方面说，他的创作经验和我们研究的经验很贴近。证明这一点，只需引《邦斯舅舅》结尾的一段话。这段文字描写主人公弥留的情景，说明了小说启示录的两个方面：

> 古往今来的雕塑家，往往在坟墓两旁设计两个手执火把的神像。这些火把，除了使黄泉路上有点亮光之外，同时照出亡人的过失和错误。在这一点上，雕塑的确刻画出极深刻的思想，说明了一个合乎人性的事实。临终的痛苦自有它的智慧。我们常常看到一般普通的年纪轻轻的姑娘，头脑会像上百岁的老人一样，她们能预言未来，评判家人，绝不给虚情假意蒙蔽。这是死亡的

诗意。奇怪而值得注意的是，人的死有两种不同的方式。预言的诗意，洞烛过去和未来那样的能力，只限于因躯壳受伤，因肉体的器官遭到破坏而致命的人。凡是害坏疽病的，例如路易十四，或是害肺病的，或是发高热的，例如邦斯，或是患胃病的，例如莫尔索太太；这种人就能洞察幽微，死得奇特，死得神妙；至于另外一些病人，可以说死在心智病上，他们的病在头脑，在替肉身作中介给思想输送养分的神经组织，他们的死是整个儿死的，精神和肉体同时毁灭的。前者是没有肉体的灵魂，化为《圣经》中所说的精灵；后者只是死尸。邦斯这个童贞的男子，这个贪嘴的道学家，这个几乎没有罪恶的端方正直的人，很晚才参透庭长夫人胸中那股怨毒之气。他直到快离开尘世时才了解尘世。所以从几个小时以来，他高高兴兴地打定了主意，仿佛一个生性快活的艺术家，觉得一切都可以拿来做嬉笑怒骂的材料。他与人生最后的联系，爱美的链环，鉴赏家留恋艺术品的那种结实的扣绊，从那天早上起也就断了。一旦发现给西卜女人偷盗之后，他对艺术的浮华和虚幻……也做了虔诚的告别。[1]

蹩脚的批评家总是从所谓真实世界出发，叫小说创作服从真实世界的规范。巴尔扎克相反，把路易十四和邦斯、

〔1〕据傅雷先生译文，略有改动。——译者注

德·莫尔索夫人相提并论。他借假生理学的掩护，就像在其他作品中借颅相说、马丁主义或者“动物磁性说”[1]的掩护一样，和我们大谈特谈他的小说经验。他用寥寥数语总结了小说结尾的基本特点：死亡的两面性、痛苦的作用、激情的超脱、基督教的象征作用和彻悟（lucidité sublime），这彻悟既是回忆又是预言，同时照亮主角和其他人物的灵魂。

不论巴尔扎克、塞万提斯、斯丹达尔、陀思妥耶夫斯基，在他们的作品里，悲剧事件都反映审美的开始。这就是为什么巴尔扎克把临终人的心灵状态比作“幸福的艺术家”的心灵状态。《邦斯舅舅》的结尾也是一种“重现的时光”。

比较一下作品，就可以毫不费力地发现小说结尾的统一。不过，最后这个例证，起码从理论上说，不是必不可少的。我们的分析已经确定无疑地引出所有天才小说的结尾异口同声传达的信息。主角在抛弃了自负骗人的神性之后，便从奴隶地位解脱出来，终于把握了苦难的真相。这种抛弃和创造者的抛弃是分不开的。这是对形而上欲望的胜利，浪漫主义作家因而成为真正的小说家。

我们原先仅仅预感到真实，然而在小说的结尾，我们终于看到了真实，我们触摸到它，把握了它。我们唯一的期待是小说家本人表示同意。现在小说家同意了：“我厌恶阿马

[1] 颅相说是德国医生加尔（Franz Joseph Gall，1758—1828）的学说，动物磁性说由德国医生麦斯迈（Franz Anton Mesmer，1734—1815）提出，马丁主义是法国教士圣马丁（Saint Martin，316—397）的思想。——译者注

迪斯·德·高拉和他绵延不断的子孙……”这是小说家本人借主人公之口，肯定了我们在阅读整部小说过程中不断肯定的事实：恶存在于自负之中，小说世界是中魔人的世界。小说的结尾就像一个轮子固定的轴，万千现象都取决于它。小说的结尾也就成了我们最新探索的结论。

真实在小说里处处起作用，但是主要表现于结尾。结尾是真实的神殿。唯其是真实显现的地方，所以也是谬论想绕开的地方。谬论即使不能否定小说结尾的统一，也要竭力使它成为空中楼阁，不断拿“才思枯竭”来贬它，称它太平常。对于这种平常，非但无须否认，而且应该理直气壮地鼓吹。小说的统一在作品主体部分是隐蔽的，到了结尾部分就直接表现出来。小说结尾必然平常，因为所有的小说结尾都确实重复同样的事。

小说结尾的平常，不是曾经“有特点”，以后先凭借遗忘，又凭借“再发现”和“恢复名誉”，重新变得“有特点”的那些事物部分的、相对的平常，而是西方文明中那些本质事物的绝对的平常。小说结尾是个人和世界、人和神之间的和解。激情的多重世界瓦解了，恢复到单纯。小说揭示的皈依让我们想到希腊人的 analusis〔1〕和基督徒的再生。小说家在这最后的时刻与西方文学的全体巨匠会合，与伟大的宗教道德和崇高的人文思想会合，这些道德和思想体现了人自身最难以认识的部分。

---

〔1〕希腊文“分解”。——译者注

由于和解主题不断从无关紧要的人物嘴里说出，在一个充满愤恨和丑闻的时代，人们便很容易认为这个主题从来没有也绝不可能有什么具体内容，认为这个主题一定产生于小说意识的表层。为了从一个更正确的角度看待和解，必须把和解看做是作家终于获得了长期求而不得的可能性，把结尾看成对结尾的不可能性的超越。在这方面，莫里斯·布朗肖的批评著作对我们大有帮助。布朗肖指出，卡夫卡是那种注定无结尾的文学的代表。卡夫卡笔下的人物有如摩西，永远看不到乐土。布朗肖说，不可能结尾，就是不可能在作品中死亡，不可能通过死亡自我解脱。

小说作品的终结对应着当代叙事作品的无终结，这种无终结在当代最优秀的叙事作品中不是一种昙花一现的方式，而是反映着一种特殊的历史和哲学情境。

结尾的不可能性划定了一个“文学空间”，这个空间不在和解的彼岸，而在此岸。对于记得小说结构演变历史的人来说，这个空间是我们充满焦虑的时代唯一可以认识的空间，这个事实令人担忧，却并不奇怪。陀思妥耶夫斯基就不会对这个事实感到奇怪，他在《地下室手记》中已经表现了一些注定无终结、穿越布朗肖“文学空间”[1]的人物。这部中篇小说与卡夫卡的小说以及卡夫卡以后的小说一样，没有结尾：

> 这个怪人的日记还没有结束。日记作者没有抗拒住

---

〔1〕布朗肖1955年发表《文学空间》时提出这个概念。——译者注

诱惑，又提起了笔。不过我们觉得，可以在这里画上句号了。

《地下室手记》是浪漫主义和小说之间，以前的假和解和以后的真和解之间承前启后的作品。伟大的小说家穿越了布朗肖划定的文学空间，但是他们没有在这个空间停留，他们超越了这个空间，跃向无限的解脱性死亡。

伟大小说的结尾很平常，但是不墨守成规。这些结尾缺乏妙语，甚至有点笨拙，然而这恰恰构成了真正的美，使它们得以区别于充斥于二流作品的假和解。临终的忏悔不应被看做走捷径，而应被看做小说的美近乎奇迹般地降临。

真正伟大的小说都诞生于这个至高无上的时刻，并且又返回这个时刻，有如整个一座教堂，既以祭坛始，又以祭坛终。一切伟大的作品，其构成都仿佛大教堂[1]，这里，《追忆似水年华》的真实再次成为一切优秀小说的真实。

* * *

我们自身存在着表面和深层，本质和次要这样的不同层次，这些层次会不自觉地被我们用到小说作品里。受到“浪漫主义”“个人主义”“普罗米修斯”影响的层次掩盖了

〔1〕普鲁斯特曾把他的《追忆似水年华》的结构比作一座大教堂。——译者注

艺术创造的某些本质方面。比如说，我们习惯于不认真对待基督教象征，可能是因为在许多平庸的或杰出的作品里，基督教象征司空见惯。倘若小说家不是基督徒，我们就认为这种象征纯起装饰作用，倘若小说家是基督徒，我们就认为这种象征纯起辩护作用。真正“科学的”批评应该事先就抛开这些看法，指出不同的小说结尾惊人的相同之处。倘若我们那些“赞成和反对”的成见没有在审美经验和宗教经验之间筑起一堵密不透风的墙，艺术创造问题就可以获得一种全新的思维。我们就不会将陀思妥耶夫斯基的作品同他的宗教思考割裂开，我们就会从《卡拉马佐夫兄弟》中发现，比如说，对研究小说创作有用的章节，其价值不亚于《重现的时光》中的章节。我们最终将懂得，基督教象征具有普遍意义，因为唯有基督教象征能够传达小说经验。

所以，有必要从小说的观点来研究基督教象征。由于小说家本人有时也来蒙蔽我们，因此这个任务相当艰巨。斯丹达尔用一间潮湿的牢房清算了于连·索莱尔的“德意志神秘主义”，但是《红与黑》的结尾仍不失为关于宗教主题和象征的思考。小说家重申了他的怀疑论，但是宗教主题和象征尽管裹着否定的外衣，其存在并没有受影响。这些主题和象征在作品中的作用，与在普鲁斯特和陀思妥耶夫斯基作品中的作用相同。与这些主题相关的一切事物，包括斯丹达尔的主人公在修道院的生活，都会在新的光辉的映照下呈现在我们面前。我们不应让小说家的反讽遮住眼睛，看不见耀眼的光芒。

这里，照例有必要让小说家们彼此阐释。不应该从外部来探讨宗教问题，而应该把这个问题——如果可能的话——当作纯粹的小说问题。斯丹达尔的基督教问题，“普鲁斯特的神秘主义”问题，“陀思妥耶夫斯基的神秘主义”问题，要想解决，非加以比较不可。

“种子下地，如果不死，是一粒种子，如果死了，就会带来收获。”圣约翰的这句话在《卡拉马佐夫兄弟》的好几个关键情节中出现。这句话表达了小说的两种死亡之间的关系，表达了德米特里服苦役和精神解脱之间，“不知名的来访者”的不治之症和赎罪愿望之间，伊柳莎之死和阿廖沙的善行之间的联系。

普鲁斯特在解释疾病作为死亡的帮手在他自己的创作中所起的作用时，也引用了圣约翰的这句话。“疾病作为一名严峻的思想导师，让我撒手人寰，这对我有好处，因为‘种子下地，如果不死，是一粒种子，如果死了，就会带来收获’。”

拉法耶特夫人也有引用圣约翰这句话的机会，因为在《克莱弗王妃》里也写到了普鲁斯特小说叙事人那样的病，患病的程度也如普鲁斯特作品所写，对精神的影响更是毫厘不差：“她眼看死亡临近，心知必死无疑，这使她渐渐习惯于超脱一切，长年患病，她对病也就习以为常了……她看待尘世的激情和交往，就同那些目光比常人更广阔、更高远的人一样。”这种“更广阔、更高远的目光”属于从死亡中诞生（在这个词的本义上）的新生命。

圣约翰的话是《卡拉马佐夫兄弟》的题铭，它也可以被当作一切小说结尾的题铭。既然放弃了介体，放弃了偏斜超验，不论小说家是不是基督徒，垂直超验的象征都必然应运而生。伟大的小说家全都顺应了这个基本趋势，只不过他们有时能够掩饰其意义罢了。斯丹达尔冷嘲热讽。普鲁斯特用浪漫主义的老调来掩盖小说经验的真实面貌，但是他给某些失去新鲜感的象征投去了深邃、神秘的光辉。不朽和再生的象征在他的作品里出现在纯粹审美的语境中，这些象征超越了浪漫主义用来束缚它们的琐碎含义，只不过这种超越是不动声色的。它们不是小歌剧里的王子，而是装扮成小歌剧角色的真王子。

在《重现的时光》之前，类似的象征就已经出现在既是初始经验的回声，又是初始经验的先声的段落中。有一节写大作家贝戈特的死和葬礼：

> 他下葬了，但是，守灵的那一夜，他的作品三本三本地陈列在橱窗里，宛如长翅膀的天使，好像是死者再生的象征。

贝戈特是名作家，普鲁斯特乍看起来也梦想着身后的荣耀，惦记着叫瓦雷里恼怒的那个“怪模怪样抚慰人的桂冠”。但是，这个浪漫主义的老调在这里不过是个幌子，在这个幌子下，再生这个词堂而皇之地出现了。普鲁斯特感兴趣的不是身后事，而是“再生”这个词，他借着老调门把这个词引入文中，得以不干扰文章外在的、实证的、“现实主义的”含义。贝戈特的死和再生，预示着作者自己的死和再生。这是第二次生命，是《追忆似水年华》的源泉。对再生的期待，使我们刚才引用的这句话回响起真实的旋律。与偏斜超验的形象相对照，出现了垂直超验的象征；与带领叙事人走进深渊的魔鬼偶像相对立，出现了展翅翱翔的天使……必须用《重现的时光》的思想来诠释此类象征。马尔罗正确地指出：“当《重现的时光》使此前一直显得没有超越狄更斯的那些技巧获得了真实意义时，普鲁斯特的才能便有目共睹了。”

使普鲁斯特的创作获得意义的无疑是《重现的时光》，同时其他小说的结尾也功不可没。《卡拉马佐夫兄弟》的结尾告诉我们不能把贝戈特的再生看成浪漫主义的陈词滥调。反过来，普鲁斯特《重现的时光》(最初题为《永恒的崇拜》)也告诉我们，《卡拉马佐夫兄弟》中的宗教思考，不是简单的、外在于作品的宗教宣传。陀思妥耶夫斯基写这一节觉得很吃力，不是因为他感到这是痛苦的义务，而是因为他把这一节看得无比重要。

在《卡拉马佐夫兄弟》的第二部，小伊柳莎死了，她是为陀思妥耶夫斯基小说的全体主人公死的，她的死造成的心灵交流，是全体主人公的彻悟。罪恶和赎罪惩罚的结构，超越了孤独的意识。小说家如此彻底地与浪漫主义和普罗米修斯式的个人主义决裂，是前所未有的。

陀思妥耶夫斯基在天赋产生的最后也是最大的浪头，推出了《卡拉马佐夫兄弟》的结尾。小说经验和宗教经验最后一点区别消失了。但是，经验的结构并无变化。从孩子们关于记忆和死亡、爱情和再生的谈话中，我们不难识别出创造热情在《重现的时光》那个患感觉丧失症的作者身上唤醒的主题和象征：

> “卡拉马佐夫，我们爱您！”他们齐声说，许多人眼里含着泪。
>
> “卡拉马佐夫万岁！”柯里亚高呼。
>
> “永远记着可怜的孩子！”阿廖沙又说。
>
> “永远记着！”
>
> “卡拉马佐夫，”柯里亚喊道，“宗教说，我们死了还能复活，我们还能彼此相见，所有人，还有伊柳莎，这是真的么？”
>
> “是的，是真的，我们都会复活，我们都能再见面，我们可以高高兴兴地相互讲述发生的事……”

再版后记

《浪漫的谎言与小说的真实》由北大出版社再版，译者趁而校订之。虽勉力而为，自知不很如人意或很不如人意者仍非少数，错讹舛误者亦在所难免，敬希读者不吝指正。

严又陵先生的译事三难“信、达、雅”，今之翻译理论家毁之者众矣，讥以浮泛空洞之论，然译家却多津津乐道者，何也？以其言简意赅而可循也。惟“雅”者何为，素无定说。按又陵先生言，似为“古雅”（用“汉以前字法句法”），古文家吴汝纶云“骎骎与晚周诸子相上下”，而胡适之先生所谓“在古文学史也应该占一个很高的地位”者也。今人则变通为“文采斐然”，或更以“文学性”延展其内涵。译者愚陋，“信达雅”三善具备之境界非其所敢望，唯求“信达”耳。依理而论，译理论典籍，“信”当居首，“达”次之，然为“达”而伤“信”固可诟病，为“信”而废“达”亦大忌也。又陵先生曰：“顾信矣不达，虽译犹不译也。”信哉此言！艰深佶屈，“达旨”不成，又何信之有！故“信达”二境界，不可厚此薄彼，亦译者孜孜之所以求也。惜语言功力不足，难免捉襟见肘之窘困，未参透作者之思想，常有雾里看花之无奈，虽欲游刃有余，其可遽得乎？此番校订，再尝一字之窘，严老先生所谓“一名之立，旬月踟蹰”也，遑论一知半解，深知愧对读者时之芒刺在背耶！

本书法文名为 Mensonge romantique et Vérité romanesque，此次再版，循三联版旧译，曰《浪漫的谎言与小说的真实》。然若细考之，“浪漫的”一词译作“浪漫主义的”，庶几更切原意。法文 romantique 与 romanesque 词义相叠，特定语境下，均可作“浪漫的”解。然 romantique 又可解为“浪漫主义的”，romanesque 又可解为“小说的”（汉语“浪漫”与“小说”两词风马牛不相及，然法语中其渊源深矣，此处不赘述）。原题巧用二词之歧义，可谓神来之笔，汉语则难尽其妙：而作者以为新旧浪漫主义竭力掩盖欲望之本相，种种说辞，天花乱坠，却无一不近皮相之论，抑或蛊惑之言，由是观之，书名似当云《浪漫主义的谎言和小说的真实》。然现在变更书名，或需大费周章，累人已甚。退而思之，译“浪漫的谎言”，亦非全不可取，不仅语气紧凑，且与后文相对，而义亦不大谬也。因此二者，暂且保留旧译，海内方家幸有垂教焉！

罗芃
于京西草庐
2011 年岁末

第三版说明

本书中译本于1998年首次由生活·读书·新知三联书店出版社出版，后于2012年在北京大学出版社再版，本次由生活·读书·新知三联书店再次刊行第三版，并根据原书最新版本（Grasset，2001）对译文进行了修订，新增译原书2001年版序言一篇，特此说明。

作者简介：

勒内·基拉尔（1923—2015），法国哲学家、人类学家，法兰西学士院院士，美国斯坦福大学与杜克大学终身教授。主要作品有《浪漫的谎言与小说的真实》《替罪羊》《暴力与神圣》《莎士比亚：欲望之火》等。本书是基拉尔的早期代表作，展示了其代表性学说"欲望摹仿理论"。

译者简介：

罗芃，北京大学外国语学院法语系教授，博士生导师。多年从事法国文学教学与研究，著有《法国文化史》《欧洲文学史》，译有《狄德罗精选集》《美学纲要》《世界艺术史》《浪漫的谎言与小说的真实》《舒昂党人》《巴马修道院》等。

法兰西思想文化丛书

《内在经验》
［法］乔治·巴塔耶 著 程小牧 译

《文艺杂谈》
［法］保罗·瓦莱里 著 段映虹 译

《梦想的诗学》
［法］加斯东·巴什拉 著 刘自强 译

《成人之年》
［法］米歇尔·莱里斯 著 王彦慧 译

《异域的考验：德国浪漫主义时期的文化与翻译》
［法］安托万·贝尔曼 著 章文 译

《罗兰·巴特论戏剧》
［法］罗兰·巴特 著 罗湉 译

《浪漫的谎言与小说的真实》
［法］勒内·基拉尔 著 罗芃 译

《1863，现代绘画的诞生》（待出）
［法］加埃坦·皮康 著 周皓 译

《暴力与神圣》（待出）
［法］勒内·基拉尔 著 周莽 译

《文学第三共和国》（待出）
［法］安托万·贡巴尼翁 著 龚觅 译

《细节：一部离作品更近的绘画史》（待出）
[法] 达尼埃尔·阿拉斯 著　东门杨 译

《犹太精神的回归》（待出）
[法] 伊丽莎白·卢迪奈斯库 著　张祖建 译

《人与神圣》（待出）
[法] 罗杰·卡卢瓦 著　赵天舒 译

《入眠之力》（待出）
[法] 皮埃尔·帕谢 著　苑宁 译